Mia Moreno
The Darkness We Hide

MIA MORENO

the DARKNESS we hide

Band 2 der »Dangerous Desires«-Reihe

Roman

everlove
by PIPER

Mehr über unsere Autorinnen, Autoren und Bücher:
www.everlove.de

Wenn dir dieser Roman gefallen hat, schreib uns unter Nennung
des Titels »The Darkness We Hide (Dangerous Desires 2)« an
empfehlungen@piper.de, und wir empfehlen dir gerne vergleichbare Bücher.

Von Mia Moreno liegen im Piper Verlag vor:
Beautiful Secrets:
Band 1: Beautiful Secrets – Wenn du mich berührst
Band 2: Beautiful Secrets – Wenn ich dich spüre
Band 3: Beautiful Secrets – Wenn wir uns lieben
Dangerous Desires:
Band 1: The Secrets We Keep
Band 2: The Darkness We Hide

ISBN 978-3-492-06682-2
© 2025 everlove, ein Imprint der Piper Verlag GmbH,
Georgenstraße 4, 80799 München, *www.piper.de*
Für einen direkten Kontakt und Fragen zum Produkt
wenden Sie sich bitte an: *info@piper.de*
Redaktion: Antje Steinhäuser
Satz: Satz für Satz, Wangen im Allgäu
Gesetzt aus der Adobe Caslon Pro
Druck und Bindung: CPI Books GmbH, Leck
Printed in the EU

Liebe LeserInnen,

dieses Buch enthält potenziell triggernde Inhalte.
Um euch das bestmögliche Leseerlebnis zu ermöglichen,
findet ihr deshalb auf S. 319 eine Contentwarnung.

Euer *everlove*-Team

Kapitel 1

Ich fühle mich, als hätte ich den Kater meines Lebens. Meine Lider sind schwer wie Blei, und mein Kopf pocht. Als ich endlich die Augen einen Spalt öffne, blinzle ich in das diffuse Licht einer fremden Umgebung. Ich brauche einen Moment, um mich zu orientieren. Wo zum Teufel bin ich? Wie viel habe ich gestern getrunken? Ich kann mich nicht mal daran erinnern, was ich gestern überhaupt gemacht habe, geschweige denn, dass ich Alkohol konsumiert habe. Aber warum brummt mein Schädel dann so?

Ganz ruhig, Juli, keine Panik. Besinne dich auf deine Ausbildung. Beobachten, kombinieren.

Das sanfte Schaukeln des Bodens unter mir verrät, dass ich mich auf einem Boot befinde. Das monotone Rauschen des Meeres und das ferne Kreischen der Möwen dringen langsam zu meinem benebelten Verstand durch.

Ich versuche, mich aufzusetzen, doch etwas hindert mich daran. Ein Schauder läuft mir über den Rücken, als ich bemerke, dass meine Hände und Füße mit Handschellen gefesselt sind. Panik steigt in mir auf, als auf einen Schlag die Erinnerung an das, was geschehen ist, zurückkehrt.

Ich habe auf Jackson gewartet, sollte ihn in eine Falle locken. Doch dann ging alles schief. Er hat mich bedroht, mich zu einem Kleintransporter am Straßenrand geschoben und mich gezwungen einzusteigen. Dann fuhren wir los, und ich erinnere mich nur noch an einen schmerzhaften Stich in meinen Arm. Und an graue Augen, so bedrohlich wie ein Sommersturm. Vertraute Augen.

Noch einmal versuche ich, mich aufzusetzen, und stemme mich gegen die Fesseln. Es gelingt mir, mich auf meinen Händen abzustützen, sodass ich den Raum überblicken kann. Ein dumpfer Schmerz in meiner Schulter erinnert mich daran, wie verzweifelt ich mich gewehrt habe. Oder es zumindest versucht habe, bevor Jackson mir ein Narkotikum injiziert haben muss. Das würde nicht nur meinen Blackout, sondern auch die Kater-Symptome erklären.

Und jetzt bin ich hier, wie es aussieht, in einer luxuriösen Kabine auf einem Boot, mit samtweichen Laken unter mir und einem Knoten im Magen.

Ein leises Winseln erklingt. Ich drehe meinen Kopf zur Seite und sehe einen Hund, den ich kenne. Es ist Cora. Ihre großen braunen Augen blicken mich traurig an, als ob sie verstehen würde, was in mir vorgeht. Der Anblick des vertrauten Schäferhund-Collie-Mischlings erleichtert mich. Aber ich bin verwirrt. Was macht Cora hier? Und dann wird mir bewusst, dass ich den Mann kenne, der mich hergebracht hat. Es ist Konstantin. Nein, Jackson. Konstantin Weiß, den ich über meine Freundin und Nachbarin Betty kennengelernt habe, der mich plötzlich nicht mehr sehen wollte. Er ist Jackson, ein gefährlicher Gangster, der international gesucht wird. Ein Mann, den ich zu kennen glaubte, in den ich mich verliebt habe, bevor er so abweisend wurde. Er hat mich manipuliert und ausgenutzt, sich an mich herangemacht, weil er wusste, dass ich im Fall »Pink Panther« ermittle. Eine andere Erklärung gibt es nicht.

»Jackson!« Meine Stimme ist heiser und bricht fast. Ich versuche es noch einmal. »Jackson, bist du hier?«

Keine Antwort. Nur das leise Jaulen von Cora, die sich neben mich an die Bettkante setzt und ihre Nase gegen meine Hand drückt. Ihre Zunge leckt beruhigend über meine Finger, aber das Metall schneidet schmerzhaft in meine Haut.

Ich reiße mich innerlich zusammen und zwinge meine Gedanken in klare Bahnen. Panik hilft jetzt nicht weiter. Ich muss einen Weg finden, hier herauszukommen. Mein Blick wandert durch den Raum, sucht nach etwas, das mir dabei helfen könnte. Die Kabine ist stilvoll und schlicht eingerichtet, bis auf ein paar Schränke und ein Fenster gibt es nichts, was mir sofort ins Auge springt.

Auf einmal höre ich Schritte, die näher kommen. Mein Herz schlägt schneller, und ich halte den Atem an. Die Tür öffnet sich langsam, und da steht er. Jackson. Mir fällt auf, wie erschöpft er aussieht, als hätte er seit Tagen nicht geschlafen. Doch dieser Moment vergeht schnell, als ich mich wieder an meine Situation erinnere.

»Juli.« Er tritt einen Schritt näher. »Bist du in Ordnung?« Seine Stimme klingt kühl und wenig gefühlvoll.

»Warum?«, flüstere ich, meine Stimme zittert. »Warum tust du das?«

Er streicht sich mit einer Hand durch das halblange dunkelblonde Haar, das ihm wie immer strubbelig ins Gesicht hängt. »Du hast mir keine Wahl gelassen.«

»Keine Wahl?« Meine Augen verengen sich, und Wut steigt in mir auf. »Was soll das heißen?«

Er ignoriert meine Frage, stellt eine Wasserflasche neben das Bett und greift dann vorsichtig nach meinen Fesseln, um sie zu lockern.

»Du hast dich nicht an die Abmachung gehalten, Juli. Du hättest allein zur Mauer-Gedenkstätte kommen sollen. Aber du musstest ja diese Männer mitbringen.«

Ich ziehe meine Hände weg, soweit die Fesseln es zulassen. »Fass mich nicht an! Das Recht hast du verwirkt, als du mich entführt hast, Konstantin.«

Ich erkenne meinen Fehler, kaum dass ich den Namen ausgesprochen habe. Vor mir steht nicht Konstantin, das wird mir einmal mehr bewusst, als Jackson die Lippen zusammenpresst und mich aus kalten, dunklen Augen fixiert.

»Mein Name ist Jackson Jagoda. Konstantin Weiß hat es nie gegeben.«

Seine Worte treffen mich mehr als erwartet. Es ist, als würde er ein Messer in eine alte Wunde rammen und sie erneut tief aufreißen. Ich war auf dem Weg dahin, Konstantin zu vergessen und den Teil von mir zu verdrängen, der noch Hoffnung hatte, dass wir wieder zueinanderfinden würden. Ich wünschte, er wäre für immer aus meinem Leben verschwunden.

»Was willst du von mir? Warum hast du mich entführt?«

Er zieht eine Braue hoch und kommt näher. »Ich sagte doch, es war nicht geplant. Ihr habt mir einen Strich durch die Rechnung gemacht.«

»Und nun? Sollen die anderen Lösegeld für mich bezahlen?«

Er lacht auf und scheint wirklich belustigt, seine Augen blitzen.

»Nicht doch. Ich habe keine finanziellen Probleme. Nein, ich habe über etwas anderes nachgedacht. Aber darüber sprechen wir später. Ich muss noch ein paar Dinge vorbereiten.«

Es macht mich rasend, dass er mich darüber im Unklaren lässt, was er vorhat. Ich verberge meine Wut nicht.

»Lass mich gehen, Jackson.«

Er schüttelt den Kopf. »Dafür ist es zu spät, Juli.«

»Es ist ohnehin zu spät!« Meine ganze Verzweiflung und Wut platzen aus mir heraus. »Was willst du denn alles in deine Verbrecherakte schreiben lassen? Soll auch noch Beamtenentführung dazukommen? Du hast ›Pink Panther‹ auf den Markt gebracht! Du bist verantwortlich dafür, dass Menschen gestorben sind, du hast Jugendliche gefährdet.«

Seine Lippen werden schmal.

»Glaub, was du willst. Ich komme wieder, wenn du dich beruhigt hast.«

Er dreht sich um und geht zum Ausgang, die Wasserflasche nimmt er mit.

»Jackson, warte! Das ist alles Wahnsinn. Lass mich hier raus!« Doch er ignoriert mich und wirft die Tür hinter sich zu.

Ich lasse mich zurück auf das Bett fallen und starre an die Decke. Meine Hände und Füße sind immer noch gefesselt, aber wenigstens hat er sie etwas gelockert. Jackson. Konstantin. Je länger die Erkenntnis sich in mir ausbreitet, umso schmerzhafter wird sie. Er hat mich nur benutzt und ausgehorcht, um an Informationen über unsere Ermittlungen zu kommen. Die Erinnerung an sein Lächeln, seine Berührungen, seine sanften Worte – all das waren grausame und eiskalte Lügen. Ich schüttle den Kopf, um meine Wut zu vertreiben, die sich langsam, aber stetig in mir ausbreitet. Doch sie bleibt, und obendrein verstärkt sich das Pochen in meinen Schläfen, meine Kehle ist trocken, ich verspüre furchtbaren Durst. Ich versuche, mich zu konzentrieren, einen klaren Kopf zu bekommen.

Ich muss einen Plan machen, wie ich hier rauskomme. Aber zuerst muss ich meine Fesseln loswerden. Ich schaue mich erneut in der Kabine um, auf der Suche nach etwas, das mir helfen könnte. Vielleicht gibt es etwas in den Schränken?

Cora liegt immer noch neben mir und beobachtet mich mit ihren großen Augen.

»Na, Mädchen«, flüstere ich. »Du weißt nicht zufällig, wo Jackson die Schlüssel für die Handschellen versteckt hat, oder?«

Natürlich bekomme ich keine Antwort, aber das leise Schnaufen des Hundes gibt mir zumindest das Gefühl, nicht ganz allein zu sein. Vorsichtig rutsche ich zur Bettkante und versuche aufzustehen. Die Fesseln an meinen Füßen erschweren es, mein Gleichgewicht zu halten, aber es gelingt mir, zumindest bis zu dem Schrank zu humpeln.

Mit zitternden Händen öffne ich die Tür. Enttäuschung und Frustration überkommen mich, als ich nur ein paar Kleidungsstücke und persönliche Gegenstände finde. Kein Messer, keine Schere, kein Drahtbügel, nichts, was mir helfen könnte.

Ich werfe einen Blick aus dem Fenster, wo in der Dunkelheit nur das Meer zu erkennen ist, und frage mich, wie weit wir vom Festland entfernt sind. Könnte ich vielleicht irgendwie ein Signal senden? Aber selbst wenn, was würde es nützen? Wer würde mich hier draußen finden?

Unweigerlich wandern meine Gedanken zu Vic, Leander und Mitch. Sicher suchen sie längst nach mir. Aber ich mache mir keine großen Hoffnungen, dass mich meine Männer auf dem Wasser aufspüren können. Ich habe keine Ahnung, wie viel Zeit seit meiner Entführung vergangen ist und wo Jackson mich hingebracht hat. Meinem grummelnden Magen und der trockenen Kehle nach zu urteilen sind einige Stunden vergangen. Vielleicht haben die Männer bereits eine Fahndung nach mir eingeleitet. Ich kann nur hoffen, dass unser Alleingang ohne die BKA- oder LKA-Führung keine negativen Folgen für sie haben wird. Vor allem aber hoffe ich, dass Jackson seine gerechte Strafe bekommt.

Die Schritte, die von draußen zu hören sind, holen mich in die Gegenwart zurück. Ich setze mich hastig zurück auf das Bett und versuche, ruhig zu bleiben. Die Tür öffnet sich, und Jackson tritt ein, in der Hand die Wasserflasche. Sein Blick ist kalt und undurchdringlich.

»Hast du dich beruhigt?«, fragt er, und ich meine, aus seiner arroganten Stimme so etwas wie Besorgnis herauszuhören.

Ich schweige und beobachte aus zusammengekniffenen Augen, wie er die Wasserflasche zurück auf den kleinen Tisch stellt. Meine Kehle brennt wie Feuer, und ich mache einen Satz nach vorne.

Jackson stellt sich zwischen mich und das Ziel meiner Begierde und zieht einen Schlüssel und ein billig aussehendes Handy aus der Tasche.

»Ich habe ein Angebot für dich, aber das setzt deine Kooperation voraus. Ich werde dich losmachen und dir etwas zu trinken geben, wenn …« Er hebt die Hand, als er sieht, dass ich den Mund öffne, um etwas zu entgegnen. »… wenn du deine drei Kollegen anrufst und dafür sorgst, dass sie nicht nach dir suchen.«

Mir entfährt ein Schnauben. »Als ob. Sie werden Himmel und Hölle in Bewegung setzen, um mich zu finden.«

Ich frage ihn nicht, woher er von den anderen weiß. Schließlich habe ich Konstantin von meinen drei Kollegen im Quartier erzählt. Und ich bin mir fast sicher, dass er ganz genau darüber im Bilde ist, wer ihm seit Wochen auf den Fersen ist. Vermutlich weiß er noch viel mehr über uns.

»Dann musst du wohl besonders überzeugend sein.« Er wedelt mit dem Handy. »Haben wir einen Deal?«

Ich überlege. Ich könnte die Männer warnen und ihnen einen Hinweis geben, wo sie mich finden. Dazu müsste ich das aber selbst erst einmal wissen. Vielleicht kann ich das Telefonat auch hinauszögern, sodass sie mich orten können.

Ich sehe Jackson an, dann nicke ich und halte ihm meine gefesselten Hände hin. Dabei fühle ich mich machtlos und ausgeliefert, was eine unglaubliche Wut in mir auslöst. Ich könnte schwören, dass ich ein diabolisches Flackern in seinem Blick sehe. Doch er zuckt mit den Achseln und gibt sich cool.

»Keine Chance, Juli. Ich mache dich los, und du bekommst das Wasser. Aber erst der Anruf. Keine Tricks. Und keine Hinweise. Verschaff uns ein paar Tage Zeit.«

Er tippt eine Nummer ein und hält mir das Phone dann ans Ohr. Es tutet einige Male, dann nimmt Mitch ab.

»Juli, bist du es?«

Seine tiefe Stimme ist kratzig, er klingt besorgt und etwas verschlafen. Sofort macht mein Herz einen Satz und Tränen steigen mir in die Augen.

Ich nicke ein paarmal. »Ja, Mitch.«

»Geht es dir gut?«

»Ich bin okay. Ich …«

Ich sehe zu Jackson, der mir bedeutet, mich zu beeilen. Sein Blick ist warnend, ein Finger schwebt über der Auflegen-Taste, und ich weiß, dass er nicht zögern wird, den Anruf jederzeit zu beenden. Ich hasse es, dass er die Kontrolle über mich hat. Am liebsten würde ich einfach nur aus Trotz damit herausplatzen, dass ich auf einem Boot bin. Aber ich fürchte, dass Jackson mir meinen Aufenthalt hier dann zur Hölle machen wird.

Also hole ich tief Luft. »Mitch, ich habe nicht viel Zeit. Ich bin bei Jackson. Es geht mir gut.«

»Wo bist du?«

Jackson schüttelt den Kopf.

»Das kann ich dir nicht sagen.«

Vics Stimme ertönt aus dem Hintergrund: »Was will er? Frag sie, was er will.«

Noch bevor Mitch die Frage wiederholen kann, antworte ich. »Ihr dürft nicht nach mir suchen. Bitte, Mitch, versprich es mir. Gebt mir ein paar Tage.« Jackson hebt drei Finger. »Drei Tage. Ich melde mich dann wieder bei euch.«

»Juli, verdammt, wie stellst du dir das vor? Sollen wir einfach hier sitzen und warten?«

»Ja. Bitte. Er wird mir nichts tun. Haltet einfach die Füße still, ihr dürft auf keinen Fall die Führung einschalten. Kein Wort zu von Stuck oder Elisabeth. Versprich es.«

Mitch schweigt, und ich höre Vic im Hintergrund fluchen. Jackson deutet auf sein Handgelenk und sieht mich eindringlich an.

»Drei Tage, Mitch.«

Mitch grummelt einige Sekunden vor sich hin, dann scheinen

die Männer ihre Entscheidung zu treffen. Ich kann sein »Okay« kaum hören, bevor Jackson den Anruf unterbricht.

Dann lässt er das Handy auf den Boden fallen, hebt seinen Fuß und tritt darauf, bis es knirscht und das Display erlischt. Jackson nähert sich mir langsam, fast vorsichtig, als wäre er sich nicht sicher, wie ich reagieren werde. Ohne ein Wort reicht er mir die Flasche, und ich greife gierig danach. Das Wasser ist kühl und erfrischend, und ich trinke hastig, bis meine Kehle nicht mehr trocken ist.

»Ich werde deine Fesseln lösen«, sagt er und zieht den kleinen Schlüssel aus seiner Tasche. »Ich weiß, dass du keinen Unsinn machen wirst.«

»Wie kommst du auf die Idee?«

»Dazu bist du viel zu klug. Du befindest dich auf dem Meer und kommst hier nicht einfach weg. Viel leichter wird es, wenn du mit mir zusammenarbeitest, und das weißt du auch. Du möchtest schließlich einen Erfolg als Ermittlerin haben, nicht wahr?«

Am liebsten würde ich ihm an die Kehle gehen. Das Wasser hat meine Lebensgeister geweckt.

»Du hast mich die ganze Zeit nur benutzt, Konstantin, dich an mich rangeschmissen, weil ich in dem Fall ermittle, und meine Gefühle ausgenutzt. Das ist zutiefst schäbig. Selbst für einen Verbrecher.«

Seine Gesichtszüge erstarren. Als hätte jemand einen unsichtbaren Vorhang vorgezogen, erlischt jede Mimik. Er holt tief Luft und wirft mir einen langen Blick zu, den ich nicht deuten kann.

»Hör auf mit diesem Unsinn, Juli.« Seine Stimme klingt schneidend und eiskalt. Dann kniet er sich vor mich. Als er den Schlüssel in das Schloss der Handschellen steckt, streifen seine Finger meine Handgelenke. Die Berührung trifft mich wie ein Blitz. Ich will diesen Moment nicht genießen, doch mein Körper reagiert auf ihn. Der Kontakt ist überraschend intensiv, und ich ärgere mich über die plötzliche Hitze, die in mir aufsteigt.

Er greift vorsichtig nach meinen Händen, um die Druckstellen zu untersuchen. Sein Griff ist fest, aber nicht schmerzhaft. Ich ziehe meine Hände weg und schaue ihn herausfordernd an. Jackson senkt den Blick zu den Fesseln an meinen Füßen. Als er sie öffnet, verharrt er einen Moment länger als nötig, seine Hände ruhen auf meinen Knöcheln. Unsere Blicke treffen sich. Doch dann rufe ich mich zur Besinnung und schiebe ihn abrupt weg.

»Hör auf«, fauche ich, meine Stimme zittert vor Wut und Verwirrung. »Lass mich los. Ich glaube dir überhaupt nichts mehr nach der Show, die du abgezogen hast, Konstantin.« Bewusst spreche ich ihn erneut mit seinem Alias-Namen an, und er zuckt kurz ein wenig zusammen. Dann steht er abrupt auf und tritt einen Schritt zurück, seine Miene ist wieder verschlossen.

»Schlaf jetzt. Wir reden morgen.«

Mit diesen Worten verlässt er die Kabine. Das Letzte, was ich höre, ist der Schlüssel, der sich im Schloss umdreht.

Kapitel 2

M ein Rücken schmerzt höllisch. Seit Ewigkeiten liege ich in der Kabine und bin mir selbst und meinen Gedanken überlassen, mein Zeitgefühl ist mir abhandengekommen. Ich könnte den gigantischen Fernseher gegenüber des Doppelbetts einschalten, der fast die gesamte Wand einnimmt, aber was würde mir die Uhrzeit helfen? Ich komme hier ohnehin nicht weg. Das Fenster ist aus Panzerglas und mit einem Sicherheitsschloss verriegelt, ich habe schon alles versucht, um es zu öffnen. Vergeblich. Ich drehe mich von einer Seite auf die andere und setze mich vorsichtig auf. Für eine hochwertige Matratze reichte es auf dieser gottverdammten Luxusjacht dann wohl nicht mehr. Dafür ist die Aussicht dank des Panoramafensters umso besser. Die untergehende Sonne verwandelt das Meer vom Horizont aus in ein gigantisches Goldbad, über dem sich dunkelgraue, neongelbe und rosafarbene Wolken ausbreiten. Einen Moment lang versinke ich in den Anblick der Farben und Formen zwischen Himmel und Erde. Ich versuche aufzustehen, da fährt ein heftiger Schmerz wie ein Messer durch meinen Rücken. Ich lasse mich zurück aufs Bett fallen und hämmere gegen die Holzwand, unbändige Wut erfasst mich. Dafür, dass diese Entführung mehr oder weniger ein Irrtum gewesen sein soll, lässt er mich ganz schön schmoren. Es ist bestimmt schon zwei Stunden her, seit er sich das letzte Mal hier blicken ließ.

»Konstantin! Jackson! Ich will mit dir reden!«

Wieder schlage ich mit der flachen Hand gegen die Wand. Ich lausche. Es ist nichts zu hören.

»Jackson, komm runter!«

Im selben Moment öffnet sich die Tür zur Kabine, und Jackson steht vor mir. Er trägt eine Jogginghose und ein schwarzes, verwaschenes, aber eng sitzendes T-Shirt und sieht in diesen lässigen Klamotten unverschämt gut aus. Sein Dreitagebart scheint in den vergangenen Stunden gewachsen zu sein, sein zusammengekniffener Blick ist ungestüm. Die untergehende Sonne malt goldene Funken in seine sturmgrauen Augen, die mich von oben fixieren.

»Was gibt's, Juli?«

»Ich brauche eine Schmerztablette, mein Rücken tut weh.«

Ohne darauf einzugehen, schaut er sich im Raum um und hebt missbilligend die Brauen, als sein Blick auf dem Glastisch unter dem Fenster hängen bleibt, wo eine Tiefkühlpizza, die Schale mit frischem Obst und der Teller mit Keksen stehen.

»Kein Mittagessen, kein Abendbrot. Du hast schon wieder nichts angerührt. Du musst bei Kräften bleiben.«

»Ich brauche keine Kekse, ich will hier raus. Sag mir endlich, was du von mir willst«, zische ich.

Jackson nickt verständnisvoll und lässt sich neben mich auf das Bett fallen. Als sein Oberschenkel meinen berührt, durchzuckt mich ein kurzer Stromschlag. Ich nehme seinen vertrauten, herben Duft wahr. Er hat geduscht und sich frisch gemacht, sein Haar ist noch feucht und kringelt sich im Nacken und an den Schläfen. Ich rücke ein paar Zentimeter von ihm weg und starre in den Abendhimmel, der sich inzwischen purpurn gefärbt hat. Plötzlich legt Jackson vorsichtig die Hand auf meinen unteren Rücken.

»Du musst mir helfen, Juli. Dann kannst du die ›Escape‹ verlassen.«

Seine Stimme klingt rau, er flüstert fast. Ich will seine Hand abschütteln, aber es gelingt mir nicht. Dazu fühlt es sich zu angenehm an. Langsam drehe ich mein Gesicht zu ihm und schaue in seine grauen, funkelnden Augen. Wie Feuer brennt sich seine Hand durch mein T-Shirt in meinen Rücken. Ich rutsche von ihm weg.

»Ich helfe keinem Verbrecher, der sich manipulativ an Frauen heranschleimt.« Meine Worte klingen genauso hart und vulgär wie beabsichtigt.

Sollten sie Jackson getroffen haben, so lässt er sich das nicht anmerken. Er schaut mich mit einem undurchdringlichen Blick an. Ich fühle mich merkwürdig entfremdet. Die Sonne hängt prall wie ein Feuerball über dem Horizont, in der Kabine ist es dämmerig geworden. Jacksons Augen wirken fast schwarz im Abendlicht. Ich glaube, ein begehrliches Flackern zu erkennen, wie damals im Pool des Hotel-Spa, als wir uns nahe waren. Die Erinnerung daran schmerzt und erregt mich zugleich. Jackson mustert mich fragend, als wolle er in meinem Gesicht lesen, ohne selbst eine Miene zu verziehen. Ich beobachte, wie der blutrote Feuerball Zentimeter für Zentimeter im Meer versinkt. Er verschränkt die Arme und holt tief Luft.

»Du hast recht, Juli, es war nicht in Ordnung von mir, aber lass uns bitte einfach nur über den Sachverhalt reden. Du willst hier raus und den Fall lösen, und dabei kann ich euch helfen. Hör dir einfach als Kommissarin an, was ich dir zu sagen habe.«

Ich schlucke und versuche, meine Gedanken zu sortieren. Doch er fährt schon fort.

»Ich habe mit ›Purple Panther‹ nichts zu tun. Ich habe viele krumme Dinger gedreht, nenn mich einen Verbrecher, wenn du willst. Aber dieses gefährliche Zeug kommt nicht von mir.«

Seine Stimme ist eindringlich, und er spricht langsam. Ich wende den Kopf und schaue ihn an, suche in seinen Augen nach etwas, das nach einer Lüge aussieht, doch ich erkenne nichts.

Na schön. Ich muss mich darauf einlassen, wenn ich hier heraus-will.

»Wieso sollte ich dir helfen, Jackson?«

»Weil es einen anderen Schuldigen gibt. Ihr sucht den Falschen.«

Im Dämmerlicht erkenne ich fast nur noch die Konturen seiner scharf geschnittenen, hohen Wangenknochen unter der narbigen Haut. Was er verlangt, ist unmöglich. Ich soll mit dem Gangsterboss und Drogenkönig Jackson T.J., der im ganzen Land und international gesucht wird, gemeinsame Sache machen. Vor allem aber soll ich ihm glauben, dass er unschuldig ist. Ich stehe auf, ein stechender Schmerz durchzuckt meinen Rücken, aber ich versuche, mir nichts anmerken zu lassen, und drehe mich mit dem Rücken zum Fenster, sodass ich auf Jackson hinabschauen kann. Ich verschränke die Arme vor der Brust.

»Warum sollte ich dir glauben, dass du mit ›Pink Panther‹ und ›Purple Panther‹ nichts zu tun hast? Du hast im ›Andromeda‹ kassiert, es gibt Zeugen.«

Er weicht meinem anklagenden Blick nicht aus.

»Ja, ich habe kassiert. Für ›Pink Panther‹. Das Zeug habe ich entwickelt, damit die Leute Party machen können und Spaß haben. Aber mit dem Fentanyl und ›Purple Panther‹ habe ich nichts zu tun. Ich wollte keine Menschenleben gefährden und erst recht nicht, dass jemand stirbt. Dafür ist jemand anderes verantwortlich, und ich weiß auch, wer. Zumindest habe ich einen Verdacht.«

Ich starre die schwarze Gestalt in der dunklen Kabine vor mir an und versuche, mich zu sortieren. Mein Instinkt sagt mir, dass er die Wahrheit spricht. Aber dem allein darf ich nicht folgen.

»Wenn du von mir erwartest, dass ich dir glaube, dann bitte raus mit der Sprache. Wer ist verantwortlich für ›Purple Panther‹?«

Jackson steht auf und beginnt, in der Kabine auf und ab zu laufen.

»Mein Kumpel Hart. Oder besser ehemaliger Kumpel. Wir waren mal … sehr eng. Er war wichtig für mich. Ich habe ihm vertraut, er war ein Mitglied der ›Wölfe‹. Aber dann …«

Ein Schatten legt sich auf Jacksons Miene.

»Hart? Du meinst Asram Vujic?«

Er stoppt und nickt. Seine Stimme klingt nicht mehr ganz so cool, sondern erregt. »Genau der. Seid ihr ihm bereits auf der Spur?«

»Darüber darf ich nichts sagen.«

Das fehlte noch, dass ich mich mit ihm über seine Ganoven austausche. Doch dann überlege ich blitzschnell. Es ist meine Chance, die Wahrheit herauszufinden und endlich in der ganzen Sache weiterzukommen, endlich nicht mehr gefangen zu sein, wenn er mir möglichst viel verrät. Ich beschließe, das Spiel mitzuspielen, hole tief Luft und schiebe schnell hinterher: »Ich kann dir aber verraten, dass Hart einer der Hauptverdächtigen ist.«

Er kommt zu mir und steht jetzt sehr nah vor mir.

»Was habt ihr über ihn herausgefunden?«

Ich hole wieder Luft und presse hervor: »Alles, was du längst wissen müsstest. Seine Herkunft, seine Verbindungen zu den ›Wölfen‹. Eure gemeinsamen Deals.«

Jackson schnaubt, doch ich spüre, dass er noch immer aufgeregt ist. Ich gewinne an Sicherheit und habe plötzlich das Gefühl, dass wir uns fast auf Augenhöhe unterhalten. Jackson erinnert mich wieder an Konstantin.

»Gemeinsame Deals? Die sind schon lange her. Er hat mich hintergangen, mir alle meine Jungs weggenommen und auf seine Seite gezogen. Das dreckige Zeug kommt nicht von mir, das musst du mir glauben, Juli.«

Er läuft wieder hin und her, dann geht er zu der Sitzgruppe in der Ecke der Kabine, schaltet die Stehlampe an und lässt sich in den Ledersessel fallen. Sein Haar ist inzwischen getrocknet und steht unordentlich nach allen Seiten ab. Er wippt mit dem Fuß auf und ab, was ein nervtötendes Trommeln auf dem Holzboden erzeugt.

Ich versuche, ruhig zu bleiben und noch mehr aus ihm herauszubekommen.

»Du willst mir erzählen, dass dieser Hart die ›Wölfe‹ unterwandert und ohne dein Wissen ›Pink Panther‹ mit Fentanyl gestreckt und zu ›Purple Panther‹ gemacht hat? Warum hast du das nicht mit ihm geklärt oder versucht, es zu verhindern?«

»Das habe ich. Was glaubst du, was ich in den letzten Wochen getan habe? Seit ich zum ersten Mal davon gehört habe, dass jemand wegen ›Pink Panther‹ im Krankenhaus ist, versuche ich, ihn zur Rede zu stellen. Aber er ist verschwunden, abgetaucht. Ich kriege das Schwein einfach nicht.«

Er starrt mich wütend an, und ich sehe dabei so viel echten Ärger, so viel Frustration in seinem Blick, dass ich mir sicher bin, dass er die Wahrheit sagt. Doch ich besinne mich auf die Fakten.

»Jackson, selbst wenn das wahr ist, bist du immer noch ein Krimineller. Du hast mit ›Pink Panther‹ eine verbotene Partydroge entwickelt und vertrieben, das ist keine Süßigkeit, sondern ein synthetisches Rauschgift. Dafür gehst du jahrelang in den Knast.«

Er springt auf und nähert sich mir, dabei starrt er mir bedrohlich in die Augen. Einen Moment befürchte ich, dass er mir die Hände um die Gurgel legt, doch er bleibt kurz vor mir stehen und umfasst meine Schultern, als wolle er mich schütteln.

Ich schnaube schwer und weiß nicht, ob das Angst ist – oder Erregung. Vielleicht eine Spätfolge des Narkosemittels.

Jackson sieht auf mich herab. »Darum will ich ja, dass du mir hilfst. Ich will einen Deal mit dir machen, von dem wir alle etwas haben.«

Er nimmt die Hände wieder von meiner Schulter und sieht mich erwartungsvoll an. Ich mustere ihn kühl und ahne, worauf er hinauswill. Für ihn mag das hier ein großartiges Spiel sein, mich kann es meine Existenz kosten.

»Lass mich raten. Du lieferst uns Hart und willst dafür Straffreiheit, richtig?«

»Richtig.«

»Ich lasse mich nicht erpressen, Jackson.«

Seine Augen blitzen mich an, und seine Stimme wird gefährlich leise.

»Du bist doch diejenige, die auf der richtigen Seite des Gesetzes steht, Juli. Du solltest dir überlegen, Frau Kommissarin, ob du mit einem Bauernopfer aus dem Fall herausgehen oder den wahren Schuldigen finden willst.«

Er macht eine Pause und fixiert mich weiter. Dass er sich nicht in die Ecke drängen lässt und wieder die Oberhand über das Gespräch gewinnt, löst eine merkwürdige Unruhe bei mir aus. Außerdem muss ich zugeben, dass er recht hat. Sollte er die Wahrheit sagen, würden wir den falschen Schuldigen liefern.

Ich spüre, wie mein Atem schneller geht und mich eine Versuchung überkommt, meine Arme um seinen Hals zu schlingen. Ich sehne mich danach, dass seine Lippen meinen Mund berühren, seine Hände meinen Körper erkunden. Ich schlucke und starre auf die vertäfelte Wand und versuche, die Holzteile zu zählen, doch ich gerate immer durcheinander, weil die Fugen so blass sind.

»Hast du Beweise dafür, dass Hart ›Purple Panther‹ herstellt? Irgendetwas, das vor Gericht Bestand hat?«

Meine Stimme klingt förmlich, wie ich es beabsichtigt habe.

Er zuckt die Achseln, dann schüttelt er niedergeschlagen den Kopf. »Nein. Dafür habe ich keine Beweise. Darum wollte ich ja mit euch zusammenarbeiten.«

Er klingt resigniert, und mir wird klar, dass er wirklich mit dem Rücken zur Wand steht und keine andere Wahl sieht, als mich auf seine Seite zu ziehen.

»Ich bin kein rechtschaffener Mann, Juli. Ich bin ein Gangster, ich mache krumme Sachen. Aber ich habe meine Prinzipien, und dazu gehört: Ich stelle keine tödlichen Drogen her.«

Diese direkte Aussage, eigentlich ja ein Geständnis, überrascht mich. Damit hatte ich nicht gerechnet, ich hatte erwartet, dass er sich als unschuldig darstellen würde. Mein Bauchgefühl sagt mir, dass er die Wahrheit spricht, seine Wahrheit. Aber die Kommissarin in mir mahnt zur Skepsis. Ich muss mich wohl – zumindest vorerst – auf sein Spiel einlassen.

»Wenn ich dir helfen soll, müssen wir alle zusammenarbeiten, auch meine Kollegen, Jackson. Und ich brauche etwas von dir, wo wir ansetzen können.«

Er nickt und starrt aus dem geöffneten Fenster, als gebe es dort irgendetwas zu sehen außer dem schwarzen Meer und dem dunklen Himmel.

»Ich habe Adressen in Montenegro von Drogenlaboren. Außerdem habe ich Chats mit Hart und noch einen alten Businessplan.«

Ich kann meine Überraschung nicht verbergen. »Businessplan?«

Er grinst. »Ja, was ist daran so komisch? So etwas macht man halt. Vertriebswege, Kalkulationen. Zwischenhändler, Ausgaben. Natürlich alles für ›Pink Panther‹.«

Die Vorstellung, Elisabeth Steinhauer den Businessplan von Hart und Jackson vorzulegen, erheitert mich. Jackson wirft mir einen erbosten Blick zu.

»Als Polizistin sollte dir so etwas schon begegnet sein, Juli. Du magst das anders sehen, aber für mich ist es ein Job, mit dem ich meinen Lebensunterhalt verdiene. Und mit dem ich ein paar Leuten zu ein paar Stunden guter Laune verhelfe.«

Meine Halsschlagader beginnt zu pochen. Diese Form des

Rechtsverständnisses geht mir gehörig gegen den Strich. Doch Jackson kommt erst so richtig in Fahrt.

»Es sterben mehr Menschen an Alkohol als an Drogen, das weißt du sicher. Man könnte demnach auch Kneipenwirte, Winzer und Bierbrauer verknacken. Nur, weil es legal ist und gesellschaftlich anerkannt, Alkohol zu trinken, können sie damit Geld verdienen, und der Staat profitiert dabei. Das ist doch Heuchelei.«

»Moment. Es gibt einen Riesenunterschied zwischen einem Fass Bier und einem Kilo Kokain oder ›Pink Panther‹, Jackson. Synthetische Drogen verursachen Schäden im Körper, mal abgesehen von den Folgen der kriminellen Netzwerke für die Gesellschaft, die für ihre Verbreitung zuständig sind.«

Er atmet tief durch, zuckt dann die Achseln und grinst mich an. »Wir stehen nun mal auf unterschiedlichen Seiten des Gesetzes. Aber das heißt ja nicht, dass wir nicht zusammenfinden.«

Ich verzichte darauf, weiter mit ihm über Ethik und Verbrechen zu diskutieren. Eine Weile lang schweigen wir, und ich lehne mich mit dem Rücken ans offene Fenster und genieße die Meeresbrise. Jackson fährt sich durchs Haar, kommt zu mir herüber. Ich beobachte ihn und versuche, Konstantin und Jackson voneinander zu trennen. Ich frage mich zum hundertsten Mal, wer dieser Mann ist, was ihn antreibt.

Was will er von mir, die auf der anderen Seite des Gesetzes steht, außer, mich zu benutzen? Noch während ich darüber nachdenke, warum er mich genauso fasziniert wie damals, als ich ihn noch für einen Start-up-Investor hielt, steht er neben mir. Ich erwarte schon einen weiteren Vortrag. Aber er greift unvermittelt nach meiner Hand. Er sagt nichts, sondern schaut mir nur in die Augen.

»Juli, du hast recht. Ich wusste, dass du in dem Fall ermittelst, ich wollte von dir Informationen bekommen, da ich befürchtete, dass ihr mir auf die Spur kommt. Doch dann ist etwas passiert, das ich nicht eingeplant habe.« Mein Herz poltert und stolpert, setzt zu einem schnellen Galopp an.

»Ich habe mich in dich verliebt, Juli.« Er ergreift meine Hände und schaut mir in die Augen. Meine Gedanken überschlagen sich, mein Kopf versucht zu erfassen, was er sagt.

»Und doch hast du mich belogen«, flüstere ich, aber meine Wut ist dahin.

»Darum habe ich den Kontakt zu dir abgebrochen. Ich wollte dir nicht länger vormachen, dass ich Konstantin bin. Ich wünschte, wir wären uns unter anderen Umständen begegnet, Juli. Du bist genau die Frau, die ich mir an meiner Seite gewünscht hätte.«

Er flüstert diese Worte in mein Ohr, die mir direkt ins Herz gehen. Seine Wange streift meine, und ich spüre die rauen Stoppeln. Seine Lippen verlassen mein Ohr und streifen über meine Wange. Er zieht mich mit einem festen Ruck an sich. Verlangen durchzuckt mich und breitet sich in meiner Mitte aus. Ich denke nicht nach, sondern schließe die Augen und öffne meinen Mund. Seine Lippen suchen meine und treffen sie. Wir küssen uns leidenschaftlich und innig. Er stöhnt auf und fährt mit seinen Fingern durch mein Haar. *Ich glaube ihm. Das war der Grund, warum er sich zurückgezogen hat. Wie soll ich das Vic, Leander und Mitch erklären?*

»Ich wollte dich vom ersten Moment an, Juli. Bitte verzeih mir, dass ich dich belogen habe«, flüstert er, bevor sein Mund wieder meinen sucht. Mein Herz rast mit Tempo hundertachtzig in meine Magengrube. Mit aller Macht bremse ich es, bevor es unten aufprallt. Ich öffne meine Augen und löse mich von ihm, drehe mich abrupt weg.

»Es geht nicht, Jackson. Ich kann das nicht.«

Sein Blick ist eher verwirrt als enttäuscht, doch dann grinst er verwegen. Sein Grübchen am Kinn tritt hervor.

»Du meinst, weil ich ein Gangster bin? Das sollte kein Hindernis sein.«

Seine Lippen suchen wieder meine, doch ich löse mich sanft.

»Nein. Ich habe schon drei Männer.«

Jackson lässt mich abrupt los. Er steht vor mir und starrt mich verwirrt an. Dann verlässt er die Kabine.

Kapitel 3

ch wache erholt und zu meiner Überraschung ohne Rücken-
schmerzen auf. Es muss Vormittag sein, denn die Sonne steht
schon hoch am Himmel. Also springe ich aus dem Bett und stol-
pere dabei fast über Cora, die schon wieder – oder noch immer –
neben mir Wache hält. Mit einem Japsen steht sie auf und lässt
sich einige Meter weiter vor dem Fenster erneut nieder, ganz
offenbar hat sie noch Schlaf nachzuholen.

Beschwingt gehe ich in das kleine, luxuriöse En-Suite-Bade-
zimmer. Die Erkenntnis, dass Jackson echte Gefühle für mich
hat, wirft ein neues Licht auf die Situation. Ich gehe duschen
und bediene mich dann an Jacksons Kleiderschrank, den ich
gestern bereits unter die Lupe genommen habe. Ich habe nicht
vieles in den Einbauschränken und Schubladen der Kabine gefunden, aber zumindest genügend Hinweise darauf, dass es sich
bei meinem Gefängnis um die Masterkabine handeln muss, die
normalerweise von Jackson bewohnt wird. Die Klamotten im
Schrank riechen zumindest nach ihm, stelle ich fest, als ich das
weiße, schlichte T-Shirt und die graue Jogginghose überziehe.
Die Frage, wie ich meinen drei Männern erkläre, dass ich dabei
bin, mich auf einen Verbrecher einzulassen, der Jackson trotz allem ist, blende ich aus.

Ich ziehe die Kordel der Jogginghose enger und schlage den
Bund zweimal um, damit ich nicht über die Hosenbeine stol-

pere. Ich betrachte mich im Spiegel, der innen an der Schranktür angebracht ist. Nicht gerade eindrucksvoll, aber das kann auch niemand von mir erwarten.

Ich gehe zur Kabinentür und drücke ohne große Erwartung die Klinke nach unten. Zu meiner Überraschung schwingt die Tür leise auf. Jackson hat mich also tatsächlich nicht eingeschlossen, als er gestern gegangen ist. Ich bin frei. Ich werfe einen kurzen Blick zu Cora, die nicht mal den Kopf hebt, sondern lediglich ein Auge öffnet und sofort wieder schließt, als wollte sie mir sagen, dass es schon okay ist, wenn ich gehe.

»Ein schöner Wachhund bist du.«

Ich zucke beim Klang meiner eigenen Stimme zusammen. Es sind sonst keine Geräusche auf der Jacht zu hören. Ob ich alleine an Bord bin? Ich bin inzwischen zum Schluss gekommen, dass wir irgendwo vor Anker liegen, vielleicht sogar in einem Hafen. Ich könnte mich leise nach oben schleichen und versuchen zu entkommen.

Beim Gedanken daran klopft mein Herz schneller, und ich weiß nicht, ob es vor Aufregung ist oder Nervosität. Jackson weiß noch mehr über Hart und dessen Netzwerke als das, was er mir gestern erzählt hat. Es wäre nicht sehr klug, ohne diese Informationen zurück ins »Quartier 4« zu kehren. Mit einem Mal fühle ich mich nicht mehr wie eine Gefangene, sondern wieder wie die Kommissarin, die eine Entscheidung getroffen hat.

Ich betrete einen schmalen Korridor, von dem einige Türen abgehen – vermutlich andere Kabinen – und der in einer Treppe endet. Als ich nach oben gehe, steigt mir der Duft von buttrigen Pancakes und Kaffee in die Nase. Die Aussicht auf ein Frühstück lässt mir das Wasser im Mund zusammenlaufen. Die Appetitlosigkeit der vergangenen Tage ist verschwunden.

Die Treppe führt in einen Salon mit Bar und Couch, ein gedeckter Tisch steht in der Mitte. Die Glastüren am Ende sind geöffnet, und ein leiser Wind bläst herein. Durch die Fenster kann ich mich endlich orientieren. Wir sind tatsächlich in einem Jachthafen angedockt, wie es aussieht, etwas abseits der anderen Boote. Die meisten sind deutlich kleiner als dieses hier, aber ich sehe auch einige riesige Jachten in der Ferne.

»… ja, stoppen, habe ich gesagt.«

Ich drehe mich suchend nach der Stimme um, die vom Wind zu mir getragen wurde. Jackson ist also tatsächlich noch an Bord. Nur wo? Ich entdecke ihn auf dem Deck, er steht am Bug des Schiffes und telefoniert, den Blick gen Horizont gerichtet. Seine Körperhaltung ist angespannt. Ich trete näher, sodass ich ihn besser hören kann.

»Verdammt, Karl, es ist mir egal, wie du das bewerkstelligst. Du weißt, was mit abtrünnigen ›Wölfen‹ passiert. Und die wissen es auch. Fall mir in den Rücken, und du fällst in mein Messer.«

Jacksons Stimme wird bedrohlich tief, als er die Worte spricht, und ein Schauder jagt mir über den Rücken. Ich sollte angewidert sein, aber stattdessen lausche ich fasziniert.

Nach einem kurzen Nicken fährt Jackson fort. »Tausch sie alle aus. Ich will mit den Verrätern nichts mehr zu tun haben. Dann müssen wir eben vorübergehend ein paar Leute von Bull …«

Er dreht sich abrupt um und sieht mich im Türrahmen zum Salon stehen. Ich rechne damit, dass er wütend wird, weil ich zugehört habe, aber er überrascht mich wieder.

»Karl, du weißt, was zu tun ist. Ich muss Schluss machen. Regle das und ruf mich nicht an, bevor die Lage wieder stabil ist.«

Jackson mustert mich von oben bis unten so begeistert, dass ich das Gefühl habe, statt Jogger und Shirt ein Cocktailkleid zu tragen.

»Guten Morgen, Juli, meine Klamotten stehen dir. Hast du gut geschlafen?«

Ich nicke nur, als er einen Schritt nähertritt. »Hast du Hunger?«

»Und wie. Jetzt gibt es endlich was Vernünftiges.«

Ich setze mich an den Tisch, wo auf einem Teller tatsächlich Pancakes darauf warten, von mir verschlungen zu werden. Ich häufe mir den Teller voll, übergieße die kleinen Fladen mit Ahornsirup und toppe das Ganze mit einem Klecks Sahne. Ich nehme kaum wahr, dass Jackson sich mir gegenübersetzt und sich ebenfalls bedient.

Erst als mein Magen fast zu platzen droht, schiebe ich den Teller weg.

»Jackson, ich brauche noch etwas Zeit, um das zu durchdenken. Lass mich mit meinen Männern reden. Ich kann nicht allein entscheiden, ob wir zusammenarbeiten.«

Sein Blick verdüstert sich. »Nein, so läuft das nicht. Du wirst das mit ihnen klären, wenn du zurück bist.« Sein Gesichtsausdruck wird hart und verschlossen. Es ist zwecklos, ihn vom Gegenteil zu überzeugen, ich fürchte, ich werde zu seinen Bedingungen mitmachen müssen.

Zu meiner Überraschung beugt er sich plötzlich vor und wechselt den Tonfall, er klingt neugierig. »Ich habe gestern Abend noch länger nachgedacht. Über dich und deine drei Männer. War dir ein Mann immer schon nicht genug, Juli? Du hattest das damals schon angedeutet, als wir im Spa waren.«

»Ja, das kann man so sagen.« Ich bin selbst überrascht, dass es mich nicht stört, wenn er so direkt fragt. Allerdings scheint er das Gespräch nicht weiter vertiefen zu wollen, sondern grinst mich nur an.

»Du bist wirklich nicht wie andere Frauen.«

»Das habe ich auch nie behauptet.«

Jackson beugt sich vor und schaut mir direkt in die Augen. Zum ersten Mal fällt mir im Sonnenlicht auf, dass sich leichte Fältchen an den Winkeln bilden.

»Wie wäre es, wenn wir eine Runde raus aufs Meer fahren, Juli?«

»Warum das denn? Einfach so?«

»Du stellst Fragen. Weil es Spaß macht.«

Das ist völlig verrückt. Aber auch unglaublich toll. Ich zögere nur wenige Sekunden und nicke dann. Jackson grinst.

Ich bleibe an meinem Platz sitzen, während er sich daranmacht, die Leinen zu lösen und Vorbereitungen zu treffen. Kaum eine halbe Stunde später setzt sich die »Escape« in Bewegung. Wir fahren gemächlich aus dem Hafen hinaus aufs offene Meer, und die Gefühle von Freiheit und Weite, die sich in mir ausbreiten, als wir immer schneller werden, sind tatsächlich überwältigend. Ich war zwar schon einige Mal auf einem Boot, aber noch nie auf einer solchen Luxusjacht – und noch nie allein.

Ich stehe auf und gehe zum Bug des Schiffes, spüre den Wind in meinem Haar und den Rhythmus des Wassers unter meinen Füßen. Jackson steuert das Boot vom Cockpit aus routiniert, jeder Handgriff wirkt, als hätte er ihn schon tausendmal gemacht. Es ist ein anderer Mann als der verschlossen und gestresst wirkende Konstantin. Selbst sein Gesicht wirkt jünger, freier hier auf dem Wasser. Auch mir kommen die Ermittlungen und das »Quartier« unendlich weit weg vor.

»Woran denkst du?«

Jackson ist unbemerkt zu mir getreten und flüstert mir ins Ohr. Ich kann seinen warmen Atem auf meiner Haut spüren und bekomme eine Gänsehaut.

»Ganz ehrlich, ich habe mir gerade überlegt, wie es wäre, einfach immer weiterzufahren. Bis nach Island. Es würde uns einige Entscheidungen ersparen.«

Ich seufze und drehe mich zu ihm um. Ich fixiere ihn mit einem harten Blick. »Aber ich bin keine Person, die vor ihren Problemen davonläuft, und ich glaube, du auch nicht.«

Er schreckt nicht vor mir zurück, sondern lässt sich auf die halbrunde Sitzecke unterhalb des Cockpits sinken und klopft auffordernd auf den Platz neben sich.

»Da hast du recht. Komm.«

Ich zögere und deute zum Cockpit. »Bist du sicher, dass dafür jetzt Zeit ist? Wer lenkt denn die Jacht?«

Jackson grinst. »Ich habe den Autopiloten angestellt, hier draußen und bei dieser Witterung sind wir damit absolut sicher.«

Ich setze mich neben ihn, im vollen Bewusstsein, dass ich ihm nach wie vor ausgeliefert bin. Trotzdem habe ich nicht vor, ihm das Ruder bei dieser Unterhaltung zu überlassen.

»Ich glaube dir, dass du nicht für ›Purple Panther‹ verantwortlich bist – zumindest, dass du nie vorhattest, Menschenleben zu gefährden.«

Es auszusprechen, fühlt sich an wie ein Befreiungsschlag. Wenn ich Jackson jetzt ansehe, sehe ich nicht den skrupellosen Verbrecher, der er ohne Zweifel ist, sondern einen Mann, der auf seine Art versucht, ein Unrecht wiedergutzumachen. Ich schiebe den gefährlichen Gedanken beiseite und fixiere Jackson, der sich seit meiner Äußerung merklich entspannt hat.

»Heißt das, du wirst mit mir zusammenarbeiten und Hart suchen und zur Rechenschaft ziehen?«

Ich nicke langsam. »Hart ist, wie bereits gesagt, in unserem Fokus. Wenn du uns klare Hinweise liefern kannst, wo wir ihn aufspüren können, und dabei hilfst, ihn zu überführen, werde ich alles daransetzen, dass das zu deinen Gunsten ausfällt. Aber ...«, ich hebe die Hand, »es geht nicht ohne deine Kooperation. Wir werden nicht deine schmutzige Wäsche für dich waschen. Wenn wir Hinweise darauf finden, dass du involviert bist, werde ich nicht zögern, sie zu verwenden.«

Er nickt, dann stiehlt sich ein dämonisches Lächeln auf seine Lippen, das die Schmetterlinge in meinem Bauch zum Tanzen bringt.

»Was?«, frage ich ihn irritiert.

Das Grinsen wird breiter. »Du bist unfassbar sexy, wenn du die strenge Kommissarin heraushängen lässt.«

Ich schnaube und will mich wegdrehen, aber Jackson reagiert blitzschnell. Er greift meine Schulter und hält mich fest. Dann sieht er mir intensiv in die Augen, sein Blick mit einem Mal entschlossen.

»Jackson ... ich ...«, beginne ich, weiß nicht, wie ich die Flut meiner Gefühle in Worte fassen soll.

Er legt einen Finger auf meine Lippen. »Sag nichts«, flüstert er und zieht mich an sich. Seine Lippen finden die meinen, und die Welt scheint um uns zu verschwinden. Er küsst mich mit einer Leidenschaft und Verlangen, die an Verzweiflung grenzen. Als könne der Kuss alle Gräben zwischen uns überbrücken.

Und vielleicht tut er das tatsächlich. Dieses Mal schiebe ich ihn nicht weg, sondern gebe meinem Bedürfnis nach seiner Nähe nach. Nach Jackson. Nicht Konstantin, sondern Jackson. So irrational das ist, ich will genau diesen Mann, der vor mir sitzt, und es ist mir in diesem Moment ganz egal, was er getan hat. Ich habe das Gefühl, ihn im Grunde seines Herzens zu kennen, zu erkennen. Seinen Schmerz, seine Sorgen, seine Wünsche.

Jackson vertieft den Kuss, und ich lasse mich fallen, akzeptiere, dass ich ihm ausgeliefert bin, mit Haut und Haar. Er saugt an meiner Unterlippe, beißt zu, so fest, dass es schmerzt. Aber nicht unangenehm. Im Gegenteil. Ich wünsche mir sofort, seine Zähne an anderen Teilen meines Körpers zu spüren. Ich erschaudere.

Jackson lacht leise in meinen Mund. »Ich sage deinen Männern nichts«, flüstert er.

»Und es stört dich nicht?«

»Im Gegenteil. Ich finde es aufregend.«

Ich sollte ihn zurechtweisen, sollte ihn stoppen. Stattdessen klettere ich auf seinen Schoß und küsse ihn. Alles in mir verlangt nach mehr, als er mit seinen Lippen von meinem Mund zu meinem Hals wandert, saugt und beißt und meine Haut markiert.

Sein harter Schwanz presst sich gegen meine Mitte. Als ich auf seinem Schoß hin und her rutsche, auf der Suche nach Erlösung, stöhnt er auf.

»Jackson.«

Sein Name fällt fast flehend von meinen Lippen, aber das ist mir egal. Ich will, dass er seine Versprechen wahr macht, dass er mich vergessen lässt, in welcher ausweglosen Situation wir uns befinden, will nur an das Hier und Jetzt denken. Er greift nach meinem Hintern und dreht uns, drückt meinen Oberkörper gegen die schräge Glasfläche des Cockpits hinter uns. Einige Sekunden hält er inne, ragt über mir auf und betrachtet mich mit so viel männlicher Zufriedenheit und Begierde im Blick, dass ich unruhig werde.

Dann beugt er sich über mich, sein Mund findet meine Brustwarze unter dem dünnen Material des T-Shirts, und er beißt leicht zu. Ich keuche vor Lust auf.

Ich umklammere seine Schultern, bohre meine Fingernägel in seine Haut und muss bei dem Gedanken an die Abdrücke, die ich dort hinterlasse, grinsen. Ich halte mich mit einer Hand fest und lasse die andere in den Bund seiner Hose gleiten. Sein Schwanz ist groß und fest und fühlt sich zugleich samtweich an. Ich streiche seinen Schaft entlang, zeige ihm, was ich will.

Jackson greift den Saum meines Shirts und zieht es mir über den Kopf. Mein Haargummi löst sich, und meine Haare fallen in Wellen um meinen Kopf. Er starrt mich an, meinen Körper, meine nackten Brüste, und ein tiefes Stöhnen entweicht seiner Kehle.

»Darauf habe ich so lange gewartet. Ich habe mir so oft ausgemalt, wie du nackt aussiehst, Baby, und du enttäuschst nicht.«

Er beugt sich zu meiner Brust und zieht einen Nippel zwischen seine Lippen. Seine Zähne kratzen über die harte Spitze, und ich spüre den lustvollen Schmerz am ganzen Körper.

»Ich kann nicht mehr warten, Jackson. Das hier ist überfällig.« Ich erkenne meine Stimme kaum wieder, lasziv und sinnlich.

Jackson keucht bei meinen Worten hungrig auf, sein Griff um meinen Hintern ist so fest, dass ich mich frage, ob er so etwas wie eine Markierung hinterlassen will. Aber das schreckt mich nicht ab, im Gegenteil. Es gehört zu diesem Mann, und ich will, dass er mich in all seiner Wildheit und Brutalität, seiner Skrupellosigkeit nimmt. Und ich will es ihm ebenso zurückgeben.

Er schiebt den Bund meiner Jogginghose hinunter und zieht die Luft durch die Zähne, als er bemerkt, dass ich kein Höschen anhabe.

»Definitiv überfällig«, stöhnt er, während er mir die Hose vom Leib reißt und gleichzeitig seine herunterzieht und weggekickt. Er platziert seinen harten Schwanz zwischen meinen Beinen und reibt dabei über meine feuchte Mitte, sodass ich vor Begehren aufstöhne. Ich dränge mich gegen ihn und schlinge erneut meine Beine um seine Hüften.

»Hast du ein Kondom?«

»Bin schon dabei«, sagt er und reißt die Verpackung mit den Zähnen auf. Er presst mich wieder gegen die Scheibe und stößt seinen harten, großen Schwanz so tief in mich hinein, dass mir die Luft einen Moment wegbleibt und ich vor Lust aufschreie. Jackson knurrt kehlig, als die Muskeln meiner Pussy sich um ihn zusammenziehen.

Sein Mund findet meinen, während er sich aus mir zurückzieht, und er schluckt meine Lustschreie, als er wieder und wieder mit aller Kraft in mich eindringt. Ich bewege meine Hüften und komme ihm entgegen, und er dringt noch tiefer und härter in mich ein, dabei küsst er mich rücksichtslos. Ich bin nie zuvor so geküsst worden, mit einer solchen Unnachgiebigkeit gevögelt worden. Und ich liebe jede Sekunde davon. Sein riesiger

Schwanz lässt mich bei jedem Stoß schwindeln, und ich glaube schon nach wenigen Minuten, Sterne zu sehen. Ich kralle mich in seinen Rücken, vermutlich hinterlasse ich ebenso viele Spuren auf seinem Rücken wie er an meinem Hintern.

»O ja, genau so«, stöhne ich.

Jackson, der bemerkt, dass ich kurz vor dem Höhepunkt bin, greift nach unten, um meinen Kitzler zu massieren. Zwei kreisende Bewegungen reichen aus, und ein Inferno explodiert in meiner Mitte, breitet sich in Wellen über meinen ganzen Körper aus, und ich schreie meine Befriedigung in den Wind.

Als mein Atem sich wieder etwas beruhigt hat, zieht Jackson sich aus mir zurück und lässt mich zurück auf die Sitzbank sinken. Er beugt sich zu mir und küsst mich so leidenschaftlich. Dabei vergräbt Jackson eine Hand in meinem Haar und wickelt sich eine dicke Strähne um die Faust, sodass er die Kontrolle über meinen Kopf hat. Er drängt mich auf die Knie zwischen seinen Beinen und zieht an meinem Haar, sodass ich zu ihm hochsehen muss.

»Ich werde heute jede Faser deines Körpers brandmarken, sodass du mich nie wieder vergisst«, presst er hervor. »Und du wirst jede Sekunde davon lieben.«

Ich müsste Angst haben, aber mein Herz flattert aufgeregt. Ich mag dieses Spiel, und ich erkenne die Bedeutung, dass er sich mir auf diese Weise zeigt. Seine Augen leuchten, und der verfolgte, besorgte Ausdruck, den ich in letzter Zeit so oft darin gesehen habe, ist völlig verschwunden. Er braucht das. Er braucht mich.

Ich lecke mir die Lippen und schiele auf seinen riesigen Schwanz, den er mit seiner großen Hand umklammert.

»Mach mit mir, was du willst. Heute sind wir nur Jackson und Juli, alles andere ist weit weg.«

Seine Augen scheinen aufzulodern, als er auf mich herabsieht, und das heftige Ziehen zwischen meinen Beinen wird stärker.

Ich will ihn wieder in mir spüren. Aber zuerst werde ich ihn verwöhnen.

Er schiebt seine Hüften vor, und ich öffne meinen Mund, lecke seine Eichel, als er seinen Schwanz zwischen meine Lippen führt, meinen Kopf dabei fest im Griff. Ich schmecke seinen salzigen Lusttropfen und meine eigene Begierde und stöhne um seinen Schaft herum.

Jackson dringt mit einem tiefen Stöhnen in meinen Mund vor, dabei schiebt er seinen Schwanz tief in meinen Rachen. Ich lecke und massiere ihn, während er immer schneller meinen Mund fickt. Die kehligen Laute, die aus seinem Mund dringen, spornen mich an, und ich beginne selbst zu keuchen, merke, wie ich geil werde. Ich greife seinen Hintern, kralle meine Nägel in die festen Muskeln und treibe ihn an. Als ich zu ihm hochsehe, bemerke ich, dass er mich beobachtet. Wir sehen uns einen Moment an, dann stöhnt er laut auf und kommt hart in meinen Mund.

Ich schlucke jeden Tropfen, bevor er meine Haare freigibt und ich auf die Couch sinke. Jackson lässt sich neben mich fallen und lehnt sich zurück. Ich kuschle mich an ihn, und er streichelt sanft mein Haar. Eine Weile schweigen wir und genießen die Stille. Ich sollte darüber nachdenken, was es bedeutet, dass ich mit meinem Entführer geschlafen habe, warum ich mich ausgerechnet zu diesem Mann so hingezogen fühle, der auf der anderen Seite des Gesetzes steht. Aber ich habe nicht die geringste Lust dazu, mir die Stimmung zu verderben. Ich male kleine Kreise mit dem Finger auf seine kräftigen, muskulösen Oberschenkel.

»Was denkst du?« Jackson schaut fragend zu mir herunter, sein Blick ist fast zärtlich.

»Ich fragte mich gerade, wie viel von dir eigentlich Konstantin ist.«

Seine Mundwinkel zucken, und er lächelt leicht. »Konstantin

ist der Mann, der ich hätte werden können, wenn ich mich mit sechzehn anders entschieden hätte.«

»Ich mag euch beide.«

Ohne groß nachzudenken, kommen diese Worte aus meinem Mund. Jacksons Lächeln verschwindet, seine Augen werden dunkel und ernst.

»Das solltest du dir noch einmal gut überlegen.«

Bevor ich fragen kann, was er damit meint, suchen seine Lippen meine. Sein Kuss schmeckt ein wenig salzig, fordernd begehrt er Einlass in meinen Mund. Ich schließe die Augen und lasse zu, wie die Lust meinen Körper erneut erfasst.

Kapitel 4

LEANDER

Das kann doch nicht wahr sein. Noch länger? Achtundvierzig Stunden, das sind zwei Tage. Juli? Bist du noch da?«

Doch das Handy tutet hektisch, das Gespräch ist unterbrochen. Vic und Mitch starren mich mit aufgerissenen Augen an, sie haben alles mitgehört. Einen Moment lang ist es totenstill im Konferenzraum des Tech-Bunkers, der zu unserem Ermittlungssitz »Quartier 4« gehört.

Dann poltert Vic los. »Noch mal zwei Tage soll sie bei diesem Typen bleiben, ohne dass wir erfahren, was sie dort treiben? Niemals, Leander. Es reicht jetzt.«

Er greift nach seinem Sakko, holt sein Handy heraus und tippt darauf herum.

Mitch packt ihn am Arm. »Was machst du da, Vic?«

Vic reißt sich los und starrt ihn aus seinen grünblauen Augen erbost an. Seine dunkle Gesichtsfarbe färbt sich rötlich.

»Wonach sieht es denn aus? Ich will telefonieren, ich werde von Stuck informieren.«

Auch Mitch gerät jetzt in Wut, seine Halsschlagader schwillt gefährlich an.

»Das geht nicht, Vic, wir haben das doch besprochen. Er wird am Ende wieder eine viel zu riskante Aktion daraus machen, wie im ›Andromeda‹. Außerdem kannst du nicht einfach über unsere Köpfe hinweg entscheiden.«

Er reißt an Vics Arm, der versucht, sich loszumachen.

»Ich kann das sehr wohl entscheiden, Polizeihauptmeister, und ich darf das auch. Ich bin der Teamleiter, und es ist Gefahr im Verzug. Ich …«

»Schluss jetzt. Aufhören, ihr beiden, das ist doch keine Lösung.«

Sanft fasse ich Mitch an den Schultern und ziehe ihn von Vic weg. Zum Glück macht er keinen Versuch, erneut auf Vic loszugehen. Vic lässt das Handy sinken. Ich bin erleichtert, denn ich teile Mitchs Ansicht. Es wäre ein Risiko, BKA-Gruppenleiter Rolf von Stuck ins Boot zu holen. Nicht umsonst haben wir uns dazu entschieden, die Entführung unserer Kollegin und gemeinsamen Frau – die Formulierung kommt mir merkwürdig vor, aber eine andere fällt mir nicht ein – geheim zu halten, um ihr Leben nicht zu riskieren. Dass Vic seinem direkten Vorgesetzten gegenüber noch mal eine andere Loyalität hat und als Teamleiter unserer »SOKO Harem« auch die Verantwortung größer ist, erklärt nicht eine solch impulsive Alleinentscheidung. Zumal wir uns dann dafür rechtfertigen müssen, dass wir Julis Abwesenheit bislang mit einem Undercover-Einsatz begründet haben. Auch wenn ich mir Sorgen um Juli mache, sie klang am Telefon nicht, als sei sie in Gefahr. Das muss ich mir immer wieder vor Augen halten. Sie hat uns um zwei Tage mehr Geduld gebeten und uns versichert, dass das dem Fall hilft. Sie scheint an irgendwas dran zu sein, und ich für meinen Teil vertraue zwar nicht Jackson, aber Juli.

Mitch wirft mir einen besorgten Blick zu, und ich nicke ihm kurz beruhigend zu, um zu signalisieren, dass wir einer Meinung sind. Vic kneift die Augen zusammen, sein Kiefer mahlt. Es fällt ihm erkennbar schwer, in seine Rolle als besonnener BKA-Kommissar zurückzufinden. Kein Wunder. Auch er liebt die Frau, die Jackson entführt hat. Auch er hat Angst, sie für immer zu verlieren.

»Du bist der Profiler, Leander. Wie können wir an Jackson herankommen? Es ist doch möglich, wenn sie nur so tut, als sei sie unverletzt, und in Wahrheit hat dieser Typ sie …«

Er bricht ab und starrt aus dem halb verdunkelten Fenster in den Garten. Er spricht aus, was ich auch die ganze Zeit befürchte. Das Psychogramm, das ich von Jackson T.J. erstellt habe, gibt leider keinen Grund zur Beruhigung. Er ist ein unberechenbarer Typ und in seiner frühen Jugend bereits kriminell geworden. Ein cleverer, hochintelligenter Mann mit der Bereitschaft, seine Ziele durchzusetzen und dafür Grenzen zu überschreiten. Schwer zu sagen, wie er Juli behandelt, die ihm restlos ausgeliefert ist.

Mir schaudert bei der Vorstellung, dass sie hilflos in seiner Gewalt ist, gefesselt in irgendeinem Kellerloch sitzt, einem Mann ausgeliefert, der unberechenbar ist und der nichts zu verlieren hat. Eine heftige Unruhe breitet sich in mir aus, und ich versuche, die Bilder wegzuschieben, die sich vor meinem inneren Auge ausbreiten.

Als könnte Mitch meine Gedanken lesen, wendet er sich an Vic, erkennbar versucht, sich zu beherrschen und seine Stimme ruhig klingen zu lassen.

»Wenn Jackson mitbekommt, dass wir die BKA-Spitze über die Entführung informiert haben, wird er rotsehen.«

»Was meinst du damit?«

Ich beobachte Mitch, wie er unruhig auf und ab läuft, während Vic ihn finster anstarrt. Er kann seinen alten Jugendfreund vermutlich realistisch einschätzen.

»Jackson wollte Juli für seine Zwecke einspannen. Er wollte uns schon nicht beim Treffen dabeihaben, also würde er darüber jetzt wohl kaum mit von Stuck reden. Er wird seine Interessen durchsetzen.«

Mir bleibt kurz die Luft weg. Wenn das stimmt, ist Juli in doppelter Gefahr. Wir müssen nicht nur dafür sorgen, dass sie heil zurückkehrt, sondern auch unbedingt verhindern, dass Vic seinen Chef informiert oder dass das BKA auf andere Weise mitbekommt, dass Juli entführt wurde.

Mir fällt es schwer weiterzusprechen, doch ich zwinge mich. »Es könnte sein, dass er sie deshalb mitgenommen hat, weil er uns entdeckt hat. Meinst du, dass er ihr etwas antun könnte, Mitch?«

»Rede nicht so einen Unsinn!«

Vic wird so laut, dass ich kurz zusammenzucke. Mitch hebt hilflos die Schultern, doch ich nicke ihm zu, und er blickt unsicher zu Vic.

»Das ist alles nur Spekulation. Wir sollten lieber weiter überlegen, wo sie stecken könnte.«

Ich nicke ihm dankbar zu und wende mich an Vic.

»Mitch hat recht, Vic. Lass uns die Füße stillhalten. Wenigstens noch zwei Tage, bis Juli sich wieder meldet. Ich finde, wir sollten uns jetzt zusammenreißen und die Zeit nutzen, um Jacksons Hintermänner unter die Lupe zu nehmen.«

Mein Vorschlag ist kein genialer Masterplan, aber immerhin etwas, das wir tun können. Vic hebt ironisch die Braue. Seine Stimme trieft vor Ironie. »Du meinst, da stoßen wir spontan auf Gestalten, die wir bislang übersehen haben und die uns den Weg zu Julis Versteck weisen?«

Mit mühsamer Beherrschung schlucke ich einen Fluch hinunter. Ich würde Vic am liebsten am Kragen packen und schütteln. Seine zynische Art, die mich bisher nie sonderlich gestört hat, bringt mich in dieser Situation auf die Palme. Vic hält sich offenbar für den Einzigen, der sich um Juli sorgt, und er glaubt, das gibt ihm das exklusive Recht, hier herumzupoltern und seine Anspannung rauszulassen. Ich habe genau so viel Angst um Juli, und diese Sorge lähmt meinen Verstand. Dieses Gefühl ist mir fremd. Immer wieder male ich mir aus, dass Jackson Juli misshandeln könnte, während wir uns hier streiten.

»Ich gehe eine Runde pumpen, ich muss den Kopf freikriegen. Wir sehen uns nach dem Mittagessen hier.«

Ohne eine Antwort abzuwarten, verlässt Mitch die Tech-Scheune. Ich beobachte durch das Fenster, wie er zielstrebig zum Quartier läuft. Vic ist in sein Handy vertieft und schaut kaum auf, dann murmelt er was von »telefonieren« und verschwindet.

Ich bin froh, endlich allein zu sein, vielleicht gelingt es mir, meine Gedanken zu sortieren. Ich gehe hinüber zur Kaffeemaschine. Mal wieder ärgere ich mich über die schlechte Qualität des Espresso und strecke ihn mit Milch. Zumindest macht er wach.

Julis Entführung triggert mich, sie berührt etwas in mir, das ich verdrängt habe. Ich bin reflektiert genug, um das zu bemerken. Mein Job, andere Menschen zu analysieren, bringt mit sich, dass ich auch mich selbst beobachte, wenn es mir auch oft gelingt, die dazugehörigen Gefühle und Abgründe zu umschiffen. Meine Hilflosigkeit gegenüber Juli bringt nun mit aller Macht mein verborgenes schlechtes Gewissen zutage. Wie damals bei Lara kann ich meiner Verantwortung nicht gerecht werden, kann die Frau, mit der ich verbunden bin, nicht beschützen. Der Unterschied ist nur, dass ich Juli liebe, Lara damals gegenüber nur Pflichtgefühl empfand. Dennoch bin ich am Ende unvermögend und unfähig. Ich habe meinen Sohn alleingelassen, weil ich nicht fähig war, mit dieser Frau zusammenzubleiben. Es reicht nicht aus, was ich ihm bieten kann, ich werde nie der Vater sein, den er braucht.

Ich denke an Lukas, frage mich, was er wohl gerade tut. Plötzlich vermisse ich ihn schmerzlich. Ich folge einem Impuls und hole mein Handy heraus.

»Wie geht's dir? Was macht die Schule,
du hattest eine Mathe-Arbeit, richtig?«

Dass keine Antwort kommt, wundert mich nicht. Mit seinen zwölf Jahren hat Lukas anderes im Kopf, als auf eine Nachricht seines Vaters zu antworten. Trotzdem spüre ich eine Unruhe. Hoffentlich ist ihm nichts passiert. Er war die halbe Woche allein, Laras Eltern hatten viel zu tun. Ob ich Lara anrufen soll? Was, wenn er sich beim Fußballtraining ein Bein gebrochen hat und ich nicht erreichbar war?

Meine Gedanken springen in meinem Kopf wie ein wild gewordener Affe von Ast zu Ast. Ich lasse mich auf einen der Bürostühle fallen und versuche klarzukommen. Mein Handy piept.

»*Alles in Ordnung. Mathe lief gut.*«

Vor Erleichterung muss ich grinsen.

»*Prima. Du fehlst mir. Wenn ich zurück bin,
fahren wir ein Wochenende weg, okay?*«

»*:)*«

Ich stütze meinen Kopf in die Hände. Obwohl ich mich so locker gebe, quält es mich, dass ich schon wieder nicht für ihn da sein kann. Wie oft schreibe ich ihm, dass er mir fehlt – aus der Ferne. Meine Gedanken wandern wieder zu Juli. Ich sehe sie vor mir, wie sie mit uns in diesem Konferenzraum saß, die Stirn skeptisch in Falten gelegt, den Blick entschlossen. Ich denke an ihren Duft, ihre weiche Haut, ihre sanften Lippen.

Wir hätten sie davon abhalten müssen, sich mit Jackson zu treffen. Was für ein Wahnsinn! Die Vorstellung, dass sie Schmerzen erleiden muss, weil wir sie als Lockvogel vorgeschickt haben, ist unerträglich. Ein böser und schmerzhafter Gedanke macht sich bemerkbar, erst leise, dann immer lauter. Was, wenn ich sie niemals wiedersehe?

Ich springe auf. Es reicht. Ich muss damit aufhören, mich meinen Gefühlen unterzuordnen, und mich wieder in den Griff bekommen. Ich beschließe, eine Runde im See schwimmen zu gehen. Das Einzige, was jetzt hilft, ist eine Abkühlung.

Kapitel 5

VIC

Nach einer halben Stunde Joggen im hohen Tempo um den See bleibe ich neben einem umgekippten Baum stehen und lasse mich auf den Stamm fallen. Ich halte mein Handy umklammert und starre unentschlossen auf das schwarze Display. Ich müsste meinen Chef beim BKA anrufen und ihn darüber informieren, dass Juli Schröder als Teammitglied der »SOKO Harem« von unserem Zielobjekt entführt wurde und seit Tagen festgehalten wird. Nicht nur, weil Rolf von Stuck mein Vorgesetzter ist und ich ihm gegenüber weisungsgebunden bin, sondern auch, weil er als Gruppenleiter die Mittel hat, um Juli aufzuspüren und zu retten. Wir könnten mit Spezialkräften in Jacksons Schlupfloch eindringen und Juli befreien. Mit gezielter Analyse und weiterer technischer Ausstattung wäre es möglich.

Doch von dem Vorgehen bin ich nicht überzeugt. Leanders und Mitchs Bedenken kommen nicht von ungefähr. Von Stuck steht unter hohem Druck, Jackson zu schnappen, das macht die Sache gefährlich. Schon im »Andromeda« hat er unüberlegt reagiert, als er den Laden stürmen ließ und die öffentliche Aufmerksamkeit erregte. Was, wenn er wieder das Kommando übernehmen will, vorprescht und dadurch Juli gefährdet? Das kann ich auf keinen Fall zulassen.

Aber irgendetwas muss ich ihm erzählen. Er hat mir heute schon zwei Mails geschickt und wollte wissen, was für eine geheime Undercover-Mission das denn sei, auf der Juli ist. Da ich es nicht wage, ihm eine Lüge aufzutischen, fürchte ich, dass von Stuck die Daumenschrauben demnächst weiter anziehen könnte. Lang können wir ihn nicht mehr hinhalten.

Den Spieß herumzudrehen und Jackson Druck zu machen, ist undenkbar. Oberste Priorität ist es, dass Juli heil zurückkehrt. Sie hat uns zwar versichert, dass es ihr gut geht und dass sie wichtige Informationen von Jackson bekommt, wenn wir ihr noch zwei Tage geben, aber ich weiß, dass das nicht alles ist. Sie verheimlicht uns etwas. Ich befürchte, dass sie nicht will, dass wir uns um sie sorgen.

Ich springe auf und trete so fest gegen den Baumstamm, dass mein ganzer Fuß schmerzt. Das heftige Pochen spiegelt wider, wie ich mich fühle. Dass ich so verwundbar bin, irritiert mich. Allerdings stehe ich mit diesem Gefühl nicht allein da.

Mitch verbringt mehr Zeit als je zuvor im Gym im Keller des »Quartiers«, als könne nur körperliche Erschöpfung ihn davon abhalten, wild loszulaufen und jeden Stein nach Juli umzudrehen. Leander wirkt verschlossener denn je. Er sitzt den halben Tag da und starrt wahlweise aus dem Fenster oder auf sein Handy. Die beiden leiden genauso sehr wie ich.

Ich bleibe abrupt stehen, als mir diese Wahrheit bewusst wird. Bislang habe ich stumm akzeptiert, dass Juli auch Gefühle für Leander und Mitch hat. Es fällt mir schwer, mich damit abzufinden, aber zu sehen, wie glücklich und erfüllt sie ist, wenn sie die beiden um sich hat, befriedet mich ein bisschen. Leander und Mitch haben sich in den vergangenen Wochen angefreundet, sie gehen vertraut miteinander um. Sie scheinen zu akzeptieren, dass Juli uns alle will. Ihnen gelingt es allerdings deutlich besser als mir, sie zu teilen.

All das scheint allerdings nun weit entfernt. Ich laufe los, immer den schmalen Pfad durch den Wald entlang. Der See liegt zu meiner Linken und glitzert in der Nachmittagssonne.

Ich marschiere um eine Kurve und sehe von Weitem die weiße Fassade des Palais hinter den Bäumen auftauchen. Ich beschleunige meine Schritte und spüre, wie neue Energie durch meinen Körper strömt. Wir werden Juli nicht zurückbekommen, wenn wir gegeneinander kämpfen, wir müssen an einem Strang ziehen.

Kaum, dass ich den Tech-Bunker betrete, klingelt mein Handy. Ich muss nicht mal aufs Display sehen, um zu wissen, dass es mein Boss ist. Lieber hätte ich mit Leander und Mitch geredet, bevor ich von Stuck vertröste, aber ich weiß, dass er fuchsteufelswild wird, wenn ich nicht rangehe.

Leander und Mitch sitzen bereits am Konferenztisch, also schalte ich den Lautsprecher ein.

»Chef, was gibt es?«

Mitch und Leander setzen sich aufrechter hin, als sie bemerken, dass wir direkt im Telefonat sind.

»Simmons, ist Ihr Team anwesend?« Rolf von Stucks Stimme klingt wie gewohnt fordernd und herrisch. Aber ich höre auch einen anderen Unterton. Erleichterung? Zufriedenheit?

»Ja, die sind hier. Ich habe Sie laut gestellt.«

»Gut. Ich will mich nämlich nicht wiederholen. Es gibt neue Informationen zu Jackson T.J., ich schicke Ihnen gleich etwas rüber dazu.«

Mein Puls geht augenblicklich schneller. Hoffentlich weiß er nicht, dass Juli bei Jackson ist. Aber vielleicht können uns diese Informationen auch zu ihr führen.

»Wir sind bereit.«

»Nun, die Forensik hat noch mal alle Spuren aus dem ›Andromeda‹ abgeglichen und eine neue Gesichtserkennungs-KI über die Videoaufnahmen laufen lassen. Es gab einen interessanten Treffer in der Datenbank. Unser Mann, Jackson T.J., hat noch viel mehr Dreck am Stecken, als wir bislang dachten.«

Er macht eine theatralische Pause. Mitch wippt ungeduldig

mit dem Fuß, Leander verdreht die Augen. Dann räuspert sich mein Chef.

»Jackson konnte als Verdächtiger bezüglich Gewalttaten an einer Reihe von verschwundenen Prostituierten in den vergangenen Jahren identifiziert werden, sowohl im In- als auch im Ausland. Es sieht so aus, als ob T.J. seine Droge an den Frauen ausprobiert habe.« Wieder unterbricht er sich und hebt dann erneut an.

»Drei Leichen werden in den nächsten Tagen exhumiert, um sie auf Spuren von ›Pink Panther‹ und ›Purple Panther‹ zu untersuchen.«

Von Stuck schweigt, um uns einen Moment zu geben, das Gesagte zu verdauen. Ich lasse mich auf einen Stuhl sinken und starre von Leander zu Mitch, die ähnlich überrascht von diesen neuen Informationen sind.

Mitch fängt sich als Erster. Er räuspert sich. »Sind Sie sicher, dass Jackson dahintersteckt, Herr von Stuck? Das ist so gar nicht seine Handschrift.«

Ich ziehe scharf die Luft ein und bedeute Mitch zu schweigen. Wenn mein Chef eines nicht mag, dann ist es, vor anderen infrage gestellt zu werden.

Wie erwartet explodiert von Stuck sofort.

»Natürlich ist das seine Handschrift, der Mann ist ein Schwerkrimineller! Was erlauben Sie sich, Berninger. Die Software hat ihn eindeutig identifiziert.«

Ich greife ein. »Wir werden das sicher alles in dem Bericht finden, den Sie uns schicken, oder?«

»Selbstverständlich. Ihnen sollte nur bewusst sein, dass eine so moderne Technologie vor Gericht keinen Bestand hat. Doch wir haben damit einen neuen Ermittlungsansatz. Ich erwarte, dass Sie Jacksons Verbindungen ins Rotlichtmilieu checken. Vielleicht finden Sie auf dem Weg auch eine Spur von ihm. Klappern Sie die Clans ab, die Rocker, was auch immer. Ich will, dass der Mann geliefert wird, und zwar pronto. Haben Sie mich verstanden?«

Blitzschnell wäge ich ab, was diese Information bedeutet. Einerseits können wir eine neue Spur verfolgen. Andererseits könnte Juli in größerer Gefahr schweben, als sie ahnt.

Von Stuck unterbricht meine wild galoppierenden Gedanken. »Simmons?«

»Ja, Chef.«

»Ich habe nicht vergessen, dass Sie mir noch Antworten zu diesem rätselhaften Undercover-Einsatz der Kollegin Schröder schulden. Ich will über jedes Detail informiert werden, verstanden?«

Ich schlucke. »Ja, Chef. Sobald wir mehr wissen, werde ich umgehend Bericht erstatten.«

»Gut. Dann an die Arbeit.«

Kapitel 6

Meine Wangen und die nackten Arme glühen. Ich habe heute zu viel Sonne abbekommen, als ich auf dem Deck der Jacht eingenickt bin. Von der Reling aus schaue ich Jackson zu, der auf dem hinteren Deck mit einem Kescher den kleinen Pool von Laub und Vogelfedern befreit. Seine Bewegungen sind ruhig, fast meditativ. Er trägt ein dunkles Käppi zu seiner üblichen Kleidung: schwarze, weite Hosen und ein dunkles T-Shirt. Ich beobachte das Spiel seiner Muskeln, wenn er den Kescher aus dem Wasser herauszieht.

Ich werde mich von Jackson verabschieden. Die Entscheidung habe ich heute Morgen getroffen. Doch ich zögere hinaus, mit ihm zu reden. Zu gehen bedeutet, dass wir uns nicht wiedersehen werden. Jackson drängt nicht darauf, dass wir sprechen, vielleicht ahnt er längst, was ich tun werde. Doch es bleibt nicht mehr viel Zeit. Von den achtundvierzig Stunden sind noch zwölf übrig. Eine weitere Verzögerung würden meine Männer nicht hinnehmen, sondern von Stuck und Elisabeth Steinhauer informieren.

Ich gehe langsam zum Whirlpool. Jackson dreht sich um und grinst mich verwegen an. Er hat sich rasiert, und ich entdecke das vertraute Grübchen am Kinn. Die Narben an den Wangen sind wieder deutlich sichtbar.

»Na, hast du gut geschlafen? Hunger?«

»Ja, Schatz, wohin führst du mich denn zum Essen aus?«

Der Versuch, ironisch zu klingen, scheitert. Ich erröte unter meinem leichten Sonnenbrand, als Jackson fragend eine Braue hochzieht. Doch dann grinst er noch breiter.

»Schatz klingt schon mal gut. Aber das mit dem Ausführen wird wohl eher nichts, sonst nehmen mich deine Freunde sofort fest.«

Ich gehe zu einer der Sitzgruppen unter dem Sonnensegel und lasse mich auf einen Korbstuhl fallen. Die ganze Situation, in der ich mich befinde, ist dermaßen surreal, dass ich mir selbst innerlich wieder und wieder vorsagen muss, was ich zu tun habe. Der Deal ist klar: Er lässt mich gehen, wir liefern ihm Hart.

Jackson öffnet die Minibar neben dem Eingang zur Kabine, holt zwei Bier heraus, die er mit einem schnellen Griff öffnet, und stellt sie auf den Tisch. Er setzt sich auf den Stuhl gegenüber und schaut mich erwartungsvoll aus zusammengekniffenen Augen an.

»Prost, Juli.«

Wir stoßen an, aber ich stelle die Flasche zurück auf den Tisch, ohne etwas zu trinken. Er nimmt einen tiefen Schluck.

»Du hast es dir also überlegt. Du willst mir helfen.«

Ich nicke langsam. Es überrascht mich nicht, dass er weiß, was ich ihm sagen möchte. Wir beide wissen es schon längst. Unsere Zeit auf dieser Jacht ist abgelaufen. Jackson nimmt noch einen Schluck Bier, dann legt er die Hände in den Nacken und beobachtet mich. Sein prüfender Blick macht mich nervös. Ich setze mich aufrecht hin und beuge mich vor, dabei schaue ich ihm in die Augen.

»Du lässt mich gehen, und wir schnappen Hart. Aber ich kann nicht mit leeren Händen zurückkommen. Du musst mir etwas geben, damit wir ihm auf die Spur kommen.«

Meine knappen Worte geben mir Sicherheit. Immer sachlich bleiben. Er nickt und hält mir die Hand hin.

»Deal. Du bekommst die Daten von Hart. Aber alles ohne Gewähr. Es kann sein, dass er längst woanders ist, sein Handy gewechselt hat, vielleicht sogar die Identität.«

Mit einem Nicken gebe ich ihm zu verstehen, dass ich verstanden habe. »Und wenn wir ihn haben, bekommen wir den Rest von dir. Adressen der Labore, alte Chats, genügend Beweismittel, mit denen wir ihn verknacken können.«

»Ja. Und zwei Laboradressen kann ich direkt nennen.«

Ich nicke und schlage ein. Seine Hand fühlt sich warm und fest an. Es ist nicht lang her, da berührte sie meinen ganzen Körper. Ich schüttle sie kräftig.

»Okay. Dann lass mich jetzt gehen. Ich rufe bei den anderen an und sage Bescheid, dass ich komme.«

Ich ziehe meine Hand zurück, und Jackson grinst wieder verwegen.

»Wir sind auf dem offenen Meer. Ich würde dich gerne an Land bringen, damit du die Chance hast, lebend bei deinen Männern anzukommen.«

»Immer einen flotten Spruch auf den Lippen. Wie soll denn diese Übergabe aussehen? Willst du mich erneut betäuben?« Ich funkle ihn an.

»Nein. Glaub mir doch endlich. Ich musste es tun.«

Sein Blick ist so ernst, dass ich ihm seine Überzeugung abnehme. Ich betrachte sein markantes, narbiges Gesicht, schaue ihm in die Augen. Ich habe ihm längst verziehen, dass er mich entführt und auf diese Jacht verschleppt hat. Ich habe mich sogar an den Gedanken gewöhnt, dass er in Wahrheit kein Start-up-Investor ist, sondern ein Drogenboss.

»Ich weiß.«

Einen Moment lang herrscht beklemmendes Schweigen. Es ist alles gesagt. Verkrampft ruckle ich auf meinem Stuhl hin und her. Er trinkt sein Bier leer und streckt dann seine Hand über den schmalen Tisch nach meiner aus. Vorsichtig und ein wenig unbeholfen ergreift er meine Finger und schaut mich durchdringend an. Während er meine Hand streichelt, bildet sich ein dicker Kloß in meinem Hals. Ich starre in den wolkenlosen Himmel und versuche, die Tränen hinunterzuschlucken, von denen ich nicht weiß, wo sie plötzlich herkommen. Ich räuspere mich und schaue auf den blitzblanken Boden des Sonnendecks. Langsam beginne ich, die Bohlen zu zählen. Der Kloß wird kleiner. Ich atme tief durch und schaue Jackson an.

»Lass uns fahren. Es bringt ja nichts, den Moment ewig hinauszuzögern.«

Er nickt bedächtig, löst langsam seine Finger aus meinen und steht auf. Sein Tonfall verändert sich, er klingt geschäftsmäßig und kühl.

»Gut. Wir fahren zurück in den Hafen. Von dort aus bringe ich dich mit meinem Auto zu einem Mietwagen. Den Rest schaffst du alleine, oder?«

Natürlich ist er nicht so naiv, mir vorzuschlagen, mich ins »Quartier 4« zu bringen. Er weiß, dass ich ihm niemals unseren Aufenthaltsort verraten würde. Außerdem wäre das ein bisschen, als würde ich ihn in die Höhle der Löwen führen.

Ich nicke knapp. »Alles klar.«

Er grinst schief, und seine Augen blitzen vertraut. Er macht sich auf den Weg ins Cockpit, wenige Minuten später erklingt das satte Dröhnen des startenden Motors der Jacht, und wir setzen uns in Bewegung. Jackson gibt Gas und wendet so scharf, dass ich die Gischt der Wellen auf meinem Gesicht spüre. In hohem Tempo gleitet die »Escape« über das Meer. Der Fahrtwind zerzaust meine Haare, und ich greife kurz entschlossen nach dem Bier vor mir. Mit einem Zug leere ich die Flasche. Der Alkohol verteilt sich rasch in meinem Blut, ich habe kaum etwas gegessen.

Doch dann überkommen mich plötzlich Zweifel. Was, wenn es mir nicht gelingt, Vic, Leander und Mitch davon zu überzeugen, dass wir Hart festsetzen müssen, wenn sie nicht glauben, dass Jackson an »Purple Panther« unschuldig ist?

Ich springe auf und gehe aufs Sonnendeck. Von Weitem entdecke ich schon Land und die Silhouetten von Segelschiffen. Wir dürften in wenigen Minuten im Hafen sein, in ein paar Stunden bin ich vermutlich zurück im »Quartier 4«.

In diesem Moment geht der Motor der Jacht aus. Verwirrt schaue ich mich um. Hat es sich Jackson doch anders überlegt? Die Tür zum Deck öffnet sich, und er kommt mir entgegen, in der Hand ein dunkles Bündel.

Er zwinkert mir zu und zuckt die Achseln. Er weiß sofort, worauf ich anspiele. Unser erstes richtiges Date im Park. Unser zweites längeres Date im Hotel. Jedes Mal verband er mir die Augen. Ein Kribbeln, von dem ich nicht weiß, ob es Angst oder Erregung ist, breitet sich in meiner Magengegend aus. Jackson steht jetzt so nah vor mir, dass ich seinen Duft wahrnehme.

»Ich wünschte, es würde unter anderen Umständen geschehen, Juli.«

Vorsichtig greift er nach einer Haarsträhne und streicht sie zur Seite, während das Boot auf den Wellen tanzt, in der anderen Hand hält er den dunklen Schal. Ich schlucke. Besser, ich sage es ihm jetzt als mit verbundenen Augen. Als ich es ausspreche, wird mir klar, was es bedeutet. Doch ich habe mich entschieden. Für Mitch, Vic und Leander.

Er streichelt mir über die Wange, bevor er sich zu mir beugt. Mein Puls geht schneller, als seine Lippen meine Schläfe streifen. Doch er nähert sich nicht meinem Mund, sondern drückt mir einen sanften Kuss auf die Wange. Fast dankbar lasse ich zu, dass Jackson mir sanft das Tuch um die Augen legt und fest zubindet.

Kapitel 7

Ich biege auf die Einfahrt zum »Quartier 4« und halte vor dem schmiedeeisernen Tor an, das zu dem weitläufigen Areal führt. Ich schalte den Motor des teuren Sportwagens aus, den mir Jackson auf einem Parkplatz in einem Waldstück in Brandenburg übergeben hat. Mir ist wohler dabei, den Rest zu Fuß zu gehen. Ich atme tief durch. Die Männer müssten mich erwarten, ich bin pünktlich, habe die Strecke richtig eingeschätzt.

Den Gedanken an Jackson und an unsere Trennung schiebe ich weg. Das Wegwerf-Handy, das er mir zugesteckt hat – »für den Notfall« –, lasse ich in meiner Hosentasche verschwinden. Vielleicht werde ich es einfach entsorgen, ohne es jemals zu nutzen. In einem Notfall wäre er kaum derjenige, den ich anrufe.

Mein Herz schlägt schneller beim Gedanken daran, dass ich meine drei Männer gleich wiedersehen werde. Und plötzlich habe ich es eilig, durch das Tor zu kommen. Ich presse den Rufknopf und hoffe, dass die Funkverbindung wieder funktioniert. Einige Sekunden passiert nichts, dann öffnet sich das schwere, schwarze Tor langsam. Die drei müssen mich durch die Kamera gesehen haben.

Mein Puls rast, als ich zu Fuß den mehrere Hundert Meter langen Weg hinaufgehe. Ich erkenne den See, der zwischen den Bäumen friedlich daliegt, noch eine Kurve, dann taucht das zum Ermittler-Quartier umfunktionierte Schloss vor mir auf.

Vic, Leander und Mitch stehen in einer Reihe am Fuß der Eingangstreppe und blicken mir mit großen Augen entgegen. Ich versuche, ihre Mienen zu lesen. Ich sehe Freude über unser Wiedersehen, aber da ist auch Sorge, Furcht und Wachsamkeit. Ich werde ganze Arbeit leisten müssen, sie davon zu überzeugen, dass wir Jackson vertrauen müssen. Dass ich ihm deutlich näher gekommen bin, als man es bei einem Entführer erwarten würde, werde ich ihnen nicht erzählen. Das würde sie nur an meinen Motiven zweifeln lassen.

Mitch kommt auf mich zugestürmt.

»Juli!«

Er reißt mich in seine Arme und drückt mich so fest, dass mir die Luft wegbleibt. Ich seufze vor Erleichterung auf, und Tränen schießen mir in die Augen. Ich habe ihn so vermisst.

Mitch bringt etwas Abstand zwischen uns, hält mich an den Oberarmen fest und mustert mich kritisch.

»Was war los, Juli? Geht es dir gut? Hat er dir etwas angetan?«

»Jetzt lass sie doch erst mal, Mitch.«

Leander tritt zu uns, bleibt aber in einigen Metern Entfernung stehen. Ich kann nicht deuten, was in ihm vorgeht, aber seine Mundwinkel zucken nur leicht, sein Gesicht ist verschlossen.

Vic kommt einen Schritt auf mich zu. Er trägt seinen Waffengurt über einem weißen Shirt, der Knopf über dem Halfter seiner HK P30 ist gelöst, wie immer wirkt er jederzeit einsatzbereit. Er betrachtet mich von oben bis unten, als könne er nicht glauben, dass ich gesund und munter vor ihm stehe. Ich fasse ihn zögerlich am Arm, traue mich aber nicht näher an ihn heran, da er reserviert bleibt.

»Es geht mir gut, Vic, wirklich. Alles noch dran, siehst du?«

Ich strecke meine Arme aus und drehe mich etwas. Vic gibt sich mit meiner Antwort vorerst zufrieden.

»Bist du alleine, Juli? Wie bist du hergekommen, wirst du verfolgt?«

Seine Stimme klingt gepresst, als müsse er sich beherrschen.

Ich schüttle heftig den Kopf. »Ich bin alleine, und es ist auch niemand hinter mir her. Ich habe das Auto auf Tracker überprüft und keinen gefunden, das Bordinternet habe ich ausgemacht, bevor ich hierher gefahren bin. Es steht unten vor dem Tor.«

Ich mache eine kurze Pause und versuche, einen lockeren Tonfall anzuschlagen. »Ich musste mich auf meinen Orientierungssinn verlassen, um dieses gottverlassene Nest wiederzufinden.«

Vic nickt, sichtlich beruhigt.

»Lasst uns erst mal reingehen, ich habe euch einiges zu erzählen.« Ohne eine Antwort abzuwarten, gehe ich auf die Tür zu. Erst als ich die Treppe bereits halb erklommen habe, aber keine Schritte hinter mir höre, drehe ich mich zu den Männern um.

»Kommt ihr?«

Vic fängt sich als Erster wieder und setzt sich in Bewegung, dann folgen auch die anderen. Ich kann verstehen, dass die Männer verunsichert sind über mein plötzliches Auftauchen, ich würde auch genau nachfragen, wenn die Rollen umgekehrt wären. Trotzdem fühlt es sich so an, als sei da eine unsichtbare Mauer zwischen uns. Ich weiß nicht, wie ich sie einreißen soll.

Ich steuere die Küche an und lasse mich auf einen der Stühle an dem großen, hellen Holztisch sinken.

Mitch fragt: »Hast du Hunger? Durst? Brauchst du etwas?«

Ich schüttle den Kopf. Er mustert mich zum wiederholten Mal von oben bis unten, als versuche er, versteckte blaue Flecken oder Wunden durch meine Klamotten zu identifizieren. Mein schlechtes Gewissen meldet sich. Die Männer haben sich ganz offensichtlich große Sorgen um mich gemacht. Ich muss ihnen begreiflich machen, dass ich nicht in echter Gefahr war.

Mitch runzelt die Stirn, und mir fällt auf, dass ich noch immer

Jacksons Kleidung trage: eine schwarze, viel zu weite Jogginghose und ein graues T-Shirt, das ich in der Taille zusammengeknotet habe. Ich habe mich schnell daran gewöhnt, seine Klamotten anzuziehen, dass ich mir nichts dabei gedacht habe, in diesem Aufzug im »Quartier 4« aufzutauchen. Hätte ich doch lieber noch nach meinen Jeans und der Bluse gesucht, die irgendwo auf der »Escape« liegen müssen.

Leander lehnt an der Küchenanrichte und hat die Arme über der Brust verschränkt. Vic, der mir gegenübersitzt, beobachtet mich skeptisch, seine Miene ist noch immer besorgt, aber auch entschlossen, als er das Gespräch beginnt.

»Wie bist du entkommen?«

Ich fixiere die drei nacheinander. Es ist wichtig, dass sie mich von Anfang an verstehen und mir folgen. Immerhin muss ich ihnen begreiflich machen, dass Jackson nicht unser Feind ist und wir mit ihm zusammenarbeiten sollten.

»Ich habe mich dafür entschieden zu gehen.«

Vic runzelt die Stirn. »Und das hat er zugelassen? Einfach so? Aber halt, dann weißt du ja, wo er ist?«

Er erhebt sich halb, als wolle er direkt losstürmen und Jackson festnehmen.

Ich hebe die Hand, um ihn zu stoppen. »Ich muss euch einiges erklären.« Nach einer kurzen Pause, in der mich die drei Männer überrascht ansehen, fahre ich fort. »Ihr müsst euch keine Sorgen um mich machen. Jackson hat mich nicht wie eine Gefangene behandelt, im Gegenteil.« Eine leichte Röte überzieht meine Wangen. Schnell besinne ich mich auf die Informationen, die für den Fall wichtig sind. »Jackson ist nicht unser Feind. Das ist genau das, worüber ich mit euch sprechen will. Wir müssen unseren Ermittlungsansatz ändern und alles auf Hart konzentrieren. Er ist der wahre Täter und für ›Purple Panther‹ verantwortlich.«

Einige Sekunden herrscht Schweigen. Ich sehe die drei nacheinander an. Leander runzelt die Stirn, sagt aber nichts. Mitch springt auf und beginnt, in der Küche auf und ab zu gehen. Vic presst hervor: »Aber wo ist er? Das musst du uns sagen.«

Ich schüttle den Kopf.

»Das tut nichts zur Sache. Ich habe von ihm die wichtigsten Infos, wie wir den Fall lösen können, und die Bedingung, dass ich gehen konnte, war, dass ich den Aufenthaltsort für mich behalte.«

Die drei Männer starren mich an. Es überrascht mich nicht, dass ich sie sprachlos mache. Sie dachten, dass ich gewaltsam festgehalten wurde und Jackson mich bedroht hat. Doch darauf kann ich jetzt keine Rücksicht nehmen. Sie werden den Sachverhalt schon begreifen. »Wir waren bereits auf der richtigen Spur mit dem Verdacht gegen Hart. Allerdings wird es wohl nicht so einfach sein, ihn zu finden. Hart hat sich allem Anschein nach in seinem Heimatland Montenegro verschanzt und den Kontakt zu Jackson abgebrochen. Jackson ist bereit, mit uns zu kooperieren und uns Informationen zur Verfügung zu stellen.«

Noch immer reagieren die Männer nicht, ich ertappe sie aber dabei, wie sie sich über meinen Kopf hinweg Blicke zuwerfen. Herausfordernd wende ich mich Vic zu. Er schüttelt den Kopf, ein mitleidiger Ausdruck tritt in seine Augen.

»Du bist auf dem Irrweg, Juli. Jackson ist ein Schwerverbrecher.«

Ich runzle die Stirn. Das wird schwerer als erwartet.

»Warum sollte Jackson mit uns kooperieren wollen, wenn er der Verantwortliche ist?«

»Na, weil er dir einen Bären aufgebunden hat. Er wollte den Kopf aus der Schlinge ziehen und hat eine falsche Fährte gelegt.« Leanders Stimme klingt kühl, er mustert mich abschätzig. Ich spüre, wie das Blut in meinen Schläfen pulsiert.

Vic legt nach. »Selbst wenn dieser Hart mit drinhängt, Jackson bleibt Hauptverdächtiger.«

Und auf einmal klickt es in meinem Kopf. Ich verstehe plötzlich, warum die Männer so merkwürdig um mich herumschleichen, warum Leander schweigt und Mitch sichtlich nervös ist. Und vor allem, woher Vics Mitleid kommt.

»Ihr denkt, dass Jackson mich manipuliert hat und ich mir von ihm etwas habe weismachen lassen.«

Vics Blick wird hart. Ich kenne diesen Ausdruck. Er ist sich seiner Sache sicher und wird nicht davon abweichen.

»Das ist noch längst nicht alles. Von Stuck hat uns neue Informationen mitgeteilt. Jackson wird mit Menschenhandel in Verbindung gebracht, er soll seine Drogen an Unwissenden getestet haben.«

Ich schnappe nach Luft. »Was ist das denn für ein Unsinn? Er wollte doch verhindern, dass Menschen zu Schaden kommen. Das muss ein Missverständnis sein. Gibt es dafür Beweise?«

Vic verdreht die Augen. »Beweise nicht direkt, aber klare Hinweise.«

»Na, dann haben wir offenkundig zwei unterschiedliche Ansichten.« Ich stehe auf und gehe in Richtung Tür. Erst mal muss ich Zeit gewinnen und mir eine Strategie überlegen, wie ich vorgehe. Gegen die drei auf einmal komme ich so nicht an. Mitch fasst mich am Arm und sieht mich bittend an.

»Lasst uns nicht streiten, Juli. Du bist bestimmt erschöpft. Leg dich am besten ein wenig hin, und wir reden morgen weiter.«

Mitchs fürsorgliche Art und das schlecht versteckte Mitgefühl, Leanders Zurückhaltung, Vics harte Miene – all das bringt mein Blut in Wallungen. Ein Glück, dass ich ihnen nicht gebeichtet habe, dass ich mit Jackson geschlafen habe. Dann hätten sie mich vollends für unzurechnungsfähig erklärt.

Ich mache mich los. »Ihr hört ja nicht einmal, was ich zu sagen habe. Dabei läuft uns die Zeit davon. Ich habe den Kontakt zu Hart bekommen. Wir sollten alles daransetzen, ihn zu finden.«

Mitch runzelt die Stirn. Ihm ist die Situation sichtlich unangenehm, er wendet sich hilfesuchend an Leander. »Sag du doch auch mal was!«

Leander zögert, dann räuspert er sich. »Wir haben hier offensichtlich einen Konflikt. Vielleicht ist es besser, wir lassen Juli erst mal in Ruhe ankommen.«

Ich funkle ihn wütend an. »Nein, sprich ruhig. Sag uns, was du über mich denkst.«

Leander lässt sich nicht von mir provozieren, sondern antwortet mit fester, ruhiger Stimme. »Du warst tagelang in der Hand eines mutmaßlichen Schwerverbrechers, Juli. Du hattest keine anderen Bezugspersonen als ihn. Es ist durchaus denkbar, dass du in einer solchen bedrohlichen Ausnahmesituation Sympathie und Verständnis für deinen Entführer entwickelt hast. Hinzu kommt deine persönliche traumatische Erfahrung von der früheren Geiselnahme. Das könnte das Stockholm-Syndrom getriggert haben.«

Ich sehe rot, schnappe nach Luft. »Das also denkt ihr. Dann würdet ihr also nicht einmal versuchen, Hart ausfindig zu machen?«

Es ist keine Frage, sondern eine Feststellung. Vic sieht mich stumm an, die Arme verschränkt, Mitch fummelt am Saum seines Shirts herum und weicht meinem Blick aus. Leander schweigt wieder. Ich will keine Sekunde länger mit diesen Männern, die mir offensichtlich nichts zutrauen, in einem Raum sein.

»Du bekommst deinen Willen, Mitch. Ich lege mich hin. Wartet nicht auf mich mit dem Essen.«

Mit diesen Worten stürme ich an den Männern vorbei die Treppe hinauf in mein Zimmer. Wenn sie mir nicht helfen wollen, dann fasse ich Hart eben alleine.

Kapitel 8

Möchtest du einen Kaffee? Oder ist es zu spät dafür? Der regt sicher nur auf, und dann kannst du nicht schlafen. Ich mache dir gerne einen Tee. Ich …«

»Mitch, bitte, ich möchte nichts. Lass mich einfach hier weitermachen, okay?«

Ich klinge so gereizt, dass ich mich selbst erschrecke. Mitch starrt mich finster an und zuckt die Achseln, dann verschwindet er wortlos aus meinem Zimmer und knallt die Tür hinter sich zu.

Sofort bereue ich meine harten Worte. Ich war gemein zu Mitch, der es nur gut mit mir meint. Seine Fürsorge macht es allerdings fast noch schlimmer, ändert sie doch nichts am grundsätzlichen Problem: Die Männer glauben, ich sei befangen und stünde unter Schock. Sie halten die Theorie des BKA-Chefs nach wie vor für richtig und sind damit beschäftigt, angebliche Spuren von Jackson auszuwerten. Keine Sekunde lang glaube ich daran, dass Jackson Gewalt an Prostituierten ausgeübt hat. Ich bin überzeugt davon, dass er der falsche Verdächtige ist.

Ich starre das generische Bild an der Wand meines Zimmers an. Inzwischen kenne ich jede Schattierung, jeden Farbverlauf, jeden Übergang der Dünenlandschaft, die darin abgebildet ist. Doch allein komme ich nicht weiter mit meinen Versuchen, etwas über die Drogenlabore in Montenegro herauszufinden.

Harts Handynummer ist nicht mehr zu orten, und die Hinweise auf die Hafenstadt Kotor bringen mir aus der Entfernung nichts. So war das wirklich nicht gedacht, dass ich allein hier in meinem Zimmer vor mich hin recherchiere. Ich brauche Vics Kontakte zu den internationalen Kollegen, kann im Alleingang kein Ermittlungsgesuch nach Montenegro herausschicken, das BKA muss mitzeichnen. Es dreht sich im Kreis. Solange mir meine Männer nicht glauben, kann alles, was ich über Jackson preisgebe, gegen ihn verwendet werden. Ich traue Vic sogar zu, dass er ein Kommando losschicken und die Jacht ausfindig machen wird. Dann ist alles verloren.

Doch einen weiteren Versuch, sie von Jackson zu überzeugen, werde ich nicht mehr unternehmen. Das Schlimmste ist nicht, dass sie meine Theorie nicht teilen. Sondern, dass sie mich nicht ernst nehmen. Leander habe ich seit meiner Rückkehr nur noch einmal kurz im Gang getroffen, er ist mir ausgewichen und tat, als müsse er dringend telefonieren. Die Erinnerung daran versetzt mir einen Stich. Vic versucht bei jeder Begegnung, mich in die Mangel zu nehmen, und will Jacksons Aufenthaltsort wissen. Mitch macht sich Sorgen um mich und behandelt mich wie einen Pflegefall. Meinen einen Versuch, ihn von Jacksons Kooperationswillen zu überzeugen, hat er abgeblockt.

Niemals hätte ich damit gerechnet, dass meine Rückkehr ins »Quartier 4« diesen Verlauf nehmen würde. Wir haben kein gemeinsames Ermittlungsziel. Wie ein Team fühlt es sich nicht mehr an, geschweige denn wie eine Liebesbeziehung.

Wütend klappe ich den Laptop zu und zwinge mich, vom Bett aufzustehen. Ich habe genug von der Dünenlandschaft und starre stattdessen aus dem geöffneten Fenster in den Garten, der verwildert und vertrocknet aussieht und eher einer Steppe mit Obstbäumen gleicht. Vor wenigen Wochen blühten hier noch Hortensien, Storchschnabel und Sommerastern. Nun ist alles von der Sonne verbrannt. Niemand kümmert sich darum, außer unserer Haushaltshilfe Jelena betritt kein Mensch das »Quartier 4«, solange es von Einheiten besetzt ist.

Hinter der Eiche bei der Tech-Scheune entdecke ich plötzlich einen Schatten, der sich rhythmisch bewegt. Reflexartig greife ich nach meiner Dienstwaffe auf dem Nachttisch. Doch dann erscheint Vic hinter dem Baumstamm. Er macht offenbar gerade sein Work-out auf der Wiese. Er trägt nur Boxershorts, und sein Oberkörper glänzt schweißnass in der Sonne. Er nimmt einen Schluck Wasser, lässt sich dann auf das Gras fallen und federt mit präzisen Bewegungen auf und ab. Fasziniert beobachte ich das Spiel seiner Rückenmuskulatur. Bei allem Ärger über seine Sturheit finde ich seinen Körper äußerst anziehend. Automatisch zähle ich mit, wie sich sein Körper hebt und senkt, roboterartig und gleichmäßig. Bei hundert stoppt er und steht schwungvoll auf.

Noch bevor ich mich wegducken kann, schaut er zu meinem Fenster. Die Entfernung ist kurz genug, um das Grinsen zu erkennen, das sich in seinem Gesicht ausbreitet. Ich laufe rot an, was er hoffentlich nicht bemerkt, und hebe vermeintlich souverän die Hand und winke ihm zu. Vic macht eine auffordernde Geste und bewegt die Lippen. Ich öffne widerwillig das Fenster. Hätte ich mich bloß unauffälliger verhalten.

»Komm runter, Juli. Du sitzt schon den ganzen Tag in deinem Zimmer. Lass uns spazieren gehen!«

Genervt schüttle ich den Kopf. Heute Morgen noch hatten wir Streit wegen des Falls. Ganz bestimmt will ich nicht mit ihm durch die Gegend laufen.

Doch Vic lässt nicht locker.

»Los, komm schon. Wir müssen reden.«

Kurz überlege ich. Vielleicht ist es wirklich keine schlechte Idee, die Umgebung zu wechseln und mit ihm allein zu reden. Er scheint derjenige der drei Männer, der am stärksten von Jacksons Schuld überzeugt ist.

Ich nicke und schließe das Fenster, schnappe mir mein frisch bestelltes Diensthandy und tausche meine Schlaf-Panty gegen eine Jeans. Dann gehe ich langsam die majestätischen, knarrenden Holzstufen vom Schlaftrakt in die Eingangshalle des »Quartier 4« hinab. Als ich durch das Portal nach draußen trete, empfängt mich angenehm frische Luft. Die drückende Hitze der vergangenen Tage hat nachgelassen, und ich spüre einen leichten Wind auf der Haut.

Auf der verdorrten Wiese entdecke ich Vic, der sich im Schatten eines Apfelbaums aufhält und auf seinem Handy herumdaddelt. Er hat sich ein weißes T-Shirt übergezogen, das seine dunkle Haut zum Leuchten bringt. Seine Oberarme sind noch muskulöser geworden. Er muss sein Training in meiner Abwesenheit intensiviert haben. Aber so viel Zeit ist gar nicht vergangen. Habe ich ihn schon so lange nicht mehr richtig angesehen? Vic fängt meinen Blick ein und hält ihn fest. Seine grünblauen Augen blitzen, während wir uns kurz anschauen, ohne etwas zu sagen. Dann bricht er das Schweigen. Seine Stimme klingt versöhnlich.

»Ich möchte, dass wir die Situation klären. Es tut mir leid, dass du dich so isolierst. Wir haben unterschiedliche Meinungen zu dem Fall, aber wir sind ein Team. Komm, lass uns ein paar Schritte laufen.«

Widerwillig zucke ich die Achseln. Mitleid ist das Letzte, was ich jetzt gebrauchen kann. Er greift nach der Wasserflasche und trinkt sie in wenigen Zügen leer. »Bereit?«

»Ich schon. Aber willst du nicht erst duschen?« Meine Stimme klingt genauso spitz, wie ich es beabsichtigt hatte.

»Das mache ich später. Wenn es dir nicht passt, springe ich aber gerne kurz in den See.«

Seine Augen funkeln mich an, und er grinst vorsichtig. Er will offenbar mit mir flirten, an alte Zeiten erinnern. Schon früher mochte ich es, wenn Vic verschwitzt vom Training kam, er roch nie unangenehm, sondern nach etwas, das ich nicht definieren konnte, vielleicht Testosteron oder Pheromone. Ich mochte es, seinen verschwitzten Nacken zu berühren, wenn ich ihn nach der Polizeischule aus dem Gym abholte. Aber mit einem so einfachen Trick, mich über gemeinsame Erlebnisse aus der Reserve zu locken, braucht er mir nicht zu kommen.

»Lass uns losgehen.« Ohne eine Miene zu verziehen, schlage ich den Weg in Richtung Wald ein, der am Zaun um das Quartier entlangführt. Nach einigen Kilometern kommt er am See wieder heraus. Ich kenne die Strecke, weil ich hier schon ein paar Mal entlanggejoggt bin.

Eine Weile laufen wir den Waldboden entlang über den zugewucherten, schmalen Weg in den dichter werdenden Hain. Vic macht keinerlei Anstalten, etwas zu sagen, sondern spaziert mit entspanntem Gesicht neben mir her. Nach einer Weile verlangsamt er seinen Schritt. An der Gabelung, wo sich der Pfad teilt und in Richtung See führt, lasse ich mich auf einen umgekippten Baumstamm fallen, auf dem ich oft zwischen meinen Laufeinheiten ein paar Push-ups mache. Es ist Zeit, zur Sache zu kommen. Vic bleibt stehen und sieht mich fragend an, ich ergreife das Wort.

»Du wolltest mit mir reden. Allein. Also, was ist der Grund?«

Er verschränkt die Hände am Hinterkopf und starrt in den Himmel. Eine typische Geste für ihn, wenn er nach den richtigen Worten sucht. Auch jetzt braucht er einige Sekunden, bis er anfängt zu sprechen. Er setzt sich neben mich auf den Baumstamm, so nah, dass sich unsere Oberschenkel berühren.

»Warum gehst du uns aus dem Weg, Juli? Du willst nicht mit uns über den Fall reden. Keiner kommt an dich heran.«

Ein leichtes Summen ertönt in meinen Ohren. Ich starre auf den Waldboden. Einige Ameisen laufen in hektischer Betriebsamkeit hin und her, sie haben offenbar ihre Spur verloren.

»Genau das meine ich, Juli. Du sitzt nur auf deinem Zimmer

herum. Warum reden wir nicht über ›Pink Panther‹? Wir müssen hier ermitteln, und du blockst alles ab.«

Ich beiße mir auf die Lippe und reiße mich zusammen. Mein Puls geht schneller, doch ich verbiete mir, meine Wut zu zeigen.

»Ich habe versucht, mit euch zu reden. Aber ihr glaubt, alles besser zu wissen.«

Ich springe auf und laufe den Weg in Richtung See, es ist keine gezielte Wahl, ich will weg von diesem Mann. Doch er folgt mir, und nach wenigen Sekunden spüre ich seine Hand auf meiner Schulter. Es ist keine sanfte Berührung.

»Stopp. Juli, was redest du da? Wir haben verschiedene Ansichten. Das mag sein. Aber wir sind trotzdem ein Team. Rede mit mir. Was hast du für Argumente?«

Seine Stimme klingt nicht mehr aufgeregt, sondern schneidend. Eiskalt. Diese Tonlage kenne ich sehr gut. So spricht er, wenn er Kriminelle verhört. Ruckartig drehe ich mich um und fauche ihn an.

»Lass mich los!«

Seine Finger umschließen meinen Oberarm wie Schraubzwingen, und er starrt mich mit zusammengekniffenen Augen an. Dann lockert er seinen Griff und verschränkt die Arme vor der Brust, ohne den Blick von mir zu wenden.

»Du willst davonlaufen, Juli, du kommst deiner Verantwortung nicht nach. Jeder hat Verständnis dafür, dass eine solche Entführung hart ist, aber …«

Ich bemühe mich, ruhig zu atmen.

»Genau das ist der Punkt, Vic. Ihr glaubt mir nicht. Ihr denkt, ich fantasiere mir mit Hart und Jackson was zusammen, weil ich in seiner Gewalt war.«

»Und was ist daran falsch?«

Ich sehe ihn lange an, wir stehen uns schweigend gegenüber, schließlich räuspere ich mich.

»Ich vertrete eine andere Ansicht in diesem Fall als ihr. Und ihr macht es euch verdammt einfach, indem ihr auf stur stellt. Vielleicht seid *ihr* diejenigen, die sich verrennen, hast du darüber schon mal nachgedacht?«

Vic schaut erst verständnislos, dann nickt er langsam, sein Blick verändert sich, er zieht die Brauen hoch, als würde er angestrengt nachdenken. Ich stehe auf und setze mich in Bewegung, beschleunige meine Schritte. Es ist mir gleichgültig, ob Vic mir folgt. Meine Beine fühlen sich kräftig an, ich spüre, wie sich Energie von dem hohlen Waldboden unter meinen Füßen durch meinen Körper ausbreitet.

»Juli. Warte!« Vic ist einige Hundert Meter zurückgefallen, verfällt in Trab und holt zu mir auf. Er fasst mich vorsichtig am Arm.

»Du hast recht. Ich teile deine Meinung über Jackson noch immer nicht. Aber wir sollten auf vernünftiger Ebene miteinander sprechen.«

Ich runzle überrascht die Stirn. Er scheint wirklich etwas begriffen zu haben. Ich nicke vorsichtig.

»Lass uns zurück ins Quartier zu den anderen gehen und über alles sachlich reden, Juli.«

Vics Hand ruht noch immer auf meinem Arm, er schaut mich bittend an, sein Blick ist weich. Ich rieche seinen salzigen Duft, den ich so mag. Meine Wut ist plötzlich wie weggeblasen, eine ungeheure Erleichterung erfasst mich. Wir werden weitermachen. Als Team.

Plötzlich verspüre ich den Wunsch, ihn zu umarmen.

»Können wir nicht später ins ›Quartier‹ gehen?«

Als würde er wissen, was ich möchte, tritt Vic einen Schritt auf mich zu. Er nimmt mein Gesicht in seine Hände und hält es fest, dabei schaut er mir in die Augen. Seine Wimpern sind lang und dicht, ich spüre das leichte Kratzen seiner Wangen, als er sich mir nähert. Er riecht nach diesem ganz bestimmten Duft, ich spüre die Muskeln seines Rückens durch das T-Shirt und lasse meine Hände daruntergleiten. Als ich seine warme Haut berühre und beginne, vorsichtig seinen Rücken auf und ab zu streicheln, stöhnt er leise, aber deutlich hörbar auf.

»Einen Moment noch«, flüstert er. Er umschlingt mit einem festen Griff meine Hüften und zieht mich zu sich heran.

»Du hast mir gefehlt, Juli.«

Vics Stimme ist ein wenig heiser. Ich will etwas erwidern, will sagen, dass ich glücklich bin, dass wir wieder miteinander sprechen, doch er wartet meine Antwort nicht ab, sondern verschließt meine Lippen mit seinen. Ich schließe die Augen und gebe mich den sanften, zärtlichen Bewegungen unserer Münder hin, höre, wie sein Atem schneller geht, als wir uns leidenschaftlicher küssen. Ich presse mich an ihn, und er drückt mich zugleich an sich. Seine Lippen sind warm und weich, seine Zunge bewegt sich fordernd, genauso wie seine Hände, die jetzt mein T-Shirt aus dem Bund meiner Jeans ziehen und vorsichtig zu meinem BH wandern. Ich gebe mich seinem Tempo hin, versinke in seiner festen Umarmung. Sein Geruch und sein muskulöser, großer Körper versetzen mich in einen Rausch. Ich sehne mich danach, ihn überall zu spüren, ziehe sein Shirt hoch, und er streift es sich mit einer schnellen Bewegung über den Kopf, Sekunden später tut er dasselbe mit meinem.

Er hält kurz inne und tritt einen Schritt zurück, mustert mich voller Begierde. Aber da ist noch etwas anderes in seinem Blick, er sieht beinahe ehrfürchtig aus, als er mich betrachtet. »Du bist wunderschön, Juli«, stößt er hervor, bevor er zärtlich mit seinen Lippen meinen Hals hinabgleitet, mit einer Hand meinen schlichten schwarzen BH zur Seite schiebt und meine Brustwarzen berührt. Die Lust durchzuckt meinen ganzen Körper, und ich winde mich unter seinen Berührungen. Mit einer schnellen Bewegung öffnet er meinen BH und umfasst meine Brüste vollständig mit seinen großen Händen, dann geht er langsam auf die Knie und zieht mich zu sich hinab. Er vergräbt seinen Kopf zwischen meinen Brüsten und liebkost meine Nippel mit den Lippen. Ich höre mich selbst laut keuchen und spüre kaum den harten Waldboden unter mir, auf dem ich jetzt knie. Wir küssen uns wieder, während er meine Brüste mit den Händen knetet. Dann umfasst er mich unvermittelt und hebt mich mühelos hoch.

»Hier ist es mir zu ungemütlich«, murmelt er und trägt mich zielstrebig durch die Bäume hindurch zu einer kleinen Lichtung, die ich noch nie gesehen habe. Sanft lässt er mich in das weiche Gras im Schatten der Laubbäume gleiten. Ich liege auf dem Rücken, und er lehnt sich über mich. Mit einer Hand öffnet er meine Jeans und zieht sie hinunter, sodass ich nur noch im Slip vor ihm liege, während er wieder meine Brustwarzen küsst und sanft hineinbeißt. Ich kralle mich in seinen Rücken und fühle mich weich und willenlos, sein Mund wandert meinen Bauchnabel entlang zu meinen Hüftknochen. Dort verweilt er kurz und lässt seine Lippen über die empfindliche Haut gleiten. Das Pulsieren in meinem Unterleib schwillt zu einem gewaltigen Pochen an. Meine Lust ist unendlich groß. Ich greife in seinen Nacken und drücke seinen Kopf sanft tiefer zwischen meine Beine. Er hält kurz inne. Als ich die Augen öffne, schaut er zu mir hoch und grinst verwegen.

»Willst du etwa, dass ich weitermache?«

»Unbedingt«, keuche ich. Vic lässt langsam seinen Finger an der Innenseite meiner Schenkel entlanglaufen, ich winde mich unter ihm. Doch er lässt mich nicht lange warten. Sanft legt er eine Hand auf meinen Slip und bewegt sie vorsichtig hin und her, dann schiebt er ihn beiseite, beugt sich hinab und gleitet mit seiner Zunge über meine Klitoris, während er mit einem Finger in mich eindringt. Er stöhnt, als er merkt, wie feucht ich bin, und stößt vorsichtig zu, während seine Zunge in ihren Bewegungen fortfährt. Vic weiß genau, was ich mag, er kennt meinen Körper, als wäre kein Tag vergangen, seitdem wir uns zum letzten Mal geliebt haben. Und mein Körper kennt ihn. Ich genieße seine Berührungen und gebe mich ihnen ganz hin, und viel zu schnell spüre ich, wie eine Woge heranrollt, die mich bald erfassen wird. Mit aller Macht greife ich nach Vics Nacken und ziehe ihn zu mir hinauf. Er lässt es dieses Mal geschehen und schaut mir in die Augen. Ich sehe, dass er versteht, was ich will.

Ich greife nach seinen Shorts und streife sie hinab, bin gierig danach, seinen harten, riesigen Schwanz zu umfassen, der sich mir entgegenreckt. Kurz lasse ich meine Finger über seine Eichel gleiten und streife dann denn Schaft auf und ab. Doch nach wenigen Augenblicken stöhnt er auf und zieht meine Hand vorsichtig weg.

»Hör auf, Juli, ich komme sofort, wenn du das machst«, presst er hervor, während er ein Kondom aus der Tasche seiner Shorts holt.

»Nur, wenn du ihn mir endlich hineinsteckst«, flüstere ich.

Sein Gesicht verzerrt sich zu einer Mischung aus Lust und Schmerz. »Da musst du nicht drum betteln, Juli.«

Vic streift sich mit einer raschen Bewegung das Kondom über, drückt mich sanft, aber bestimmt mit den Schultern zu Boden und legt sich auf mich. Er stützt sich auf dem Boden ab, während seine Lippen meine suchen. Sein fester, aufgerichteter Schwanz berührt meinen Bauch, dann rutscht er tiefer. Ich hebe mein Becken und komme ihm entgegen. Mit einem kräftigen Ruck dringt er in mich ein. Er verharrt kurz in mir, ohne sich zu bewegen, und wir küssen uns weiter, bevor er langsam anfängt zuzustoßen. Mit meinen Schenkeln umklammere ich ihn und lege meine Hände auf seinen muskulösen Hintern. Das berauschende Gefühl wird stärker und stärker, ich spüre jeden Zoll seines heißen, stählernen Pfahls in mir, der tief in mich hineinstößt und mich komplett ausfüllt. Mit einer Hand greift er zwischen meine Beine und berührt meine Klitoris, die sich anfühlt wie eine pralle Kirsche. Mit dem Finger streicht er sanft auf und ab.

Die Woge, die kurz abgeebbt war, rollt heran, erfasst meinen ganzen Unterleib, dann meinen Körper. Ich schreie und spüre, wie der Höhepunkt mich davonträgt, während Vic schneller und schneller wird. Seine Stöße werden noch härter, er keucht, und sein Gesicht verzerrt sich, und ich schaue ihn an, während er mit einem lang gezogenen lauten Stöhnen in mir kommt.

Eine einsame Wolke zieht am Himmel vorbei. Ich vergrabe mein Gesicht an Vics glatter, dunkler Brust und atme den Duft seiner Haut ein. Mit einer Hand streichelt er sanft mein Haar. Ich weiß nicht, wie lang wir schon so hier liegen. Es können zehn Minuten sein, aber auch eine Stunde, ich fühle mich schwerelos und jenseits von Raum und Zeit. Vielleicht bin ich auch kurz eingenickt. Ja, ich muss geschlafen haben. Das Blau des Himmels ist dunkler, die Grashalme reflektieren das Sonnenlicht in leuchtendem Gold, es muss früher Abend sein. Ich hebe meinen Kopf und schaue zu Vic hoch, der mich ansieht.

»Na, endlich bist du wach, ich dachte schon, wir müssen hier übernachten.«

Ich boxe ihn fest in den Oberkörper, doch er zuckt nicht mal, sondern grinst nur und nimmt meine Hand. Er spielt mit meinen Fingern und sieht nachdenklich aus.

»Wie lange habe ich geschlafen?«

»Vielleicht eine halbe Stunde.«

»Warum hast du mich nicht geweckt? Wir müssen zu den anderen zurück. Wir sollten anfangen, meinen Spuren nachzugehen.« Ich will aufstehen, doch er zieht mich sanft zurück und legt den Arm um mich.

»Einen kleinen Moment noch.«

Ein wohliger Schauder läuft über meinen Rücken. Ich kuschle mich an ihn und lasse zu, dass er beginnt, sanft meinen Oberarm zu streicheln.

»Du warst so seltsam, Juli. Du hast dichtgemacht und dich

abgekapselt. Ich bin froh, dass ich dich jetzt wieder zurückhabe. Auch wenn wir nicht einer Meinung sind.«

Irritiert schaue ich ihn an. Solche tiefgründigen Formulierungen passen nicht zu Vic. Doch sein Blick ist klar und fest, er scheint es genau so zu meinen, wie er es sagt.

»Bist du gar nicht mehr eifersüchtig auf Mitch und Leander?«

Vic verdreht die Augen, scheint aber nachzudenken und räuspert sich dann.

»Doch. Aber ich versuche, dagegen anzugehen. Du glaubst es mir vielleicht nicht, aber ich habe auch etwas dazugelernt. Und ich halte mein Wort. Ich werde es versuchen, das habe ich versprochen.«

Er richtet sich auf und stemmt sich auf einen Arm, während er mit seiner linken Hand sanft über meine Hüfte streichelt. Ich kann seinen Atem an meinem Hals spüren, und mir wird von innen warm bei seinen Worten. So richtig begreife ich noch nicht, dass ausgerechnet meine große Liebe Vic Simmons, der die Eifersucht in Person war, der kaum ertrug, wenn ich mit Kollegen scherzte, nun bereit ist, mich mit zwei anderen Männern zu teilen.

Doch es sind nicht zwei, sondern drei andere. Ich hole tief Luft.

»Vic, was wäre, wenn ich dir sage, wo ich mit Jackson war?«

Er starrt mich kurz an, dann haut er mir mit der flachen Hand auf die Hüfte, dass es klatscht. »Dann würde ich dir sagen, ich gehe jetzt los und mach Jackson kalt, meine Liebe.« Er grinst, hält dann kurz inne und schaut mich intensiv an. »Du brauchst keinen Beschützer. Und du weißt, dass ich das anders sehe. Darum sagst du es mir nicht. Es liegt nicht an dem Fall.«

Seine Worte klingen nüchtern, es ist eher eine Feststellung als eine emotionale Aussage. Mir wird wieder warm von innen, mein Herz macht einen Hüpfer. Vic ist noch der Alte. Der coole

Polizist, ein Mann, der eine Frau auf Händen tragen will. Und doch hat er sich verändert. Mir zuliebe.

»Jeder braucht irgendwann mal einen Beschützer, Vic.«

Er zieht mich an sich und beugt sich über mich und drückt mich sanft ins Gras.

»Erst mal brauchst du jetzt was anderes, Juli.« Dagegen kann ich absolut nichts vorbringen.

Kapitel 9

Entschlossen halte ich meinen Ring am frühen Morgen an das Lesegerät neben der Tür zum Tech-Bunker. Es kommt mir vor, als würden wir gerade mit den Ermittlungen anfangen und nicht mittendrin sein. Aber es ist auch das erste Mal, dass ich den Bunker betrete, seit ich wieder im »Quartier 4« bin. Ich drehe mich halb zu Vic um, der hinter mir geht, und lächle ihn an. Ich werde Leander und Mitch hinter mich bringen. Vic erwidert mein Lächeln. Er wirkt ruhiger und ausgeglichener, seit wir gestern miteinander geschlafen haben. Dass wir so lange Zeit unser Begehren unterdrückt haben, hat die Leidenschaft zwischen uns erhöht.

Als wir das Büro betreten, sehen Leander und Mitch gleichzeitig auf – und beide setzen sich aufrechter hin, als sie mich erblicken.

Ich hebe einen Arm. »Hi. Können wir reden?«

Mitch springt auf und umarmt mich. »Ich bin so froh, dass du hier bist«, flüstert er in mein Ohr.

Ich nicke und lächle etwas steif. Vic und Mitch folgen mir in den Konferenzraum, und nach einigem Zögern stößt auch Leander zu uns. Die drei blicken mich mit einer Mischung aus Neugier und Zurückhaltung an.

Ich hole tief Luft.

»Ich bin froh, dass wir versuchen, die Situation zu klären. Ich habe euch zu wenig Informationen gegeben und mir nicht angehört, was ihr herausgefunden habt. Das sollten wir jetzt nachholen.«

Ich sehe allen drei Männern nacheinander in die Augen. »Ich schlage vor, wir fangen noch einmal von vorne an und versuchen dann, eine gemeinsame Lösung zu finden, wie wir vorgehen.«

Mitch nickt. »Das klingt gut.«

Auch Leander senkt bedächtig sein Kinn. Er sieht mich zum ersten Mal seit Tagen wieder länger an, und ich frage mich, was der wahre Grund dafür war, dass er sich so von mir abgeschottet hat.

Vic, der lässig an der Tür gelehnt hat, tritt einen Schritt nach vorne. »Dann fang am besten du an, Juli. Wir wissen immer noch nicht, wo du warst und was du mit Jackson getrieben hast.«

Dass Vic noch immer herausfinden will, wo sich Jackson aufhält, sollte mir eine Warnung sein, nicht zu viel preiszugeben.

Ich sammle mich einen Moment. »Ich werde euch vorerst nicht sagen, wo Jackson mich hingebracht hat. Zum einen, weil ich es nicht genau weiß, zum anderen, weil ich davon überzeugt bin, dass eine Zusammenarbeit mit ihm der richtige Weg ist, um die weitere Verbreitung von ›Purple Panther‹ zu stoppen.«

Vic zieht scharf die Luft ein. Er ist ganz offensichtlich nach wie vor nicht meiner Meinung. Auch Leander presst die Lippen zusammen.

Ich lasse mich nicht entmutigen, sondern beginne damit, den Männern zu erzählen, was passiert ist, nachdem Jackson mich ins Auto geschubst hat: von meiner Erkenntnis, dass Jackson Konstantin ist, bis zu unserem Deal. Ich verschweige nur, wie nah Jackson und ich uns gekommen sind – und dass wir auf einem Boot waren. Wie erwartet, hinterlässt die Information bei Vic Spuren. Sein Gesicht wird dunkelrot, seine Stimme zittert vor Wut.

»Und dass du Jackson unwissentlich gedatet hast, erfahren wir erst jetzt? Das macht deine Theorie nicht überzeugender.«

Ich schlucke und schüttle den Kopf. »Ich hätte es euch sofort sagen sollen. Aber es hat letztlich überhaupt nichts mit dem Fall zu tun. Ich dachte anfangs auch, dass er mein Vertrauen missbraucht hat, mich nur manipuliert hat. Aber irgendwann habe ich angefangen, mit ihm zu reden. Ich nahm an, dass ich so vielleicht wenigstens Informationen aus ihm herausbekomme, falls ich fliehen kann.«

Leanders Blick ist skeptisch, doch Mitch nickt verständnisvoll. Vic schaut aus dem Fenster und wirkt übellaunig. Doch ich lasse mich nicht aus der Ruhe bringen.

»Jackson ist ohne Frage ein Verbrecher, der hinter Gitter gehört. Er stellt sich über das Gesetz und lebt nach seinen eigenen, fragwürdigen Vorstellungen. Aber ...« Ich hebe die Hand, um Vics Einwand zu stoppen, den er gerade vorbringen will. »Er hat einen moralischen Kompass, und ich glaube ihm, dass er nie vorhatte, mich zu entführen. Er hat ein Problem damit, dass nichts ahnenden Menschen eine hochgefährliche Droge verabreicht wird. Ich habe die Adresse von zwei Laboren in Montenegro und die Kontaktdaten von Hart. Er ist sich sicher, dass Hart ihn hintergangen hat.«

Mitch nickt erneut, Leander ist wieder in seinem Beobachtungsmodus und macht sich Notizen in sein Tablet, ich kann aus seiner Miene nichts mehr lesen. Vic geht im Raum auf und ab. Es ist Zeit, mir die andere Seite anzuhören.

»Was ist eure Theorie? Ihr glaubt, dass Jackson ›Purple Panther‹ an unschuldigen Frauen getestet habt. Gibt es dafür inzwischen Beweise? Bitte klärt mich noch mal genau über den Sachverhalt auf.«

Ich sehe Mitch an, doch der zögert. Vic übernimmt das Wort. »Es gibt Indizien, die Jackson mit einer Reihe Gewalttaten an Prostituierten in Verbindung bringen.«

Ich verkneife mir ein Kopfschütteln und zeige keine Regung, warte darauf, dass er weiterspricht. Vic berichtet von den Suchtreffern einer KI-Software und darüber, dass jeden Tag mit dem Bericht der Gerichtsmedizin zu rechnen sei. »Leander hat die Verbindungen von Jackson ins Rotlichtmilieu geprüft«, schließt er.

»Und?«

Vic räuspert sich und sieht Leander an. Dieser schaut auf.

»Noch habe ich keine Hinweise darauf gefunden, dass er Kontakte zu Prostituierten oder in die Szene hat«, sagt er knapp.

Mitch schaltet sich ein. »Bislang haben wir nichts gefunden. Jacksons Fokus lag ausschließlich auf Autohehlerei und Drogenkriminalität. Ich …« Er unterbricht sich und schüttelt den Kopf. »Der einzige Schnittpunkt mit Prostitution ist Jacksons Zusammenarbeit mit den Rockern im Bereich Security seiner Clubs.«

Ich kneife die Augen zusammen. »Was wolltest du eben sagen? Wir packen heute alles auf den Tisch.«

Leander blickt von seinem Tablet auf, plötzlich hellhörig, und Vic bleibt stehen.

Mitch fährt sich durch die raspelkurzen Haare. Er kämpft offensichtlich mit sich. Dann gibt er sich einen Ruck.

»Ich kann mir, ehrlich gesagt, nicht vorstellen, dass Jackson Prostituierte als Versuchskaninchen einsetzen würde. Ich war mir nie ganz sicher, ob etwas dran ist, aber in der Schule ging das Gerücht um, dass seine Mutter sich verkauft. Sie hat auch Drogen genommen. Jackson hat seine Mutter abgöttisch geliebt, er war extrem beschützend ihr gegenüber. Er hat alle Gerüchte im Keim erstickt und jeden verprügelt, der den Mund aufgemacht hat.«

Vic fixiert Mitch mit einem Blick, der töten könnte. »Warum ist das das erste Mal, dass wir davon hören?«

Mitch zuckt die Achseln, es ist ihm sichtlich unangenehm.

»Es ist mir eben erst wieder eingefallen. Außerdem sind wir hier weit von Tatsachen entfernt und bewegen uns im Bereich von Hörensagen – noch dazu sind die Gerüchte über zehn Jahre alt. Wer weiß schon, wie Jackson heute tickt?«

Ich sehe Mitch an. »Ich weiß es. Ich habe gerade mehrere Tage auf engem Raum mit ihm verbracht. Und ich kann mir nicht vorstellen, dass an den ›Hinweisen‹ etwas dran ist.« Ich male Gänsefüßchen in die Luft, um meine Skepsis zu verstärken. »Solange es keine schlagkräftigen Beweise gibt, dass den Prostituierten ›Purple Panther‹ verabreicht wurde, halte ich an meiner Ansicht fest.« Ich verschränke die Arme vor der Brust.

Vic sieht mich an, Enttäuschung in seinem Blick. »Das war es? Das ist alles, was du mitgebracht hast, und du beharrst trotzdem auf Jacksons Integrität?«

Ich weiche nicht aus. »Ich halte die Informationen, die ich von Jackson erhalten habe, zumindest für nicht weniger aussagekräftig. Eure Vorwürfe werden gerade überprüft. Wir sollten meinen ebenfalls nachgehen, die Telefonnummer überprüfen, ein Ermittlungshilfegesuch nach Montenegro senden, nach Hart fahnden.«

Mitch nickt. »Ich stimme Juli zu. Die Hinweise gegen Jackson sind dünn, ihr persönlicher Eindruck bestätigt das, was ich von Jackson weiß. Was denkst du, Leander?«

Der blickt einige lange Sekunden auf die Notizen in seinem Schoß. Dann hebt er den Kopf.

»Zweifelsohne beeinflussen die neuen Informationen über Jacksons Vergangenheit mein bisheriges Profil von ihm. Sollte die Mutter tatsächlich als Prostituierte tätig gewesen sein und möglicherweise sogar selbst Drogen genommen haben, könnte das aber in beide Richtungen ausschlagen. Auch das Motiv Rache an den ungeliebten Kolleginnen, Hass gegen Streetworker aufgrund eigener empfundener Unzulänglichkeit könnte eine Rolle spielen.«

Er trägt seine Einschätzung so nüchtern vor, dass ich ihm in einem anderen Fall vielleicht gefolgt wäre. Aber Jackson? Ich kann mir einfach nicht vorstellen, dass er zu so etwas fähig wäre. Leander fixiert mich. Ich suche nach Verständnis in seinem Blick. Aber da ist nur rationales Kalkül. Es macht mich rasend, dass er nicht einmal normal reden kann. Was soll dieses blasierte Geschwafel?

»Los, sag schon. Was ist deine Meinung, Leander?« Seine Stimme ist sachlich und unbewegt.

»Ich denke, dass du befangen bist, Juli. Nach allem, was du über deine Entführung erzählt hast, scheinst du am Stockholm-Syndrom zu leiden. Du kannst nicht klar urteilen.«

Das Blut rauscht in meinen Ohren, und ein heftiger Schmerz pocht in meiner Brust. Verrat, so muss sich das anfühlen. Leander vertraut mir nicht. Darum ist er mir aus dem Weg gegangen. Ich recke meine Schultern und wende den Blick von ihm ab. Es war immer klar, dass es schwer werden würde, Vic von seinem Fokus auf Jackson abzubringen. Immerhin habe ich Mitch überzeugt, doch ich hatte gehofft, dass auch Leander vernünftig genug ist, sich auf meine Theorie einzulassen.

Jetzt bleibt nur die Frage, wie wir weitermachen sollen, wenn wir so gespalten sind. Ich spreche meine Gedanken aus. »Also, zwei gegen zwei. Mitch und ich wollen die Spur nach Montenegro verfolgen, Leander und Vic haben weiterhin Jackson im Verdacht. Wir müssen uns aber auf ein gemeinsames Ziel einigen.«

Vic verzieht den Mund zu einem arroganten Grinsen. »Wenn du uns einfach sagen würdest, wo wir Jackson finden, könnten wir ihn festnehmen und verhören. Dann werden wir sehen, wer recht hat.«

Ich schüttle den Kopf. »Ausgeschlossen. Selbst wenn ihr ihm glauben würdet, dass er nichts mit ›Purple Panther‹ zu tun hat, er käme nie wieder auf freien Fuß.«

In dieser Sekunde fasse ich einen Entschluss. Gegen diese beiden Sturköpfe komme ich nicht an. Es muss andere Wege geben, mich durchzusetzen. Ich erhebe mich und gehe zur Tür.

»Wo willst du hin?« Vic klingt überrascht.

»Ich muss ins LKA, ein paar Dinge klären nach meiner Abwesenheit.«

Leander erkennt sofort, welche Absichten in mir vorgehen. »Du wirst Elisabeth Steinhauer Bericht erstatten.«

Ich zucke mit den Schultern, nicke dann und ignoriere, dass mein Herz bei meinen Worten rast. »Ich sehe keine andere Möglichkeit.«

Kapitel 10

Elisabeth Steinhauer starrt mich prüfend aus ihren kleinen, punktförmigen Augen an und spitzt die dunkelrot geschminkten Lippen. Ich will gerade anfangen, mich zu erklären, doch sie ist schneller.

»Ich bin gespannt, Juli, was du zu sagen hast. Was war das für ein Undercover-Einsatz?«

Mit klappernden Absätzen geht sie zu ihrem Schreibtisch, auf dem Berge von Unterlagen und Papieren durcheinanderfliegen, greift nach ihrer Zigarettenschachtel und einem silbernen Feuerzeug und öffnet das Doppel-Altbaufenster zum Innenhof. Sie wird doch wohl nicht hier drin rauchen? Im Gang hängen überall Zettel, dass neue Rauchmelder im Gebäude installiert wurden und das seit Jahren geltende Rauchverbot nun strikt verfolgt wird. Doch meine Chefin steckt sich wie selbstverständlich eine Zigarette an und lehnt sich hinterrücks aus dem Fenster, inhaliert zweimal tief und pustet den Qualm über die Schulter nach draußen, ohne mich aus den Augen zu lassen. Skeptisch schaue ich zum Rauchmelder an der Decke, doch sie schnauft nur, als sie meinen Blick bemerkt.

»Keine Sorge. Den habe ich direkt abgeklebt. Es ist wirklich unerträglich, erwachsene Menschen so zu gängeln.«

»Nun ja, wenn du meinst. Ich denke …«

»Ich weiß, was du denkst, Juli. Du denkst, dass es Vorschriften gibt und aus gutem Grund das Rauchen am Arbeitsplatz verboten wurde.«

Sie grinst spöttisch, um ihre Augen bilden sich Lachfältchen. Die Asche streift sie in einem Glas auf der Fensterbank ab.

Ich nicke bestätigend. »Ja, das mag sein, aber es gibt Wichtigeres zu besprechen.«

»Das denke ich auch. Zumal ich den Eindruck habe, dass du es selbst nicht so genau mit Vorschriften nimmst.«

Ich ignoriere die spitze Bemerkung und lasse mich auf einen Stuhl der Sitzgruppe in dem karg eingerichteten Büroraum fallen. Im Gegensatz zum BKA geizt das LKA bei der Ausstattung seiner Räume für das Führungspersonal. Die Sessel sind aus Kunstleder und der Beistelltisch ein schmuckloses Teil aus dem Möbelhaus. Elisabeth drückt ihre nur halb gerauchte Kippe aus, kommt zu mir herüber und setzt sich auf die Lehne des Stuhls gegenüber.

»So, und was hast du mir nun mitzuteilen über deinen Einsatz? Habt ihr Jackson endlich geschnappt oder seid ihm auf der Spur?«

Ihr Stiletto-Pump an dem schlanken, wohlgeformten Bein in dem Bleistiftrock wippt ungeduldig. Sie trägt keine Strumpfhose und kann es sich leisten, wie mir mal wieder auffällt. Ihre Unterschenkel sind muskulös und ebenmäßig, die Fesseln schlank, sie sehen aus wie die einer Dreißigjährigen. Ihre Beine bilden einen merkwürdigen Kontrast zu ihrem welk wirkenden Gesicht, das ausdrucksstark, aber von Falten gezeichnet ist. Lauernd sieht sie mich an und zieht fragend eine Braue hoch.

Ich habe mir genau überlegt, was ich sage. Meiner Chefin bin ich nicht nur die Wahrheit schuldig, sondern sie ist auch die Einzige, die mir helfen kann, die Ermittlungen in die richtige Richtung zu lenken.

»Elisabeth, ich bitte dich, für dich zu behalten, was ich dir jetzt sage.«

Sie stößt ein zischendes Geräusch aus und beugt sich vor. »Und ich bitte dich, mir endlich zu sagen, was hier vor sich geht, Juli. Ich habe seit fast einer Woche nichts mehr von dir gehört. Von Stuck ist auf hundertachtzig, weil der Fall nicht vorankommt. Denkst du, ich merke nicht, dass etwas vorgefallen ist? Oder dümpelt ihr dort im Quartier herum und amüsiert euch? Ist es das, was du mir sagen willst?«

Mit einem solchen Zorn hatte ich nicht gerechnet. Doch ich kenne meine Chefin gut genug, um zu wissen, dass sie zu dramatischen Formulierungen neigt, sich in der Regel dann aber schnell wieder beruhigt. Am besten beraten ist man damit, bei den Fakten zu bleiben und gar nicht auf Provokationen einzugehen.

»Tatsächlich ist etwas vorgefallen. Ich war nicht beim Undercover-Einsatz. Jackson hat mich entführt, und ich war einige Tage in seiner Gewalt.«

Elisabeths Fuß hört auf zu wippen, ihr ganzer Körper erstarrt. Sie reißt die Augen auf und hat erkennbar Mühe, die Fassung zu bewahren, doch dann fängt sie sich. Sie steht mit einer kontrollierten Bewegung langsam auf, stellt sich vor mich und verschränkt die Arme vor der Brust. Ihre Stimme ist leise und schneidend. »Wie bitte?«

Ich gehe so vor, wie ich es mir zurechtgelegt habe. Möglichst kurz und knapp, keine überflüssigen Erklärungen.

»Wir haben Hinweise bekommen, dass Jackson mit ›Purple Panther‹ nichts zu tun haben kann. Er wollte uns Informationen zukommen lassen, aber die Sache ging schief, und er hat mich entführt. Ich war eine Woche in seiner Gewalt. Er hat mich freigelassen, weil ich ihm zugesagt habe, mit ihm zusammenzuarbeiten und …«

»Du hast *was*? Sag bitte, dass das nicht wahr ist.« Ihre Stimme klingt nicht mehr schneidend, sondern ist fast tonlos.

»Ich weiß, das hört sich unglaublich an. Doch wir konnten

euch nicht informieren, sonst hätte von Stuck am Ende einge-griffen. Das Risiko wäre zu groß gewesen.« Ich mache eine kurze Pause, aber als ich sehe, dass sie anhebt, etwas zu sagen, fahre ich schnell fort. »Jackson hat mir nichts getan, er will … Elisabeth, ich bin überzeugt davon, dass Jackson die Wahrheit sagt. Dieser Asram Vujic, Hart, hat in Montenegro die Geschäfte übernom-men und stellt das gepanschte Zeug her, das Berlin überflutet. Jackson kann uns dabei helfen, ihn zu überführen.«

Meine Chefin schüttelt den Kopf und geht langsam auf und ab, ohne ein Wort zu sagen. Ich rechne mit einem Zornausbruch, doch sie sagt nichts, kneift nur die Lippen zusammen. Schließ-lich stößt sie hervor: »Weiter. Bitte berichte.«

Ich erzähle stakkatoartig von der Entführung, Jacksons Dar-stellung der Geschehnisse, den Adressen der Drogenlabore und seinen Chats, die er uns geben will. Dass ich auf einer Jacht war, verschweige ich, sage nur etwas von einem engen Raum. Auch das, was sich zwischen Jackson und mir abspielte, binde ich ihr nicht auf die Nase. Am Ende meines Berichts weiß sie dasselbe wie die Männer.

Sollte Elisabeth überrascht sein, lässt sie es sich nun nicht mehr anmerken. Ihre erste Gefühlsregung sollte die einzige blei-ben. Ihre Miene ist eingefroren, was mich beunruhigt, und sie schweigt eine Weile, nachdem ich fertig bin. Wie häufig in Si-tuationen, wenn jemand keine Antwort gibt, verfalle ich in die Rolle der Redseligen und versuche die Stille zu überspielen. Au-ßerdem muss ich sie überzeugen. Wenn ich Elisabeth nicht auf meine Seite bekomme, kann ich nicht nur meine Karriere beim LKA an den Nagel hängen, sondern Vic wird sich durchsetzen und Jackson überführen.

Dass ich heute hier bin, birgt allerdings das große Risiko, dass mir der Fall entzogen wird. Die Frage ist, ob sie das alles mittra-gen und sich gegen von Stuck stellen wird. Ich lege nach. Es geht jetzt um alles.

»Elisabeth, ich schätze den BKA-Chef sehr, aber er hat sich auf Jackson als Täter eingeschossen und rückt davon nicht ab. Ich verstehe, dass von Stuck unter Druck steht wegen der schlechten Presse. Aber wir würden mit Jackson den falschen Mann ausliefern. Das kann ich nicht verantworten. Willst du das etwa? Die Drogenlieferungen würden weiterlaufen. Wir müssen das Zeug in Montenegro stoppen und Hart überführen.«

Zu meiner Überraschung nickt Elisabeth bestätigend. »Ich stimme dir zu, dass von Stuck sehr nachdrücklich an Jackson festhält. Das macht mich ebenfalls skeptisch. Die Hinweise auf die Kontakte zum Rotlichtmilieu haben sich allesamt nicht erhärten lassen. Auch die Exhumierung der drei Leichen hat keinen Nachweis auf ›Pink‹ oder ›Purple Panther‹ ergeben. Ich habe erst heute die Ergebnisse bekommen. Es gibt also keine neuen Beweise, die Jackson belasten.«

Innerlich triumphiere ich, doch ich lasse mir nichts anmerken. Jetzt darf ich nicht zu sehr vorpreschen.

»Das ist gut zu wissen. Elisabeth, ich weiß, dass das eine schwere Entscheidung ist. Aber ich bitte dich, diese Theorie zu überdenken und mir Rückendeckung zu geben, damit wir die Spuren von Hart verfolgen können.« Jetzt kommt der Part, der mir schwerfällt, aber ich kann ihn nicht auslassen. »Simmons und Lohfeldt stellen sich noch quer. Um sie zu überzeugen, brauche ich deinen Rückhalt.«

Elisabeth reagiert nicht, sondern dreht sich weg von mir zum Fenster. Ihre Haltung ist angespannt, die Schultern in dem engen Blazer nach oben gezogen. Ohne mich anzusehen, presst sie hervor: »Verstehe. Nun gut. Aber es wird nicht leicht, das von Stuck zu erklären.«

Ich lege all meine Überzeugung und gespielte Lässigkeit in meine Stimme. »Er muss es ja nicht so genau wissen.«

Sie schaut mich mit unbewegtem Gesicht an. Nun muss ich alles auf eine Karte setzen und ihr meinen Plan vorstellen.

»Elisabeth, bitte vertrau mir. Lass uns die Spuren in Montenegro verfolgen, ein Ermittlungsgesuch stellen. Sobald wir Hart haben, werden wir von Stuck ins Boot holen. Gib uns eine Woche. Wenn wir dann nichts gefunden haben, geht Vic Simmons zu von Stuck. Er wird nie von unserem Gespräch erfahren. Aber ich bin sicher, dass Jackson die Wahrheit sagt. Es gibt keinen Grund für ihn zu lügen, er kann jederzeit von uns verhaftet werden. Es wird ein Erfolg für das LKA sein, Elisabeth, wir werden die Drahtzieher von ›Purple Panther‹ fassen. Eine Woche.«

Elisabeths Schultern entspannen sich kaum merklich, sie dreht sich langsam zu mir um. Zu meiner Überraschung entdecke ich den Anflug eines Lächelns, das sich über ihre markanten Wangenknochen zieht. Doch dann kneift sie wieder den Mund zusammen und kommt zu mir. Wir stehen einander gegenüber und starren uns in die Augen. Sie nickt knapp.

»Gut. So sollten wir vorgehen.«

Innerlich mache ich einen Satz. Doch nach außen hin halte ich mich zurück. »Danke, Elisabeth. Wir werden liefern.«

»Moment, Juli. Das heißt nicht, dass ich sicher bin, dass du richtigliegst. Ich erwarte, dass ihr ergebnisoffen ermittelt. Und sei vorsichtig bei Jackson. Wir können ihm jetzt keine Haftverschonung versprechen, falls er so etwas verlangen sollte. Der Ausgang ist völlig offen.«

Sie wirft mir einen strengen, durchdringenden Blick zu, dem ich mit einiger Mühe standhalte. Ich befürchte, dass sie ahnt, dass mich noch mehr mit Jackson verbindet als unser Deal. Falls es so sein sollte, lässt sie sich nichts anmerken.

»Ich erwarte, dass du Berninger, Lohfeldt und vor allem Simmons hinter dich bringst. Schick mir bis heute Nachmittag eine Planung, wo ihr ansetzen wollt, dann bekommt ihr das Ermittlungshilfegesuch. Ihr fahrt aber auch selbst nach Montenegro. Am besten teilt ihr euch auf, jemand muss schließlich im ›Quartier‹ die Stellung halten. Von Stuck lass meine Sorge sein. Ich werde ihm auch erklären, dass du für deinen Undercover-Einsatz noch mal die Rockerbande überprüft hast.« Sie macht eine kurze Pause, scheint zu überlegen, dann schiebt sie hinterher. »Das LKA wird dafür sorgen, dass Hart überführt und ›Pink Panther‹ gestoppt wird. Klar?«

Erleichtert stoße ich die Luft aus. »Klar, Chefin. In einer Woche haben wir Hart.«

»Versprich nichts, was du nicht halten kannst, Juli.«

Sie geht zum Schreibtisch und fummelt eine weitere Zigarette aus ihrem Etui, greift dann nach ihrem Handy und tippt darauf herum. Die Unterhaltung ist für sie beendet.

Kapitel 11

Gleich nach meinem Gespräch mit Elisabeth habe ich fünfmal hintereinander bei Leander im »Quartier 4« angerufen. Er nimmt endlich ab, als ich mit dem Wagen soeben vor dem Gebäude der Rechtsmedizin vorfahre.

»Was gibt es, Juli?«

»Verflucht, Leander, warum gehst du nicht ran? Was ist das für ein Termin? Würdest du mich bitte aufklären, warum du mich durch die halbe Stadt zur Rechtsmedizin schickst? Ich muss etwas Dringendes mit euch besprechen.«

»Jetzt komm mal runter. Ich hätte dich schon noch informiert, aber ich wusste, dass du bei deiner Chefin bist, darum die kurze Nachricht. Gerade hatte ich noch ein Telefonat. Es ist wichtig. Mitch und Vic sind schon drin.«

»Wo *drin*? Komm bitte zum Punkt.« Ich mache den Motor aus und greife nach meiner Handtasche. Es ärgert mich maßlos, dass er so herumschwurbelt, zumal es Priorität hat, dass wir die Ermittlungen in Montenegro anstoßen.

»Im Obduktionssaal.« Er macht eine kurze Pause. »Es gab vier neue Drogentote, Abiturienten. Zwei weibliche und zwei männliche. Zwei sind erst siebzehn.«

Ich schlucke. Verdammt. Was für furchtbare Nachrichten. So junge Menschen, fast noch Kinder. Leander fährt fort: »Ein weiteres Mädchen liegt noch im Krankenhaus, sie hat überlebt, aber ihr Zustand ist kritisch. Sie wurde ins künstliche Koma versetzt. Die Gruppe kommt aus Hessen, sie waren auf Abschlussfahrt und bei einem illegalen Rave auf der Spree. Vorgestern Abend ereignete sich das Unglück.«

»Warum erfahren wir das erst jetzt? Elisabeth wusste auch noch nichts.«

»Das musst du das LKA fragen. Vic bekam den Anruf aus der ›Droge‹, als du gerade weg warst. Der Kollege hat zum Glück überhaupt einen Zusammenhang zu unseren Ermittlungen hergestellt. Es hätte auch passieren können, dass das einfach als Unfall abgetan worden wäre.«

Ich stoße die Luft aus und öffne die Wagentür mit Schwung. Elisabeth wird schäumen, wenn sie von dieser Panne in unserem Haus erfährt. Doch darum muss ich mich später kümmern. Durch unseren Streit im Team haben wir wertvolle Zeit vergeudet.

»Leander, wir müssen dringend reden. Ich will von dem Gespräch mit Elisabeth berichten. Am besten kommst du her, dann können wir uns gleich nach der Obduktion unterhalten.«

Er zögert kurz. »Gut. Ich mache mich auf den Weg. Aber du solltest jetzt wirklich reingehen, Juli. Mitch und Vic sind schon im Obduktionsraum.«

»Wir sehen uns dann also hier. Bis später.«

Ich lege auf und gehe auf das gräuliche Gebäude mit der Betonfassade in Waffeloptik zu. Ich weise mich am Empfang aus und lasse mir einen Overall reichen, dann führt ein Mitarbeiter mich in den weiß gekachelten Obduktionssaal im Erdgeschoss. Mein Blick wandert sofort zu dem Edelstahltisch in der Mitte des Raumes, wo eine junge Frau aufgebahrt ist. Sie wirkt klein und zerbrechlich, viel jünger als siebzehn oder achtzehn Jahre. Ich schlucke.

»Juli, gut, dass du da bist. Wir wollten gerade anfangen.«

Vic nickt mir zu. Es kommt mir vor, als wisse er nicht so recht, wie er mich begrüßen soll. Sein Blick ist reserviert. Aber unseren Konflikt müssen wir später klären. Ich sehe mich um und entdecke Mitch neben einer blonden Mittvierzigerin, deren blauer Kittel mit weißer Plastikschürze und gelben Handschuhen sie als Gerichtsmedizinerin ausweisen. Sie ist gerade dabei, einen Y-Schnitt an der Leiche der jungen Frau zu setzen. Als sie damit fertig ist, blickt sie auf.

»Ah, Frau Schröder, Sie kommen gerade rechtzeitig. Mein Name ist Lisa Hohenacker, mir wurde der Fall zugeteilt. Ihre Kollegen sagten schon, dass Sie noch zu uns stoßen würden.«

Ich nicke ihr zu. »Ja, es war alles recht kurzfristig.« Mit dem Kinn auf den Körper auf dem Tisch deutend, frage ich: »Ist das die erste Leiche, die Sie untersuchen?«

Lisa Hohenacker schüttelt den Kopf und deutet auf die Kühlschränke am hinteren Ende des Raumes. »Nein. Ich habe bereits die beiden männlichen Opfer obduziert. Äußerlich betrachtet waren beide unversehrt. Ich habe auch bei dieser hier keine Anzeichen äußerlicher Gewalteinwirkung gefunden. Ich kontrolliere nun die Organe, vor allem Mageninhalt und Niere könnten Aufschluss auf den Konsum von Rauschmitteln geben. Eine toxikologische Untersuchung des Blutes wird zudem genauere Hinweise bringen müssen.«

Während Hohenacker uns durch die Obduktion führt, dabei nacheinander Organe entnimmt und katalogisiert, erklärt sie uns, wonach sie sucht und worauf sie achtet. Ich kann meine Ungeduld nur schwer verbergen.

»Haben Sie denn bei den beiden männlichen Opfern etwas gefunden?«

Meine Stimme klingt schneidender, als ich beabsichtigt hatte, und Lisa Hohenacker wirft mir einen kühlen Blick über die Gläser ihrer Brille zu. Sie lässt ein Stück Dickdarm in eine Schale gleiten.

»Es gibt keine Anzeichen auf Ertrinken. Der Mageninhalt

beider Personen deutete auf Drogen- und Alkoholkonsum hin, die Speisereste waren bereits stark verdaut. Bei einem Opfer haben wir Rückstände einer pinkfarbenen Substanz gefunden. Das war der Grund, warum man Sie verständigt hat.«

»Ein Badeunfall ist also ausgeschlossen.« Ich verkneife mir die Bemerkung, dass wir reichlich spät informiert wurden. Dafür kann Hohenacker schließlich nichts. Ich beobachte, wie sie das Organ wiegt und protokolliert, bevor sie zum nächsten greift. Mitch hat sich am äußersten Rand des Raumes unweit der Tür positioniert. Auch Vic steht einige Meter vom Tisch entfernt und tippt auf seinem Handy herum. Einige Minuten lang ist es still im Raum, nur die betriebsamen Geräusche der Obduktion sind zu hören.

»Ah, sehen Sie mal.« Lisa Hohenacker deutet auf die Nierenschale, in der sie eine übel riechende Flüssigkeit gesammelt hat. Sie greift mit einer Zange in den Brei und zieht etwas hervor, das sie in eine weitere, deutlich kleinere Schale befördert. Sie hält mir die Schale unter die Nase. »Danach haben Sie vermutlich gesucht.«

In dem Gefäß liegt eine halbe, partiell aufgelöste Pille, die pinke Farbe leuchtet beinahe. Ich sehe genauer hin und entdecke sogar noch einen halben, eingestanzten Pfotenabdruck. Die junge Frau muss kurz nach der Einnahme der Droge gestorben sein.

»Sieht aus wie ›Purple Panther‹. Verdammt.«

Vic tritt näher und mustert die Pille voller Abscheu. »Wie alt war das Mädchen?«

Lisa Hohenacker antwortet wie aus der Pistole geschossen. »Sie wäre nächsten Monat achtzehn geworden. Bei ihrer schmalen Statur könnte die Wirkung der Droge deutlich schneller eingesetzt haben als bei den männlichen Toten, die bestimmt zwanzig Kilo mehr wiegen. Ich gebe die Pille sofort ins Labor, um zu bestimmen, ob es sich um ›Pink Panther‹ handelt und ob noch andere Substanzen untergemischt sind.«

Ich nicke. »Danke.«

Dann wende ich mich an meine Kollegen. »Den Rest können wir später im Bericht lesen. Lasst uns gehen, wir haben viel zu besprechen. Leander müsste auch gleich hier sein, ich habe ihn informiert.«

Kapitel 12

Als ich endlich wieder frische Luft atmen kann, seufze ich erleichtert auf. Ich schließe die Augen und lasse den Sauerstoff langsam durch meine Lungen strömen.

»Alles in Ordnung, Juli?« Mitch schaut mich besorgt an. Er scheint noch immer zu glauben, dass er sich um mich kümmern muss, was mich irgendwie rührt. Zumindest macht es mich nicht mehr wütend.

»Ich bin froh, dass wir da raus sind.«

Er nickt zustimmend. »Was kam bei Elisabeth heraus?«

Vic sieht von seinem Handy auf und tritt zu uns. »Das würde mich allerdings auch interessieren.«

Dass ich meine Chefin informiert habe, kann er mir wohl nicht verzeihen. Umso wichtiger, dass ich gleich alles auf den Tisch packe und mir nicht das Ruder aus der Hand nehmen lasse.

»Lass uns drüben in den Kleinen Tiergarten gehen. Leander müsste jeden Moment dazukommen, ich habe ihn informiert.«

Während wir die Turmstraße überqueren und kurz vor dem imposanten Gebäude des Landgerichts Berlin in den Park einbiegen, schicke ich Leander eine Nachricht, wo er uns findet. Mir wird erst jetzt bewusst, dass Mitch gleich um die Ecke wohnt. Als könnte er meine Gedanken erraten, merkt er an: »Wir könnten uns auch bei mir auf den Balkon setzen.«

Vic hebt kritisch eine Braue und schüttelt den Kopf. »Ich finde, wir sollten es uns jetzt nicht allzu gemütlich machen. Leander ist sicher gleich da.«

Ich nicke zustimmend und gehe in Richtung des Cafés, vor dem im Jahr 2019 am helllichten Tag ein russischer Auftragskiller einen Mann ermordete. Damals war ich im Praktikum während meines Studiums und musste die Kollegen bei den Zeugenbefragungen unterstützen. Es war einer meiner ersten Einsätze. Ich erinnere mich noch daran, wie schwer es mir damals fiel, meine Emotionen gegenüber den Augenzeugen zurückzuhalten, die die Ermordung des Mannes beobachtet hatten. Ich wische die Gedanken beiseite. Nichts erinnert mehr an den politischen Mord, dieser Park ist wie viele andere Berliner Anlagen voll von zwielichtigen Gestalten. In der Ferne entdecke ich Kollegen der Berliner Polizei, die Streife laufen. Vic sieht sich ungeduldig um. Doch in diesem Moment erscheint Leander auf der anderen Seite des Parks. Er entdeckt uns sofort und ist wenige Minuten später bei uns.

»Hi. Ich habe Gas gegeben. Was hat die Obduktion ergeben?«

Vics Blick hellt sich auf, als er seinen Freund begrüßt – und mir wird einmal mehr bewusst, dass unsere Gruppe gespalten ist.

»Hallo Leander. Die Opfer haben Drogen konsumiert, drei wurden bereits untersucht. Sie haben ›Pink Panther‹ oder vermutlich die gestreckte Version konsumiert.«

Er bringt ihn kurz auf Stand, dann schweigen wir einen Moment und laufen weiter durch den kleinen Park in Richtung der Heilandskirche am anderen Ende. Leander sieht mich auffordernd an, und ich ergreife das Wort. Nun sind meine Diplomatie und Durchsetzungsfähigkeit gefragt, alle Männer hinter mich zu bringen. Vic darf dabei nicht sein Gesicht verlieren.

»Elisabeth weiß noch nichts von den vier Toten und dem Mädchen im Krankenhaus, da ging offenbar etwas in der Kommunikation schief, ich werde sie gleich informieren. Aber sie hat mir Neuigkeiten mitgeteilt.« Ich mache eine kurze Pause.« Die Beschuldigungen gegen Jackson wegen Menschenhandels haben sich nicht erhärten lassen. Die Exhumierung hat keine Spuren auf Drogen ergeben.« Ich mache eine kurze Pause und lasse die Nachricht wirken, dann füge ich hinzu: »Wir sollten jetzt ergebnisoffen ermitteln und den Hinweisen auf Asram Vujic nachgehen. Elisabeth schickt ein Ermittlungshilfegesuch an die Kollegen in Montenegro. Zwei von uns sollten so schnell wie möglich hinfliegen und den Spuren nachgehen.«

Leander runzelt die Stirn, Mitch nickt bestätigend. Aber es ist Vic, dessen Reaktion ich abwarte. Seine Miene verdunkelt sich, doch bevor er etwas sagen kann, klingelt sein Handy. Genervt zieht er es aus der Tasche.

»Das ist von Stuck. Ich muss rangehen.«

Er entfernt sich ein paar Schritte von uns, und ich steuere eine Bank an, auf der wir ungeduldig auf ihn warten. Das Telefonat dauert zum Glück höchstens zwei Minuten, dann lässt er sich auf die Bank neben mich fallen.

»Von Stuck ist auf hundertachtzig. Er hat gerade von Elisabeth erfahren, dass sie uns nach Montenegro schickt. Sie hat das Amtshilfegesuch schon gestellt, er kann nichts mehr tun.«

Vic wirft mir einen wütenden Blick zu. Allerdings kann er mir nicht vorwerfen, ihn überrumpelt zu haben, ich habe alles darangesetzt, die Männer so früh wie möglich zu informieren, und das ist ihm auch bewusst.

Er holt tief Luft. »Das Labor hat zudem bestätigt, dass die Menge an Fentanyl in der Pille, die eines der weiblichen Opfer zu sich genommen hat, drei erwachsene Männer hätte töten können. Sie hatte keine Chance. Es muss sich also um ›Purple Panther‹ handeln. Auch bei der anderen verstorbenen jungen Frau wurden Drogenspuren gefunden.«

Er schüttelt traurig den Kopf und scheint zu überlegen, ich halte mich zurück. Dann sieht er uns widerstrebend nacheinander an. »Ich habe von Stuck gesagt, dass Montenegro unsere einzige Chance ist, an Jackson ranzukommen.«

Erleichtert stoße ich die Luft aus. Ich bin froh, dass Vic nicht mehr querschießt, auch wenn mir bewusst ist, dass er nicht meinetwegen klein beigibt.

Ich sehe den drei Männern abwechselnd in die Augen und berichte, was ich mit Elisabeth verabredet habe. »Wir haben eine Woche Zeit, um Hart zu finden. Ich halte es in Anbetracht der Entwicklungen für das Beste, wenn wir schnell handeln. Wir sollten die nächste Maschine nach Montenegro nehmen.«

Doch Vic funkelt mich wütend an. »Damit wir uns einig sind: Unser Ziel ist es nicht, Hart festzunehmen, sondern die Hinweise von Jackson zu prüfen. Von Stuck hat ganz klar gesagt, er erwartet, dass wir selbstständig ermitteln und uns nicht ausschließlich auf die Informationen verlassen.«

Ich nicke bestätigend. Aus meiner Sicht spricht nichts gegen dieses Vorgehen.

Vic steht auf und verschränkt die Arme vor der Brust. »Ich werde selbst hinfliegen. Mitch, du solltest mich begleiten.«

Mitch sucht meinen Blick. Mein Impuls ist, Vic zu widersprechen. Ich habe Jackson schließlich versprochen, dass ich Hart finden werde, und ich kann nicht sicher sein, dass Vic die Suche nach ihm genauso unnachgiebig verfolgt, wie ich das tun würde. Doch es wäre unklug, einen weiteren Machtkampf zu riskieren. Schließlich habe ich den Hauptkonflikt für mich entschieden.

»Von mir aus. Trotzdem solltet ihr euch noch heute auf den Weg machen. Leander und ich halten hier die Stellung.«

Leander runzelt erneut die Stirn. Verwundert schaue ich ihn an. Möchte er etwa selbst nach Montenegro fliegen? Doch dann erklärt er selbst den Grund seiner Skepsis und wendet sich an Mitch und Vic.

»Montenegro ist Kartellgebiet und berüchtigt für blutige Auseinandersetzungen. Ihr könnt dort nicht einfach so ermitteln, sondern müsst vorsichtig sein. Das Land ist im Griff von zwei rivalisierenden Banden. Zwischen ›Mesar‹, dem Hart möglicherweise angehört, und dem ›Babic‹-Kartell schwelt seit Jahren ein Konflikt, es geht um Verteilungskämpfe bei Drogengeschäften. Da kommt es immer wieder zu Schießereien und Kämpfen.«

»Das klingt sehr verlockend«, brummt Mitch und kratzt sich am Kopf, während Vic ungeduldig nickt.

»Danke, Leander, wir werden uns darauf vorbereiten. Juli, gib mir bitte die Infos von Jackson zu den Laboradressen, sodass wir dann im Flieger eine Planung machen können, wie wir vorgehen.«

Ich nicke und werfe Leander, der an seinem Handy herumfummelt, einen Blick zu. Er sieht auf.

»Um 19 Uhr geht heute ein Flug vom BER nach Podgorica. Das könntet ihr schaffen, wenn wir uns beeilen. Ich buche euch Tickets, gebt mal eure Ausweise.«

Mitch und Vic kramen in ihren Hosentaschen, während Vic chefmäßig Anweisungen gibt. »Ich schlage vor, dass wir drei mit Leanders Wagen ins ›Quartier‹ fahren. Unseren Dienstwagen lassen wir hier, ich gebe im BKA Bescheid. Juli, du kannst dann mit deinem Auto nachkommen.«

Mitch unterbricht ihn. »Wenn es euch nichts ausmacht, würde ich gerne von hier aus zum Flughafen. Ich muss noch mal in meine Wohnung und dort die Post checken.«

Vic und ich wechseln einen kurzen Blick, während Leander damit beschäftigt ist, die Flüge zu buchen. Mitchs Vorschlag gefällt mir. Plötzlich kommt mir eine Idee.

»Ich bleibe auch noch einen Moment, ich kann dich dann zum Zug bringen, Mitch. Lass uns eine Pizza essen gehen, wenn wir schon mal in Berlin sind. Nichts gegen Jelenas Küche, aber eine halbe Stunde Hauptstadt-Feeling können wir uns gönnen.«

Mitch zwinkert mir zu, Vic zuckt die Achseln. Seine Laune hat sich nicht gebessert. Es wundert mich nicht, dass er jetzt noch einmal nachlegt.

»Gut. Dann sehen wir uns gegen 16:30 Uhr am Flughafen, Mitch. Und noch eine Sache.« Er wendet sich mir zu, und seine Augen verenden sich zu Schlitzen.

»Wenn wir in der einen Woche nicht beweisen können, dass wirklich Hart hinter ›Purple Panther‹ steckt, sagst du mir, wo Jackson ist, verstanden, Juli?«

Innerlich verdrehe ich die Augen, doch ich nicke besänftigend. »Schon klar. Dann viel Erfolg erst mal, wir hören uns, wenn ihr da seid, okay? Bis später, Leander. Beeilt euch, so viel Zeit ist nicht mehr.«

Vic nickt und dreht sich um, Leander folgt ihm in Richtung Rechtsmedizin zum Wagen. Ich atme auf, als Mitch und ich alleine zurückbleiben, und lasse mich wieder auf die Bank fallen. Auch Mitchs Gesichtszüge entspannen sich merklich. Einige Sekunden lang sagen wir nichts, ich lehne meinen Kopf an seine Schulter und genieße die Ruhe. Irgendwann legt er ganz selbstverständlich den Arm um mich.

»Ich bin froh, dass du wieder da bist, Juli.«

Mitch streicht mir eine Strähne aus der Stirn. Der Ausdruck in seinem Gesicht ist so weich, so liebevoll, dass ich mich der Berührung hingebe. Am liebsten würde ich überhaupt nicht reden. Doch ich spüre, dass Mitch mit mir über den Konflikt im Team sprechen will.

»Ich bin auch froh, wieder bei euch zu sein. Wir werden Hart schnappen und beweisen, dass Jackson nichts mit ›Purple Panther‹ zu tun hat.«

Ich sehe Mitch an. Ob ich ihm erzählen soll, wie nah wir uns waren? Nein, warum auch? Es ist schließlich vorbei. Doch Mitchs Gedanken scheinen in eine andere Richtung zu gehen.

»Ich glaube auch, dass Jackson dir die Wahrheit sagt. Aber

vielleicht bin ich befangen. Weißt du, ich träume oft von ihm.«

Er lässt meine Schulter los und beugt sich nach vorn, dabei stützt er die Unterarme auf seine Knie. Ich gebe ihm Zeit weiterzusprechen und hake nicht nach.

»Immer wieder kommt dieser Traum, dass er in einer Zelle sitzt. Ich denke eigentlich nicht mehr oft an damals, aber in der Nacht kommt es dann hoch. Ich fühle mich schlecht, weil er für mich in den Knast ging. Damals, 2014. Ich bin davongekommen, er hat die ganze Schuld auf sich genommen. Vielleicht will ich mich jetzt revanchieren und glaube deshalb an seine Unschuld.«

Überrascht schaue ich ihn von der Seite an. Solche Selbstzweifel und Unsicherheiten kenne ich von Mitch bislang nicht. Das Erlebnis mit Jackson in seiner Jugend muss ihm wirklich nahegegangen sein. Ich verstehe ihn nur zu gut, da auch ich nicht behaupten kann, gänzlich objektiv auf Jacksons Rolle zu blicken.

»Du solltest versuchen, das voneinander zu trennen, Mitch. Wir müssen jetzt diesen Fall lösen. Alles andere kannst du später mit ihm klären. Bestimmt wird der Zeitpunkt kommen.«

Meine Worte richte ich ein Stück weit auch an mich selbst, doch bei Mitch kommen sie offenbar an. Er nickt erleichtert.

Plötzlich spüre ich einen Bärenhunger und springe auf. »Wollten wir nicht Pizza essen gehen? Ich brauche dringend etwas Bewegung. Oder hast du es eilig, zu dir zu gehen?«

Mitch schüttelt den Kopf. »Nein, gar nicht.« Er grinst mich an und zieht mich an sich. »So dringend ist das nicht. Vic hätte mir auch Klamotten aus dem ›Quartier‹ mitbringen können. Ich wollte eigentlich nur gern wenigstens für ein Stündchen wieder mit dir allein sein.«

»Du Schuft! Und da erzählst du was von Post. Schämst du dich gar nicht?« Ich boxe ihn in die Seite und spüre, wie mein Herz einen kleinen Satz macht.

»Nein«, meint Mitch trocken. Dann packt er mich und dreht

mich zu sich. Mitten im Park zieht er mich fest an sich, und ich atme seinen vertrauten Geruch ein. Vorsichtig suchen seine Lippen meine, und wir küssen uns. Sanft und zärtlich streichelt er meinen Rücken. Ich genieße die Nähe zu ihm, und mir wird bewusst, wie sehr er mir gefehlt hat. Doch wir haben nicht allzu viel Zeit. Ich suche seinen Blick und flüstere. »Los, lass uns weitergehen, sonst wird das nichts mit der Pizza.«

Widerwillig gibt er mich frei und nimmt meine Hand. Wir überqueren die Straße und nehmen den Weg durch den Kleinen Tiergarten in Richtung Kirchstraße, die uns zur Spree führt.

»Da wohne ich übrigens.« Er deutet auf ein Haus am linken Straßenrand, in dessen Erdgeschoss ein asiatisches Restaurant untergebracht ist. »Dritter Stock. Wir können gerne zu mir gehen, aber ich fürchte, der Kühlschrank ist leer.«

Wir wechseln einen Blick. Uns ist beiden klar, dass wir nichts essen werden, wenn wir zu ihm gehen, ob mit oder ohne Pizza im Kühlschrank.

Mitch erlöst uns schließlich. »Ich lade dich ein anderes Mal ein. Der Italiener da vorne macht gute Pizza. Wir können uns eine holen und uns ans Spreeufer setzen?«

Während wir auf die Pizza warten, unterhält Mitch mich mit Anekdoten. Er blüht dabei sichtlich auf, lacht viel und wirkt irgendwie jünger.

»... und dann hat Frau Kowalski den Einbrecher da vorne vom Balkon aus mit ihrer Gießkanne übergossen.« Mitch hält sich japsend den Bauch, als er an die Szene zurückdenkt. »Nur hatte sie stinkigen, selbst angesetzten Dünger im Gießwasser. Der Kerl hat so geflucht, dass er geradewegs den herbeigerufenen Kollegen in die Arme gelaufen ist.«

Ich grinse gequält. Das ist definitiv eine der Geschichten, bei denen man dabei gewesen sein muss, um sie so lustig zu finden wie Mitch.

Ein älterer Mann stellt zwei Pizzaschachteln vor uns ab. »Erzählst du gerade, wie Frau Kowalski den Einbrecher übergossen hat, Mitch?« Die Augen des Mannes funkeln amüsiert. »Dann vergiss aber nicht, dass du auch was von dem stinkenden Wasser abgekriegt hast.«

Mitchs Wangen färben sich rot, es ist ihm sichtlich unangenehm, an den Teil der Geschichte erinnert zu werden, und er wechselt schnell das Thema. »Danke, Pepe, was macht das?«

Pepe schüttelt den Kopf. »Geht aufs Haus. Du warst so lange nicht da.«

»Danke dir!«

Er schnappt sich die beiden Pizzen, und ich folge ihm zum Spreeufer, wo wir eine freie Bank finden. Es sind einige Fußgänger unterwegs, vom Spielplatz auf der nächsten Straßenecke dringt Kinderlärm, ab und zu joggt jemand an uns vorbei.

Ich lehne mich zurück und reibe meinen vollen Bauch. »Schön, wieder in Berlin zu sein, wenn auch nur kurz. Ich schlage vor, dass ich hier warte. Du kannst ja deine Sachen holen, und ich bringe dich zum Zug.«

Mitch beugt sich zu mir. »Okay. Aber ein paar Minuten haben wir hier noch zusammen, oder?«

Ich nicke, doch er wartet die Antwort nicht ab, sondern schließt mich in seine Arme.

Kapitel 13

Wo seid ihr? Die Verbindung ist fürchterlich.«
Kaum habe ich meinen Satz beendet, bricht der Call ab,
und der Bildschirm wird schwarz.

Leander verdreht die Augen. »Wo sollen sie schon sein? Irgendwo in Montenegro ohne Netz.«

Es ist der dritte Versuch, mit Mitch und Vic über unser Polizeinetzwerk zu kommunizieren, doch die Verbindung bricht zu Leanders Unmut immer wieder ab. Normalerweise bringt ihn nichts so schnell aus der Fassung. Dass wir uns auf einen gemeinsamen Plan geeinigt haben, ändert nichts an seiner Feindseligkeit mir gegenüber. Seine Gereiztheit färbt auf mich ab. Dass wir seit einer halben Stunde mit der Technik kämpfen, weil sich unsere Kollegen anscheinend im montenegrinischen digitalen Nirwana aufhalten, macht die Lage nicht besser.

»Wenn du ein Problem mit mir hast, sag es einfach«, zische ich.

Er starrt mich wütend an. »Ich habe überhaupt kein Problem, Juli.«

»Ach nein? Du gehst mir seit der Entführung aus dem Weg, stellst dich gegen mich, jetzt wirst du sogar aggressiv. Du ...«

Das schrille Signal des vierten Anrufversuchs unterbricht mich. Ich drehe mich zu dem XXL-Bildschirm und nehme das Telefonat an. Dieses Mal höre ich Vics Stimme klar und deutlich.

»Verzeihung. Wir waren zwischen zwei Dörfern auf einer Landstraße. Hier haben wir zumindest Netz, aber die Kamera lassen wir besser aus.«

Ungeduldig nicke ich. »Ja, Hauptsache, wir können reden. Was habt ihr bislang?«

Vic räuspert sich, die Leitung bleibt kurz still, und ich befürchte schon den nächsten Ausfall, doch dann fährt er fort: »Wir waren gleich nach unserer Ankunft in Podgorica bei den Kollegen, das Kommissariat ist nicht weit weg vom Flughafen. Wir haben uns einen Mietwagen genommen und sind …«

»Vic, bitte, komm zum Punkt.«

Sollte Vic verärgert über Leanders Einwurf sein, lässt er es sich nicht anmerken. Mit kühler, nüchterner Stimme fährt er fort.

»… und sind zum Polizeihauptquartier gefahren. Fehlanzeige. Keine Spur von Hart. Auch die Auswertung der Handydaten hat nichts ergeben, er scheint es schon lange nicht mehr benutzt zu haben, vermutlich hat er es ausgewechselt. Das letzte Mal wurde Hart vor zwei Monaten in Kotor gesehen, bei einer Razzia im Hafen, bei der er aber nicht mal involviert war. Entweder sie wissen nichts oder sie mauern. Ich gehe von Letzterem aus.«

»Verdammt. Das ist der Worst Case. Glaubst du, sie sind geschmiert und decken ihn?«

Ich kann vor meinem geistigen Auge sehen, wie er die Achseln zuckt. »Darauf gibt es keine Hinweise. Aber ich halte es für denkbar. Der Polizeichef wirkte nicht sehr kooperativ, was aber auch an seiner Art oder der Sprachbarriere liegen kann.«

»Was ist mit den Drogenlaboren?«

»Die beiden Adressen, die du mir gegeben hast, haben sich als Fehlanzeige erwiesen. In einem ist eine Weinhandlung, das andere Gebäude ist komplett abgerissen. Es gibt keine Spuren mehr auf irgendwelche Drogen oder Chemikalien.«

»Verdammt. Welche Möglichkeiten haben wir jetzt noch?«

»Ich sehe keine mehr.«

»Das heißt, ihr macht jetzt ein bisschen Urlaub und kommt anschließend ohne Hart und irgendeinen Hinweis zurück?«

»Juli, hör auf damit. Wir brauchen mehr Informationen. Harts letzte Unterkunft, Kontaktpersonen, irgendwas. Wir können hier nicht von Dorf zu Dorf fahren und jedes Haus nach ihm absuchen.«

Ich schlucke. Vic hat recht. Elisabeth hat mir eine Woche Zeit gegeben, von dieser ist nun schon ein Tag vergangen. Blöd ist nur, dass ich nichts vorzuweisen habe, was den beiden weiterhelfen könnte. Jackson hat Namen und Adressen von Dealern, aber die kenne ich nicht, außerdem sprach er von Laboren, nannte mir aber nur die Anschrift von zweien. Plötzlich wird mir heiß in der kühlen Luft des Tech-Bunkers. Zum ersten Mal kommen mir leise Zweifel an meiner Theorie – und auch an Jackson. Das ganze Unterfangen ist wahnsinnig gewagt. Was tun wir, wenn wir nichts herausfinden? Was, wenn die Infos fake sind?

Ich atme langsam und ruhig und zähle in Ermangelung einer Alternative die Stühle im Raum, um mich zu beruhigen. Es sind zehn Stück. Wieder und wieder kontrolliere ich das Ergebnis, während Leander mich vom Rechner wegschiebt und das Gespräch in die Hand nehmen will. *Nein. Ich glaube Jackson. Wir dürfen jetzt nicht aufgeben.*

»Juli? Seid ihr noch da?«

Ich gebe mir einen Ruck, stehe auf und beuge mich so nah vor den Rechner, dass Leander keinen Platz mehr hat. Allerdings steht er unmittelbar neben mir. Unsere Unterarme berühren sich. Die Stelle, wo sie aufeinandertreffen, brennt wie Feuer. Ich spüre seinen Atem, so dicht ist er bei mir. Ich rücke ein paar Zentimeter ab, um mich wieder zu fokussieren. Blitzschnell sammle ich mich. Mir kommt eine Idee. Es gibt einen Weg weiterzukommen, aber dafür muss ich allein sein.

»Ja, wir sind noch da. Ich liefere euch konkrete Informationen. Heute Abend oder morgen früh.«

»Und wie willst du das machen, Juli?«

Mitch schaltet sich in das Gespräch ein, und ich verfluche ihn für sein Nachbohren, denn die Idee in meinem Hinterkopf ist alles andere als spruchreif.

»Vertraut mir einfach. Ich melde mich.«

Bevor noch irgendjemand etwas sagen kann, drücke ich den roten Button. Leander fasst mich am Arm und funkelt mich durch seine Brillengläser wütend an.

»Bist du noch ganz bei Trost? Wie stellst du dir das vor?«

Ich schiebe seine Hand weg. Das, was ich jetzt tun werde, muss ich allein machen, da kann ich keinen irrationalen Kollegen und Lover gebrauchen, der seine Launen nicht im Griff hat. Außerdem fürchte ich, dass er mir meinen Plan ausreden würde. Immerhin hat er zuletzt wenig Vertrauen in mich gezeigt. Erst mal muss ich ihn hier herauslotsen, damit ich in Ruhe telefonieren kann. Der Tech-Bunker ist abhörsicher.

»Lass mich machen, Leander, ich werde das lösen. Kümmer du dich um das Mittagessen, okay? Ich bin gleich wieder da.«

Meine Stimme klingt so cool wie beabsichtigt, und die Worte verfehlen ihre Wirkung nicht. Leander wendet sich wortlos von mir ab und geht zur Tür, die in den engen Gang zum Ausgang führt. Er lässt beide Pforten laut knallen, und ich beobachte durch die getönten Scheiben, wie er mit gesenktem Kopf zur Treppe des »Quartiers« hinübergeht. Erleichtert gehe ich zum personalisierten Safe in der Ecke des Raums, der für sensible Fundstücke oder Objekte eingerichtet wurde, öffne ihn mit meinem Ring über den Scanner und hole das Wegwerf-Handy heraus, das mir Konstantin … Jackson für genau solche Fälle gegeben hat.

Es ist nur eine einzige Nummer eingespeichert. Ohne lang nachzudenken – nicht, dass ich es mir noch anders überlege –, wähle ich die Ruffunktion. Während es klingelt, starre ich aus dem Fenster in den Garten. Dann knackt es an meinem Ohr. Eine tiefe, vertraute Stimme erklingt.

»Hi Juli.«

Mein Puls beschleunigt sich. »Hi Jackson. Ich muss mit dir über Hart reden.«

Jackson geht nicht auf mich ein. »Schön, deine Stimme zu hören.«

Ich ignoriere diese Aussage, bevor sie eine Emotion bei mir auslösen kann, und rede sofort weiter.

»Es ist dringend. Wir brauchen mehr Informationen über Hart. Vic und Mitch sind in Montenegro, kommen aber nicht weiter, die Kollegen vor Ort mauern und haben bei deinen Adressen nichts gefunden. Wir brauchen mehr, eine Kontaktperson oder einen konkreten Hinweis, wo Hart sich aufhalten könnte.«

Am anderen Ende herrscht Stille. Ich beiße mir auf die Lippen und versuche, nicht zu insistieren, sondern ruhig zu bleiben. Ich suche irgendetwas, das ich zählen kann, mein Blick bleibt an dem diesigen Himmel hängen, den ich durchs Fenster sehen kann, doch dort entdecke ich nur zwei winzig kleine Wolken, die direkt über dem »Quartier 4« hängen. Als nach einer Minute noch immer nichts kommt, lege ich nach.

»Hast du mich verstanden? Wir beide haben einen Deal, und ich kann meinen Teil der Abmachung nur einhalten, wenn wir etwas von dir bekommen. Es war nicht einfach, meine Männer davon zu überzeugen, mit dir zusammenzuarbeiten. Vic ist kurz davor hinzuwerfen.«

Als Jackson endlich wieder spricht, sind seine Worte knapp. »Du hättest eben wie verabredet selbst nach Montenegro fliegen sollen, wenn deine Männer so wenig Ausdauer haben.«

Ich atme tief durch und ignoriere den Seitenhieb. Die Worte »deine Männer« untermalt er mit einem schneidenden Unterton, der mich irritiert. Er kennt meine Beziehung zu Leander, Vic und Mitch doch, warum ist er plötzlich eifersüchtig? Eigentlich mag ich Eifersucht nicht, aber irgendwie gefällt es mir, dass er noch Gefühle für mich zu haben scheint.

Ich räuspere mich. »Wir brauchen weitere Details. Sonst wird das nichts.«

Nach einer kurzen Pause höre ich seine Stimme wieder.

»Ich sehe, was ich tun kann. Ich melde mich.«

Es klickt in der Leitung. Ich starre auf das schwarze Billiggerät in meiner Hand und stecke es dann kurz entschlossen in meine Jeanstasche. Hoffentlich hält er Wort und liefert mir schnell weitere Informationen, bevor ich komplizierte Gespräche mit Leander führen muss.

Gedankenversunken trete ich aus dem klimatisierten Tech-Bunker in die schwüle Sommerluft hinaus, die mir kurz den Atem nimmt. Der Himmel ist eher dunkelgrau als leuchtend blau, und mir bricht der Schweiß aus, als ich zu den Treppen des Schlosses hinübergehe. Es liegt ein Gewitter in der Luft.

Zumindest im »Quartier 4« ist es noch immer angenehm kühl, stelle ich erleichtert fest, als ich in die Eingangshalle trete. Obwohl dort keine Klimaanlage installiert ist, hält das massive Mauerwerk die Hochsommerhitze zuverlässig fern. Ich biege in die Küche ab, um mir von dem überdimensionalen Hightech-Kühlschrank einen Orangensaft mit Eiswürfeln spendieren zu lassen. Als gerade das Eis in meinem Glas klirrt, tritt Leander in die Küche. Seine Miene ist finster, er verschränkt die Arme vor der Brust. Das schwarze T-Shirt gibt seine fast vollständig tätowierten Unterarme frei, mir fällt auf, dass er sich länger nicht rasiert hat. Er wirkt fremd. Düster und verwegen, nicht wie der elegante, etwas arrogante Profiler, in den ich mich verliebt habe.

»Prost.«

Ein spöttischer Zug umspielt seinen Mund, als er den vorbereiteten Auflauf in den Backofen schiebt, der inzwischen vorgeheizt ist.

Ich spüre, wie Wut in mir aufsteigt. Ich trinke den frischen, kühlen Saft in wenigen großen Schlucken aus, ohne auf ihn zu reagieren. Bei der Hitze ist mir ohnehin nicht nach Essen zumute, schon gar nicht nach Auflauf. Was denkt sich Jelena? Ich will meine Ruhe haben, allein auf meinem Zimmer sein, bis sich Jackson zurückmeldet. Was hoffentlich bald passiert. Doch Leander steht in der Tür zur Eingangshalle und versperrt mir den Weg, und ich habe wenig Lust, mich an ihm vorbeizubringen. Also gehe ich, ohne ihn zu beachten, in das gigantische Wohnzimmer mit dem ausladenden Sofa, auf dem wir einst mit Mitch wahnsinnig aufregenden Sex hatten, was mir Lichtjahre zurückzuliegen erscheint. Mein Plan, vom Wohnzimmer aus über die Terrassentür der Veranda nach draußen zu verschwinden, geht nicht auf. Er kommt tatsächlich hinter mir hergelaufen.

»Was hast du vor, Juli? Woher willst du die Informationen bekommen?«

Ich halte inne und drehe mich überrascht um. Das sind ja ganz neue Töne. Er steht jetzt direkt vor mir, sein Gesichtsausdruck ist nicht mehr ganz so arrogant, seine Stimme klingt wieder sachlich. Doch so einfach kann ich nicht vergessen, dass er mich seit meiner Entführung förmlich geschnitten hat – und mir anscheinend so wenig vertraut.

Ich funkle ihn an. Gut. Wenn er einbezogen werden möchte, das kann er haben. »Du kannst also auch freundlich sein, wie schön. Wenn du schon so nett fragst: Ich habe Jackson um zusätzliche Details gebeten. Er wird was liefern.«

»Du hast *was*? Bist du völlig durchgedreht?«

Leanders blitzende Augen hinter den Brillengläsern werden erst groß und dann sehr schmal, sein braun gebranntes Gesicht wird dunkelrot. Rot sehe auch ich jetzt. Ich spüre, wie ich die

Beherrschung verliere, und es gelingt mir nicht, die Kontrolle zurückzugewinnen. Der feste Knoten in mir, der sich über Tage gebildet hat, platzt.

»Ja, ich habe Jackson kontaktiert. Und ich werde diesen Fall lösen und mir von dir nichts zerstören lassen. Du hältst dich für unantastbar und unfehlbar und versuchst, mich abzuwerten, für unzurechnungsfähig zu erklären, weil ich eine andere Meinung habe zu dem Fall als du. Du bist einfach nur ein …« Ich schnappe nach Luft und ärgere mich so sehr über mich selbst, dass ich meine ganze Wut hinausschleudere. »… ein arroganter, eindimensional denkender Wichtigtuer und obendrein ein Chauvi!«

Verblüfft starrt mich Leander an und zieht die Brauen zusammen, als müsste er erst mal überlegen, was meine Worte bedeuten. Eine gefühlte Ewigkeit stehen wir vor dem Sofa, ich blitze ihn an, und wir schweigen. Ein Bild dieses Mannes formt sich in meinem Kopf, und mit jedem weiteren Puzzleteil wird mir deutlicher, was mich derart auf die Palme bringt.

Leander hebt beschwichtigend die Hände. »Juli, du siehst nicht ganz klar. Seitdem du wieder hier bist …«

Seine beruhigende Stimme regt mich noch mehr auf, er hört mir gar nicht zu, sondern will weiter den Psycho-Experten spielen.

»Ja, genau, mach nur weiter so. Stockholm-Syndrom, Trauma, was hast du noch zu sagen? Aber weißt du was, jetzt sage ich dir mal was.« Ich hole tief Luft, sammle mich und wähle meine Worte sorgfältig. »Du kommst nicht damit klar, dass ich in Gefahr war, du hast Angst davor, dass ich geschwächt sein könnte, labil bin. Darum weichst du mir aus. Du wendest dich von mir ab und wertest mich ab, weil du dich deinen Gefühlen nicht stellen willst. Andere durchschauen und durchleuchten, das kannst du, aber was ist eigentlich mit dir selbst? Nie erzählst du von mir. Bist du ein Roboter oder ein Mann?«

Die Stille zwischen uns ist so laut, dass der Donner, der in diesem Moment krachend heranrollt, sie kaum zu übertönen vermag. Wir zucken beide zusammen, als der Himmel förmlich explodiert. Unwillkürlich starre ich zur Flügeltür, die zur Veranda führt, und im selben Moment setzt ein prasselnder Regen ein. Das Zimmer liegt fast komplett im Dunkeln, wird dann aber von einem gleißend hellen Blitz erleuchtet. Leanders Augen sind weit aufgerissen, die Pupillen dunkel und groß. Ob es das Unwetter ist, das ihn erschreckt hat, oder meine Worte, vermag ich nicht zu sagen. Ein schmerzlicher Zug umspielt seinen Mund. Er sieht aus, als wolle er etwas sagen, scheint aber keine Worte zu finden, sieht mich nur stumm an. Ich spüre, wie die Wut meinen Körper langsam verlässt.

Leander fährt sich mit den Fingern durch das halblange Haar, geht mit steifen Bewegungen zur Verandatür und starrt in das Unwetter hinaus. Ich beobachte ihn und lasse mich dann auf das Sofa fallen, fühle mich unendlich müde und erschöpft. Meine Gedanken fahren Karussell, während ich Leanders reglose Silhouette vor der Doppeltür beobachte, gegen die der Regen knallt, der langsam in Hagel übergeht. Ich bin zu weit gegangen, das merke ich an seiner Reaktion, ich habe ihn getroffen. In dem Drang, mich zu wehren, bin ich in Untiefen seiner Seele vorgedrungen, die ich gar nicht erforschen wollte. Doch nun ist es zu spät. Als er sich langsam umdreht und zu mir herüberkommt, entdecke ich Schmerz in seinen Augen. Er setzt sich langsam aufs Sofa und schaut mich plötzlich entschlossen an. Auf seiner Oberlippe entdecke ich Schweißperlen.

»Du hast recht. Mit allem, was du sagst. Außer vielleicht, dass ich ein Chauvi bin.« Er atmet hörbar, lehnt sich an das Sofa und verschränkt wieder die Hände vor der Brust, ohne den Blickkontakt abzubrechen.«Du hast recht. Es fällt mir schwer, Menschen nahe an mich heranzulassen. Es ist ein Schutzmechanismus, um niemanden zu verletzen. Aber darum bin ich noch lange kein Roboter.«

Ich blicke zu Boden. Meine Worte scheinen ihn ernsthaft verletzt zu haben. Doch Leander ist noch nicht fertig.

»Ich habe in meiner Vergangenheit Dinge getan, auf die ich nicht stolz bin, habe Menschen verletzt. Besonders eine Frau. Die Mutter meines Kindes. Ich trennte mich von der Mutter, als es gerade auf die Welt gekommen ist. Ich habe sie im Stich gelassen. Du weißt nicht, wie es ist, wenn man versucht, jemanden zu lieben, und daran scheitert.«

Ich beuge mich vor und glaube kurz, etwas falsch verstanden zu haben. Dieses Gespräch nimmt plötzlich eine Richtung an, mit der ich nicht gerechnet habe. Aber ich spüre, dass es wichtig ist, nahezu überfällig, denn ich habe noch nie etwas aus seiner Vergangenheit erfahren.

»Du hast ein Kind? Warum hast du mir das nicht erzählt? Wie alt ist es, ist es ein Junge, ein Mädchen?«

Leander seufzt und fährt sich mit dem Unterarm über das Gesicht, das sich etwas entspannt.

»Lukas. Er ist zwölf Jahre alt und lebt die meiste Zeit bei meinen Eltern, das wurde bei der Trennung gerichtlich so verfügt. Seine Mutter hat psychische Probleme, sie kann nicht für ihn sorgen. Lukas ist alles für mich, Juli.«

Ein zärtlicher Zug umspielt seinen Mund bei den letzten Worten. Ein Ziehen breitet sich in meinem Magen aus. Der harte, gefühlskalte Profiler, der keine Schwäche kennt, ist Vater eines Jungen. Ich weiß nicht, was überwiegt, die Enttäuschung, dass er mir nichts erzählt hat, oder die Erleichterung darüber, dass Leander kein Roboter ist. Sondern ein Mensch mit Abgründen, Sorgen und Problemen. Kurz schaue ich ihn an, dann wird das Ziehen im Bauch zu Wärme, die sich in mir ausbreitet. Ich rücke näher zu ihm und lege ihm zaghaft meine Hand auf den Oberschenkel.

»Wie schön, dass du einen Sohn hast. Vielleicht gibt es ja Wege, dass du ihn zu dir holen kannst?« Unvermittelt legt er den

Arm um mich. Fast hilflos sitzen wir da, meine Wut ist weg, er lehnt seine Stirn an meine. Ich spüre seinen warmen Atem auf meiner Oberlippe, streichle ihm unbeholfen durch das dichte, etwas verschwitzte Haar, während der Hagel unbarmherzig auf die Fensterscheiben und den Verandaboden knallt wie Schüsse aus einer Schrotflinte. Sanft legt er die Hand auf meine Wange. Sein sonst so verschlossener Blick aus dunklen Augen ist zärtlich. Dann nimmt er meine Hände in seine und schaut zum Fenster. Ich gebe ihm Zeit, die richtigen Worte zu finden.

»Weißt du, Juli, ich habe in dir diese starke Frau gesehen, die tough und unverletzbar erschien. Und dann kamst du wieder aus dieser Gefangenschaft und warst so verändert. Ich konnte das nicht aushalten.«

Er hält inne, und ich verkneife mir, etwas zu sagen, sondern lasse ihn weiterreden.

»Ich hatte wahnsinnige Angst um dich, als du entführt wurdest. Diese Gefühle waren mir selbst unheimlich, und ich glaube, du hast recht, Juli. Ich fühlte mich dadurch selbst verletzbar und habe dich abgewertet, weil ich Angst habe, mich einer Frau zu öffnen. Ich habe Angst zu versagen, es nicht zu schaffen, Erwartungen zu erfüllen, so wie bei Lukas' Mutter. Wir waren noch so jung, und ich habe sie im Stich gelassen. Das wollte ich nie wieder tun, das habe ich mir damals geschworen.«

Der ganze Schmerz seiner Worte trifft mich direkt in mein Herz. Ich verstehe ihn, ohne dass er weiterspricht, ich fühle seine Not. Auch wenn meine Situation eine andere ist, vermag ich zu empfinden, was es bedeutet, sich nach Freiheit zu sehnen und diesem Wunsch nicht nachzugeben aus Angst, andere Menschen zu verletzen.

»Danke, dass du mir das erzählst, Leander. Ich verstehe dich. Du musst dich um mich nicht sorgen.«

Er nickt unmerklich, sein Blick ist erst ungläubig, dann warm und offen.

»Ja, das stimmt, Juli.«

Er will noch etwas hinterherfügen, doch dann sagt er nichts mehr. Stattdessen umfasst er mein Gesicht wieder. Ich schließe die Augen und neige meinen Kopf und genieße den Moment, als seine Lippen vorsichtig meine suchen. Er schmeckt ein wenig nach Pfefferminz und Salz, sein Drei-Tage-Bart kratzt angenehm und fordernd über meine Wange. Wir küssen uns langsam und so zärtlich, wie wir es noch nie getan haben, seine Hände streicheln meinen Hals und meinen Rücken, ruhig und liebevoll, wir haben keine Eile. Das Donnergrollen entfernt sich langsam, durch die geschlossenen Augen nehme ich wahr, dass die Sonne wieder durch die Fenster hindurchblitzt. Doch dann küsst Leander meine Schläfen und meinen Hals, die empfindliche Stelle am Schlüsselbein, und ich verschwende keinen Gedanken mehr an das Wetter.

»Ich bin so froh, dass du zurück bist«, murmelt er in mein Ohr, bevor er meinen Hals und meinen Nacken mit Küssen bedeckt.

»Und ich erst«, presse ich hervor. Ich kralle mich in seinen Nacken und gebe mich seinen Lippen hin, die tiefer wandern. Er streift mir mein ärmelloses Top über den Kopf und drückt mich sanft auf das Sofa, während er sich sein T-Shirt auszieht.

»Ich will dich, Juli, ich will dir ganz nah sein.«

Ich schlinge die Beine, die noch immer in Jeans stecken, um ihn und spüre seinen harten Schwanz durch seine Stoffhose, der sich in meine Mitte bohrt. Er atmet heftig und umfasst meine Brüste mit beiden Händen, greift unter mich, um den BH zu öffnen.

In diesem Moment klingelt es. Wir erstarren beide. Das Geräusch haben wir noch nie gehört, doch es ist sofort klar, dass der melodische, fordernde Klang die Eingangsglocke sein muss, von der ich nicht mal wusste, dass sie existiert. Ich schnelle hoch und starre Leander an, der sich sein T-Shirt überzieht und den Finger auf die Lippen legt. Ich ziehe mein Top über.

»Wer ist das?«, flüstere ich überflüssigerweise.

»Vielleicht ist es der Lieferbote, der uns Geld bringt«, grinst er mir zu, doch sein Lächeln bei dem Scherz in Anlehnung an den Einsatz im »Andromeda« wirkt gekünstelt, sein Blick ist beunruhigt. Ich denke an meine Waffe oben in meinem Zimmer. Leander hat denselben Gedanken.

»Ich hole die Waffe, warte hier.«

Es läutet ein zweites und dann ein drittes Mal. Kurz entschlossen gehe ich in die Eingangshalle. Ich atme tief ein und reiße die Tür auf.

Mein Herz bleibt fast stehen. Draußen steht ein Mann in schwarzer Lederjacke und Jeans mit Narben auf den Wangen.

»Hallo Juli. Darf ich reinkommen?«

Kapitel 14

Einige endlos scheinende Sekunden starre ich Jackson an. Er schaut mir in die Augen, sein Blick flackert auf und hält mich gefangen. Auf seiner Lederjacke hat der Regen dunkle Flecken hinterlassen, auch seine Jeans und die schwarzen Lederboots sind nass. Ob er mit dem Motorrad gekommen ist? Sein halblanges dunkelblondes Haar ist seitlich an den Kopf gedrückt, als hätte er einen Helm aufgehabt.

»Jackson! Was willst du hier?«

Statt einer Antwort tritt er auf mich zu und zieht mich an sich. Die schwere Tür fällt hinter mir zu, doch es ist mir gleichgültig. Der Geruch seiner Lederjacke mischt sich mit seinem vertrauten Duft nach Minze, ich spüre seinen warmen Oberkörper und seine Arme, die mich umschlingen. Der Regen prasselt auf uns herab und durchweicht mich in kürzester Zeit, doch ich nehme nur entfernt wahr, wie mein T-Shirt und meine Haare an mir kleben.

»Ich habe dich vermisst, Juli.«

Er nimmt mein Gesicht in beide Hände, dann nähert sich sein Mund meinen Lippen, und ich schließe überrumpelt die Augen. Wir küssen uns erst sanft, dann übernimmt die Leidenschaft.

»Hände hoch. Was geht hier vor?«

Ich zucke zusammen und fahre herum. Leander hat die Tür

aufgerissen, den Lauf seiner Waffe auf uns gerichtet. Wie in Zeitlupe sehe ich, wie sich Verblüffung auf seinem Gesicht ausbreitet, als er erkennt, wer vor ihm steht. Noch immer hält mich Jackson im Arm und hält Leanders Blick stand. Leander gelingt es kaum, die Situation einzuordnen.

»Was … Jackson? Was willst du hier?«

Jackson grinst ihn schief an, die Arme noch immer um mich gelegt, und zeigt mit dem Kopf auf den Lauf der Waffe, die auf uns gerichtet ist.

»Das ist aber keine nette Begrüßung. Leander, nehme ich an? Oder bist du Vic?«

»Leander«, stößt dieser hervor und lässt die Pistole sinken.

Jackson löst sich von mir und streckt Leander die Hand entgegen, als würde er einen Bekannten begrüßen.

»Jackson Jagoda. Freut mich. Juli hat schon viel von dir erzählt.«

Dabei grinst er verwegen und zieht eine Braue hoch. Leander ergreift die Hand nicht, sondern kneift die Augen hinter der Brille zu Schlitzen zusammen. Auch er ist inzwischen völlig durchnässt, sein dunkles Haar klebt am Kopf.

»Beantworte meine Fragen. Was tust du hier?«, presst er mit kaum verhohlener Abneigung zwischen den Zähnen hervor.

»Warum so feindselig? Ich komme nicht, um euch etwas anzutun. Im Gegenteil. Juli hat mich schließlich selbst um Hilfe gebeten.«

Leander schaut mich an, und ich nicke langsam. »Das hatte ich dir doch erzählt. Wir haben telefoniert.«

»Ja. Aber es war nicht die Rede davon, dass er hier aufkreuzt. Oder habt ihr beide das etwa so eingefädelt?«

Seine Stimme ist gefährlich leise geworden. Es ist Zeit zu deeskalieren, denn er hält noch immer die Waffe in der Hand.

»Leander«, sage ich sanft. »Wir haben gar nichts eingefädelt. Ich bin genauso überrascht von seinem Auftauchen wie du.«

An Jackson gewandt, fahre ich mit strenger Stimme fort: »Ich habe dich darum gebeten, dich an deinen Teil der Abmachung zu halten. Dazu gehört nicht, dass du hier auftauchst.«

Jetzt funkelt mich auch Jackson an. Ich fühle mich wie im Visier der beiden Männer; obwohl sie unterschiedliche Absichten verfolgen, stehe ich zwischen ihnen.

Jacksons Blick verfinstert sich. »Ich bin hier, weil du dich nicht an unsere Abmachung gehalten hast, Juli. Du hast gesagt, du fliegst nach Montenegro, um Hart zu finden. Stattdessen hast du deine Männer geschickt.«

Wieder spuckt er die beiden Wörter beinahe aus. Ich muss grinsen. »Bist du vielleicht ein kleines bisschen eifersüchtig?«

Jackson wirft mir einen düsteren Blick zu, bleibt aber die Antwort schuldig. Doch die Anspannung zwischen uns dreien ist verschwunden, wir stehen uns im Regen gegenüber. Ich überlege gerade, wie ich diese absurde Situation lösen könnte, da steckt Leander die Pistole in seine Hosentasche.

»Ich schlage vor, wir führen diese Diskussion in der Küche weiter.«

Dabei fixiert er Jackson mit einer unausgesprochenen Drohung, sich zu benehmen. Jackson zuckt lässig die Achseln, nickt dann aber und lässt ihm den Vortritt durch die Eingangstür. Leander geht voran in die angrenzende Küche. Ich folge den beiden nach einigen Sekunden zögerlich.

Dass Jackson wirklich hier ist, im »Quartier«, kann ich noch kaum fassen. Wie oft habe ich mir in den vergangenen Tagen ausgemalt, wie das wohl wäre, wie er mit den anderen klarkommen würde. Aber ich habe es für unmöglich gehalten. Doch jetzt schlägt mein Herz heftig, und ich habe Mühe, ruhig zu bleiben. Ich mache einen Abstecher in den Hauswirtschaftsraum neben dem Eingang zum Fitness-Bereich und hole drei große Duschtücher.

Als ich den offenen Küchenbereich betrete, lümmelt Jackson

in einem der bequemen Stühle an dem großen Holztisch. Er hat seine Lederjacke ausgezogen und scheint sich wohlzufühlen. Leander steht an die Wand gelehnt und beobachtet Jackson lauernd. Ich seufze tief und werfe beiden ein Handtuch zu, rubble mir das Haar trocken und gehe mit am Leib klebenden Klamotten zum Kühlschrank.

»Will jemand ein Bier?«

Ich warte die Antwort nicht ab, sondern nehme drei Flaschen aus dem Getränkefach und öffne sie. Ich reiche den Männern je eine Flasche, dann nehme ich einen tiefen Zug, bevor ich mich gegenüber von Jackson niederlasse.

»Wir sollten uns umziehen, bevor wir uns erkälten.« Jackson und Leander trocknen sich ebenfalls die Haare ab. »So schnell rafft es mich nicht dahin, keine Sorge«, brummt Leander, und Jackson grinst zustimmend. Mich beschleicht das Gefühl, dass die beiden dabei sind, sich zu verbünden, und ich weiß nicht so richtig, ob mir das gefällt.

»Also los, Jackson. Erzähl. Bist du hier, um mich zu kontrollieren, oder hast du uns Informationen mitgebracht, damit wir deinen Hintern retten können?«

Die Worte klingen schärfer als beabsichtigt, aber das ist mir egal. Jackson kann nicht ernsthaft davon ausgehen, dass er hier einfach auftaucht und wir nach seiner Pfeife tanzen. Schließlich helfen wir ihm, nicht umgekehrt. Es würde ihm guttun, sich daran zu erinnern.

Jackson sieht mich amüsiert an. Meine Worte bringen ihn nicht aus der Ruhe.

»Ich bin hier, weil du unsere Vereinbarung gebrochen hast und ich sichergehen wollte, dass deine Kollegen auch wirklich auf der Suche nach Hart sind. Außerdem wollte ich dich wiedersehen, Juli.«

Er wirft mir einen langen Blick zu, und ich erröte. Mein Herz setzt zu ein paar schnellen Hüpfern an. Kurz schaue ich zu

Leander, doch falls ihn die persönliche Bemerkung stört, lässt er sich nichts anmerken. Er legt bedächtig die Finger zusammen und fixiert Jackson.

»Glaubst du wirklich, wir schicken Juli einfach so auf dein Geheiß in ein anderes Land, Jackson? Juli mag dir glauben, und Mitch hat vielleicht noch ein paar sentimentale Gefühle für dich übrig, aber Vic und ich vertrauen dir genauso wenig wie du uns. Wir wollen Juli schützen. Sie ist unsere Frau.«

Leanders deutliche Worte überraschen mich. Zum ersten Mal kommt mir der Gedanke, dass die Skepsis gegenüber Jackson auch aus Sorge um mich entstanden ist. Es rührt mich zu hören, dass die beiden mich beschützen wollen, auch wenn ich für mich selbst sorgen kann.

Jackson schweigt eine Weile, mustert Leander aus zusammengekniffenen Augen. Dann nimmt er einen Schluck Bier. Seine Stimme klingt versöhnlich. »Verstehe.« Er blickt zu mir, dann wieder zu Leander. »Ich würde Juli genauso beschützen.«

Leander starrt ihn verblüfft an. Doch das war noch nicht alles. Jackson steht auf und reicht Leander die Hand. »Ich sehe, dass du dir nur Sorgen machst. Lass uns noch mal von vorne anfangen.«

Ich rechne damit, dass Leander Jacksons Hand wegschlägt und ihn zum Teufel schickt, aber Leander legt den Kopf schief. Dann ergreift er die Hand.

»Das heißt aber nicht, dass ich dir glaube. Vertrauen muss man sich verdienen.«

Jackson schlägt ein und drückt zu. »Das gilt in beide Richtungen. Aber einer muss ja anfangen. Was haben eure Männer vor Ort herausgefunden?«

Zögerlich sehe ich Leander an, der kaum merklich nickt. Ich kann es kaum glauben, aber er scheint überzeugt von Jackson. Ich hole tief Luft. »Bislang haben sie mit den örtlichen Behörden gesprochen, aber von Hart fehlt jede Spur. Sie wollten sich jetzt weiter umhören. Ich habe dich angerufen, weil wir nicht weiterwissen.«

Jackson schnaubt. »Das wundert mich nicht. Die Bullen sind alle geschmiert da unten. Sonst hätten wir das Zeug nicht so unkompliziert aus dem Land schaffen können.«

Ich runzle die Stirn. »Du sagtest, dass du kaum etwas mit dem Vertrieb und der Organisation vor Ort zu tun hattest.«

»Das stimmt auch. Hart hat das in Montenegro weitgehend allein gesteuert und mir nur Bericht erstattet. Aber er hat ab und zu Namen genannt, und ich war auch öfter dort, um Kontaktleute zu treffen.« Er zögert einen Moment. »Wenn ich euch die verrate, gibt es für mich kein Zurück mehr. Ihr müsst Hart finden und festnehmen. Verstehst du das, Juli?«

Ich nicke. Ein kurzer Blick zu Leander sagt mir, dass wir einer Meinung sind.

»Wir werden alles daransetzen, ihn zu schnappen. Aber das können wir nur, wenn du uns mehr Informationen gibst.«

Jackson geht zum Tisch zurück und zieht Notizblock und Stift, die dort seit unserer Ankunft liegen, zu sich heran. Dann schreibt er zwei Namen auf, dazu zwei Adressen. Seine Handschrift ist geschwungen und prägnant, und ich wünschte mir fast, sie unter anderen Umständen zum ersten Mal gesehen zu haben.

Er lässt den Stift fallen und hebt den Kopf. »Wenn jemand weiß, wo Hart steckt, dann Ratko. Aber auch Bruce geht bei Hart ein und aus.«

Ich greife aufgeregt nach dem Blatt, aber Leander ist schneller. Er liest die Namen, dann nickt er.

»Vic und Mitch wollten sich melden, wenn sie zurück im Hotel sind. Ich fürchte, dass wir sie bei dem bescheidenen Empfang nicht eher erreichen.«

Er schiebt mir das Blatt herüber, dann hält er Jackson versöhnlich seine Bierflasche zum Anstoßen hin.

»Du riskierst etwas damit, dass du uns diese Informationen gibst. Kollaboration mit den Behörden. Wenn deine ›Wölfe‹ das mitbekommen, werden sie nicht begeistert sein.« Leander mustert Jackson von oben bis unten, als würde er ihn mit anderen Augen sehen. Dabei ist sein Blick nicht länger feindselig, sondern eher neugierig. »Aber das ist dein Ding, oder? Das Spiel mit dem Feuer?«

Kapitel 15

Leanders Blick schwenkt zu mir, und in seinen Augen lodert nun ein Feuer ganz anderer Art. Mir wird augenblicklich heiß, und ich muss daran denken, was wir beinahe getan hätten, bevor Jackson uns unterbrochen hat.

Jackson scheint den plötzlichen Stimmungswechsel ebenfalls zu bemerken. Seine Lippen umspielt ein gefährliches Grinsen.

»Ich bin nicht der Einzige, der gerne mit dem Feuer spielt, nicht wahr, Juli?«

Es ist eine klare Herausforderung an mich, ein Test, ob ich den anderen von uns erzählt habe. Doch ich halte seinem Blick stand.

»Sonst wäre das Leben doch langweilig.«

Ich nehme noch einen Schluck Bier, spüre, wie das prickelnde Getränk meinen Hals hinabläuft. Plötzlich hat sich die Stimmung zwischen uns verändert. Eine andere Art der Anspannung liegt im Raum. Beide Männer beobachten und fixieren mich. Sie sind so unterschiedlich und sich in diesem Moment doch so ähnlich. Der eine groß und schlank, dunkel und geheimnisvoll, der andere stark und kräftig, hell und gefährlich. Ihre lustvollen Blicke versetzen mich in einen Rausch, ich fühle mich begehrt, wunderschön und selbstbewusst. Mit einem Lächeln stelle ich meine Bierflasche ab und ziehe mir in einer fließenden Bewegung das nasse Top samt BH über den Kopf.

»Mein Gott, Juli«, flucht Leander leise und ist eine Sekunde später an meiner Seite. Er hebt die Hände, als wolle er mich schützen, aber als er Jacksons Blick sieht, hält er inne. Auch ich halte die Luft an. Jacksons sturmgraue Augen bohren sich beinahe in mich hinein, als er meinen Körper hungrig betrachtet. Es ist, als könne ich seinen Blick spüren, wie er langsam und gemächlich meinen Körper liebkost. Meine Brustwarzen ziehen sich vor Erregung zusammen.

Seine Stimme ist rau. »Komm her, Baby.«

Auch wenn der rationale Teil in mir sich dagegen sträubt, seinem Befehl zu folgen, setzen sich meine Beine wie automatisch in Bewegung. Als ich vor ihm stehen bleibe, greift Jackson nach meinem Nacken und zieht mich in einem leidenschaftlichen Kuss zu sich herunter, sodass ich auf seinem Schoß lande. Seine Zunge fordert drängend nach Einlass, und ich öffne meinen Mund, komme ihm entgegen. Sein vertrauter Geruch nach Leder und Minze umhüllt mich, und ich seufze auf. Erst jetzt wird mir bewusst, wie sehr ich ihn vermisst habe.

Jackson küsst meinen Hals, an meiner Kinnlinie entlang bis zu meinem Ohr. »Ich habe dich auch vermisst, Baby«, raunt er heiser in mein Ohr. Der tiefe Bass seiner Stimme vibriert in meinem ganzen Körper.

Seine Lippen finden meine wieder, er küsst mich erneut, während seine Hand meine Brust umfasst, und er beginnt, mit meinem harten Nippel zu spielen, bis ich aufstöhne. Ich schließe die Augen, lasse mich in seine Berührungen fallen. Die Schwielen an seinen Fingern erzeugen die perfekte Reibung an meiner empfindlichen Haut.

Als Jackson plötzlich den Kopf dreht und seinen Kuss unterbricht, öffne ich die Augen wieder. Er hat sich Leander zugewandt, der langsam näher kommt. Ich zucke zurück, fühle mich auf einmal schuldig, meinem intimsten Bedürfnis nach Jacksons Nähe gefolgt zu sein, aber in Leanders Augen sehe ich weder

Ärger noch Schmerz. Sie leuchten vor Begierde, und ich presse meine Beine zusammen, um dem plötzlichen Gefühl der Lust, das sich dort ausbreitet, zu begegnen.

Die Männer scheinen sich nur mit Blicken zu verständigen – und kommen zu einem Entschluss.

»Willst du das hier, Juli? Uns beide?«, fragt Leander, seine Stimme rau vor Erregung.

Ich schlucke, Adrenalin schießt durch meinen Körper beim Gedanken daran, was diese beiden Männer mit mir machen könnten, und ich nicke. »Ja, das will ich.«

Leander nickt und kommt noch einen Schritt näher. Ich drehe mich auf Jacksons Schoß um und greife nach Leander. Er fällt vor uns auf die Knie, und ich ziehe ihn näher zu mir, küsse ihn tief. Ich habe noch immer Jacksons Geschmack im Mund, der sich nun mit Leanders vermischt. Ich stöhne auf, als ich Jacksons raue Finger wieder auf meinen Brüsten spüre. Während Leander mich küsst, liebkost Jackson meine Brüste. Ich strecke den Rücken durch, presse mich gleichzeitig an Leander und drücke meinen Hintern in Jacksons Schoß, suche die Reibung an seinem harten Schwanz, der sich gegen meine heiße Mitte wölbt.

Jackson lacht leise in meinem Nacken. »Immer so gierig, Juli. Warte nur ab, bis wir mit dir fertig sind.«

Seine Hände wandern von meinen Brüsten nach unten. Mit einer flinken Bewegung öffnet er meine Hose und lässt eine Hand zwischen meine Schenkel gleiten.

»Du bist jetzt schon komplett nass«, zischt er anerkennend. Seine Finger streicheln meine heiße Spalte, und ich lasse meine Hüfte vorschnellen, als er meinen Kitzler berührt. Ich stöhne laut und werfe den Kopf in den Nacken.

Jackson lässt erst einen, dann einen zweiten Finger in mich gleiten, und beginnt, mich rhythmisch mit der Hand zu ficken. Leander küsst meinen Hals, mein Schlüsselbein, bis er bei meinen Brüsten ankommt. Er nimmt eine Brustwarze zwischen die

Lippen und saugt fest daran. Die Kombination aus all diesen Reizen ist beinahe zu viel für mich. Ich bin wie Wachs in ihren Händen, glaube, jeden Moment zu zerfließen.

Jackson knurrt und schiebt mit einem Ruck meine Hose nach unten. Leander streift sie mir von den Füßen, sodass ich nackt zwischen ihnen stehe.

»Setz dich auf ihn, ich will sehen, wie er dich nimmt«, fordert Leander mich auf.

Jackson scheint ausnahmsweise kein Problem damit zu haben, dass ein anderer einen Befehl gegeben hat. Und auch mir ist inzwischen ganz egal, was sie mit mir machen, solange es sich so gut anfühlt.

Jackson öffnet den Reißverschluss seiner Jeans und beginnt, seinen riesigen Schwanz zu streicheln. Ich lecke mir die Lippen.

Leander grinst. »Später, Juli. Jetzt bist erst du dran.«

Jackson reißt eine kleine silberne Packung auf, streift das Kondom über und zieht mich zurück auf seinen Schoß, sodass ich weiterhin Leander ansehen kann. Dann positioniert er seinen Schwanz an meinem Eingang. Doch dann hebt er meine Knie an, sodass Leander alles von mir sehen kann.

Ich brauche ein paar Sekunden, um mich an die ungewohnte Position zu gewöhnen, aber Jackson schiebt seine Hüften nach vorne und versenkt seinen Schwanz so tief in mir, dass mein Protest zu einem spitzen Lustschrei wird. Immer und immer wieder sinkt er in mich, füllt mich ganz aus. Dabei knetet er meine Brüste. Meine Seufzer erfüllen den Raum, und ich will meinen Kopf in den Nacken werfen, die Augen schließen, mich wegtragen lassen.

Aber Leander greift nach meinem Kinn und zwingt mich, ihn anzusehen. »Blick zu mir, Baby.«

Mein ganzer Körper prickelt, als er mich ansieht, richtig ansieht, während Jackson mich immer und immer schneller fickt. Er lässt eine Hand zwischen meine Beine sinken, umkreist mit seinem Daumen meine Klitoris. Ich spüre, wie mein Höhepunkt näherkommt.

»Gefällt dir das, Juli? Gefällt es dir, wenn ich dir dabei zusehe, wie ein anderer dich nimmt?« Leanders Blick bohrt sich in meinen. Leander hat seinen harten Penis in der Hand und fährt langsam an seinem Schaft auf und ab. Ich will nach ihm greifen, ihn berühren, ihm so viel Lust verschaffen, wie Jackson mir verschafft.

Ich presse ein gestöhntes »Ja« hervor, doch er ist noch nicht mit mir fertig.

»Hat schon mal jemand deinen runden, perfekten Po gefickt?«

Jacksons Bewegungen werden für einen Moment ungleichmäßig bei Leanders Worten. Es fühlt sich fast so an, als würde er noch härter in mir werden, und die bloße Vorstellung, zwei Schwänze in mir zu haben, lässt etwas tief in mir zerbersten.

Ich schnappe nach Luft. »Nein.«

Jackson reagiert blitzschnell und dreht mich zwischen zwei Stößen auf seinem Schoß um, sodass ich jetzt rittlings auf ihm sitze. Ich lehne mich vor, stütze mich an seinen Schultern ab, komme ihm entgegen, während er wieder tief in mir versinkt.

Plötzlich spüre ich Leanders Finger an meinem Rücken. Langsam fährt er an meiner Wirbelsäule hinab, immer tiefer und tiefer.

»Vertraust du mir?«, flüstert er in mein Ohr.

»Ja«, hauche ich.

Er massiert meinen Hintern mit seiner Hand, drückt und streichelt, verteilt meine eigene Erregung in meiner Spalte, bevor er zwei Finger in mein enges Loch gleiten lässt. Ich schnappe nach Luft und stöhne noch lauter auf, als mir bewusst wird, dass wir das jetzt tatsächlich tun werden.

Ich drehe den Kopf, suche Leanders Mund und küsse ihn tief. Ich spüre, wie seine Finger aus mir gleiten und er seinen Schwanz in Position bringt. Jacksons Stöße werden langsamer, sodass ich mich ganz auf Leander konzentrieren kann. Langsam und vorsichtig dringt er in mich ein, Zentimeter für Zentimeter. Ich stöhne auf, als beide Männer mich ausfüllen und beginnen, sich gleichzeitig in mir zu bewegen. Sie werden schneller, tiefer, und mein Kopf beginnt, sich zu drehen. Das Gefühl ist unbeschreiblich, so intensiv, so gut, und als ich meine Augen öffne und die schiere Lust in Jacksons Blick sehe, als ich Leanders heisere Laute in meinem Rücken höre, erschauere ich am ganzen Körper, diese Männer so zu besitzen. Noch nie in meinem Leben habe ich mich so lebendig, so mächtig und zugleich so erfüllt gefühlt. Jackson verändert seine Position, sodass meine Klitoris bei jedem Stoß stimuliert wird, und es dauert nur wenige Sekunden, bis ich meinen Höhepunkt in die Welt hinausschreie und größte Befriedigung meinen Körper durchdringt.

Doch die Männer hören nicht auf. Wie auf ein blindes Kommando erhöhen sie den Takt, befeuern meine Ekstase, beanspruchen restlos alles aus meinem Körper, was da ist. Mein Innerstes zieht sich noch einmal zusammen, und fast gleichzeitig stöhnen Jackson und Leander auf, das Geräusch so sexy, dass ich mit ihnen stöhne, dann finden auch sie ihren Höhepunkt. Ich fühle mich high, als hätte ich Drogen genommen, als ich zwischen ihnen zusammensacke, von starken Armen gestützt und zärtlichen Lippen geküsst.

Kapitel 16

U nd, was habt ihr uns mitzuteilen?«
Vics Stimme klingt gereizt. Er sieht übernächtigt aus, hat
dunkle Schatten unter den Augen, und auf seinem hellen Hemd
entdecke ich selbst durch die Kamera einen Fleck. Im Hintergrund sieht man ein zerwühltes Einzelbett. Die beiden scheinen
nicht gerade in einem Luxushotel untergekommen zu sein.

»Guten Morgen, ihr beiden.«

Mitch grinst zu Leander und mir in die Kamera, doch sein
Lächeln wirkt aufgesetzt, angespannt, was ich an seinen zu-
ckenden Kiefermuskeln erkenne. Das ist ungewöhnlich, denn so
schnell bringt ihn sonst nichts aus der Ruhe. Ich vermute, dass es
kein Vergnügen ist, unter diesen Umständen mit Vic zusammenzuarbeiten. Leander und ich wechseln einen vertrauten Blick.
Ich sehe, dass er dasselbe denkt wie ich. Der gestrige Abend hat
uns vollends wieder zusammengebracht, ich fühle mich ihm so
nahe wie nie zuvor. Während ich einen Schluck von meinem
Cappuccino aus dem Vollautomaten nehme, den Leander schon
des Öfteren wegen seiner schlechten Qualität verflucht hat, versucht dieser es mit entspanntem Small Talk. Er lehnt sich zurück und verschränkt die Hände im Nacken, fehlt nur, dass er die
Füße auf den Tisch gelegt hätte, auf dem der überdimensionale
Monitor des Tech-Bunkers steht.

»Guten Morgen. Habt ihr gut geschlafen? Wie ist euer Hotel?«

»Eine ziemliche Bruchbude, aber das Frühstück ist gut. Lasst uns bitte zur Sache kommen. Du hast uns hergeschickt, aber hier gibt es nichts. Ich will den Flieger nicht verpassen, er geht in drei Stunden. Wir müssen noch von Kotor nach Podgorica, das dauert anderthalb Stunden mit dem Mietwagen«, knurrt Vic.

Mitch hebt hilflos die Achseln und schaut bedauernd in die Kamera, sagt aber nichts.

»Moment mal. Ihr könnt nicht abreisen. Ich habe gesagt, ich liefere euch was, und genau das will ich gerade tun.«

Vics mürrische Miene hellt sich kein bisschen auf. Er scheint nicht mal richtig zuzuhören, sondern tippt auf seinem Handy herum und überlässt Mitch das Wort.

»Schieß los, was hast du für uns? Wir waren gestern Abend im Hafen in Kotor. Schöne Stadt übrigens, der Hafen ist malerisch. Ein paar schicke Jachten, vor allem aber Fischerboote. Tolles Essen. Es würde dir hier gefallen, Juli.«

Mitch unterbricht sich, als ihm Vic einen vernichtenden Blick zuwirft. Er hört also doch zu. Ich kann mir das Grinsen nicht verkneifen, es ist typisch für Mitch, dass er sich nicht aus der Ruhe bringen lässt.

»Jedenfalls haben wir die Adressen von ein paar vorbestraften Ex-Dealern überprüft. Aber die waren alle entweder sauber oder hatten längst die Stadt verlassen. Keine Spur von Hart. Ihn will keiner kennen. Jetzt erzähl, was du hast, Juli.«

»Wir werden hier nicht mehr viel reißen, ich packe in der Zeit.«

Vic steht tatsächlich auf und verschwindet aus dem Sichtfeld.

Na schön. Ich kann ihn nicht zwingen, hoffe aber, dass er zuhört. Ich räuspere mich und setze mich aufrecht hin.

»Ich habe zwei neue Namen. Die wissen was über Hart. Einer ist sein Kurier, der die Drogen vom Labor in den Bergen auf die Schiffe in Kotor verfrachtet, ein gewisser Ratko Klikovac. Der andere ist Chemiker, Bruce Snider, ein Engländer. Snider wirkt harmlos, kann aber brutal werden, also passt auf. Er lebt auf einem Hausboot, der ›Jola‹, nördlich, bei der Zitadelle. Es kann sein, dass er nicht da ist, er hält sich oft woanders auf. Aber Klikovac wohnt in Kotor, ich schicke euch den Standort seiner Wohnung. Er arbeitet im Hafen als Tour-Guide auf einem Boot.«

Mitch nickt und macht sich auf dem Handy Notizen. »Super. Vic, du kannst aufhören zu packen, lass uns gleich hinfahren.«

Vic erscheint wieder im Bild und stellt die Frage, mit der ich schon die ganze Zeit rechne. Sein Tonfall klingt wie bei einem Verhör.

»Woher hast du plötzlich diese Namen, Juli?«

»Von Jackson.«

Vic beugt sich vor, dann steht er abrupt auf und schaut von oben in die Kamera, seine Miene ist versteinert.

»Du hast mit Jackson gesprochen? Wie hast du Kontakt zu ihm aufgenommen?«

Erneut hole ich Luft. »Ich habe ihn angerufen. Wir hatten vereinbart, im Notfall Kontakt aufzunehmen.«

Vics Kiefer mahlt. Er setzt sich wieder hin und schiebt Mitch beiseite. »Ein Notfall? Du hast diesen Typen angerufen, von dem wir noch nicht mal sicher sind, ob er uns von vorne bis hinten belügt, und vertraust jetzt seinen Informationen? Was, wenn er dich geortet hat und weiß, wo das ›Quartier 4‹ ist? Juli, das ist …«

Leander schaltet sich ein. »Er weiß, wo das Quartier ist, Vic, er hat uns persönlich die Namen und Adressen mitgeteilt.« Leander macht eine kurze Pause. »Jackson ist hier bei uns im Quartier. Er stand gestern Abend vor der Tür.«

Vic sagt kein Wort. Seine Adern auf der Stirn schwellen gefährlich an, ein Zeichen, dass man eigentlich besser deeskalieren sollte. Ich versuche mein Bestes.

»Wir wollten euch das gleich zu Anfang sagen. Aber das Gespräch entwickelte sich in eine andere Richtung.« Ich hole tief Luft. »Ja, Jackson ist gestern hier aufgetaucht. Er hat sich Zutritt zum Gelände verschafft und …«

Vic ballt die Fäuste, seine Stimme wird leise und gefährlich. »Ich glaube das alles nicht! Sagt, dass das nicht wahr ist. Leander, sag mir, dass ihr Witze macht.«

Leanders Stimme ist ruhig und sachlich. »Nein, Vic, wir verarschen euch nicht. Jackson ist hier. Er hat Julis Handy geortet. Das ist korrekt. Aber es ist nicht so, wie du denkst. Wir können ihm vertrauen. Ich glaube ihm.«

Es kommt, wie ich es befürchtet habe. Vic schüttelt den Kopf und steht auf. »Du hast dich von diesem Verbrecher einwickeln lassen, Leander, das kann nicht wahr sein. Ihr lasst einen Dealer und Drogenboss in unser Haus, macht mit ihm gemeinsame Sache, was kommt als Nächstes? Vögelt er mit Juli? Oder entführt er sie vorher?«

Mir schießt das Blut ins Gesicht. Vor Wut. Es reicht nun wirklich, das überschreitet jegliche Grenzen dessen, was ich erwartet hatte. Vic räuspert sich, er scheint selbst zu merken, dass er zu weit gegangen ist.

»Entschuldige. Das war unpassend. Es tut mir leid, Juli. Aber ich kann das nicht. Lasst uns später sprechen.«

Der Bildschirm wird schwarz, ein Tuten ertönt. Der Anruf ist beendet. Ich stoße mich vom Tisch ab und rolle auf dem Bürostuhl mit Schwung nach hinten vom Tisch weg und stehe auf.

»Mein Gott. Hoffentlich kriegt er sich ein.«

Leander sieht zerknirscht aus und stützt das Kinn in die Hände, dann nimmt er die Brille ab und reibt sich die Augen. »Ich war zu forsch, bin zu schnell vorgeprescht, entschuldige.«

Ich schüttle den Kopf und gehe zu ihm und lege ihm die

Hände auf die Schultern. »Nein, mach dir keine Vorwürfe, wir mussten es ihm sagen. Er wird Vernunft annehmen.«

Meine Worte klingen nicht sehr überzeugend. Wenn Vic sich einmal verrannt hat, ist es schwer, ihn davon abzubringen. Das weiß auch Leander.

»Alleine wohl kaum. Er wird alles abblocken, was mit Jackson zu tun hat, wie ich ihn kenne. Er ist ein exzellenter Ermittler, aber er kann nicht über seinen Schatten springen, das wird ihm irgendwann zum Verhängnis.«

»Verdammt, aber doch nicht ausgerechnet jetzt! Was machen wir jetzt?«

Mutlos lasse ich meine Hände von Leanders Schultern gleiten und klappe meinen Laptop zu. Leander steht auf und umarmt mich tröstend.

»Wir können erst mal gar nichts tun. Er wird sich schon beruhigen, geben wir ihm ein paar Stunden.«

»Und wenn er nach Berlin zurückfliegt?«

Leander schüttelt entschlossen den Kopf. »Vic ist kein Idiot. Er wird deine Hinweise nicht einfach ignorieren, sondern Jacksons Spur nachgehen.« Er zögert und kneift die Augen zusammen.

»Was denkst du, Leander? Los, sag schon.«

»Ich weiß manchmal gar nicht mehr, was ich in diesem verrückten Fall denken soll. Natürlich frage ich mich, ob es richtig ist, alles auf eine Karte zu setzen und Jackson zu vertrauen.«

Ich nicke, denn er hat vollkommen recht. Wir riskieren nicht nur unseren Job, sondern möglicherweise auch unser Leben. Und doch ist es der einzige Weg, um diesen Fall wirklich zu lösen.

Mein Handy piept, es ist eine Nachricht von Mitch.

»*Ich vertraue euch. Macht euch keine Sorgen. Ich werde Vic mit zum Hafen nehmen, er hat sich einigermaßen beruhigt. Wir fliegen nicht nach Berlin. Melde mich.*«

Erleichtert schiebe ich das Handy zu Leander rüber.

»Gott sei Dank. Mitch wird ihn zur Vernunft bringen.«

Kapitel 17

Jackson schaut von seinem Buch auf und grinst uns schief an, als wir die Veranda betreten. Er hat die Füße auf den Tisch gelegt und scheint sich wohlzufühlen in unserem Polizeiquartier. Er klappt das Buch zu, das er sich aus der Mini-Bibliothek neben der Veranda geholt hat. Es ist »Der Fänger im Roggen«, und ich muss grinsen. Ob er Parallelen zwischen sich selbst und dem Protagonisten bemerkt? Der Zynismus und der kritische Blick auf sein Umfeld, seine innere Zerrissenheit.

»Wart ihr erfolgreich? Ich dachte, ihr wolltet nur kurz telefonieren.«

»Wir mussten noch Standorte prüfen und Hintergründe für Vic und Mitch heraussuchen.«

Erst jetzt merke ich, dass Leander und ich dafür Stunden gebraucht haben, ich habe fürchterlichen Hunger. Kein Wunder, es ist fast 18 Uhr, und ich habe seit dem Frühstück nichts gegessen, nach dem Anruf vergruben wir uns im Tech-Bunker.

»Ihr habt es hier wirklich sehr komfortabel. Ich war eine Runde schwimmen, herrliches Wasser. Und das Mittagessen war auch ganz vorzüglich.«

Jackson grinst verwegen, legt das Buch auf den Tisch, greift zu seinem Glas und nimmt einen tiefen Schluck Whiskey, bevor er die Eiswürfel im Glas kreisen lässt.

»Sind eure Kollegen an Bruce und Ratko dran?«

»Ich will es hoffen. Wir haben ihnen die Informationen und Standorte gegeben, sie müssten sich eigentlich bald melden.«

Ich nehme ihm das Glas aus der Hand und trinke es in einem Zug leer. Ein angenehmes, berauschendes Kribbeln breitet sich in meinem Kopf aus.

Leander bringt eine Flasche Wasser aus dem Outdoor-Kühlschrank und gießt mir ein Glas ein.

»Trink wenigstens Wasser zwischendurch, wenn du dir hier die Kante geben willst, du hast nichts im Bauch.«

»Hat Jelena das Essen für heute Abend rausgestellt?«

Jackson nickt und grinst wieder. »Sie hat Salat und Fisch gemacht. Heute Mittag gab es Schnitzel. Sehr lecker.«

Ich kann meinen Sarkasmus nicht verbergen. »Freut mich, dass du es dir bei uns gut gehen lässt.«

»Komm schon, Juli, warum bist du so angespannt? Gab es Stress?«

Jackson beugt sich zu mir. Man könnte glauben, er wäre inzwischen ein Ermittler und nicht einer der Hauptverdächtigen. Genau darin liegt natürlich das Problem, und er hat mit seiner Vermutung, dass wir uns gestritten haben, ins Schwarze getroffen. Allerdings kann ich Jackson wohl kaum die Details unserer Konflikte auf die Nase binden.

»Vic ist nicht überzeugt von unserer Zusammenarbeit. Aber Mitch regelt das. Wir haben ihn mit allem gebrieft, was möglich war. Jetzt müssen wir abwarten«, fasse ich knapp zusammen.

Jackson nickt verständnisvoll. »So was kann Mitch gut. Er ist ein echter Vermittler.« Er lehnt sich entspannt zurück und greift nach seinem Buch. Ich wechsle einen kurzen Blick mit Leander. Wir haben denselben Gedanken, merke ich, als er ihn ausspricht.

»Wenn Mitch und Vic Hart nach Berlin überführt haben und wir ihm nachweisen können, dass er ›Purple Panther‹ entwickelt und verbreitet hat, müssen wir dich ausliefern, Jackson. Das ist dir klar, oder?«

Jackson schaut ungerührt von seinem Buch auf. »Natürlich ist mir das klar. Aber ihr beiden sorgt schon dafür, dass bekannt ist, dass die Informationen gegen Hart von mir stammen. Ich will heil herauskommen aus der Nummer.«

»Wir werden unser Bestes tun. Aber wir können nicht beeinflussen, wie Staatsanwaltschaft und Gericht die Lage am Ende bewerten.«

»Ihr werdet das schaffen, da bin ich mir sicher.« Jackson vertieft sich wieder in sein Buch. Seine Nonchalance ist bewundernswert. Was den anderen an Vertrauen mangelt, hat er im Überfluss.

Ich atme erleichtert aus. Gut, dass jetzt nach Vic nicht auch noch Jackson Probleme macht und wir auf einer Linie sind. Um Jacksons Kronzeugenschaft und Haftverschonung müssen wir uns jetzt noch keine Gedanken machen.

»Ich muss dringend was essen, habt ihr keinen Hunger?«

Jackson schüttelt nur den Kopf, ohne von seinem Buch aufzusehen, aber Leander folgt mir durch die Verandatür ins Wohnzimmer und in die Küche. Im Kühlschrank finden wir eine große Schüssel Salat und eine Auflaufform mit Fischfilet zum Aufwärmen. Leander schaltet den Ofen an, und ich beginne, den Tisch zu decken. Schnell schiebe ich mir noch ein Stück Käse aus dem Kühlschrank in den Mund und beiße in ein Brötchen, das im Körbchen auf der Ablage vom Frühstück liegen geblieben ist.

Als ich mir gerade ein Glas Weißwein einschenke, klingelt mein Handy. Es ist Mitch. Aufgeregt winke ich Leander heran und stelle auf laut.

»Hi Mitch, wie läuft es?«

»Nun ja. Nicht so gut.«

Er bricht ab, seine Stimme klingt niedergeschlagen, ich erkenne sie kaum wieder.

»Warum? Stimmten die Adressen nicht?«

Leander beugt sich so nah zu mir, dass seine Haare meinen Nacken berühren, was trotz der angespannten Situation ein angenehmes Kribbeln bei mir auslöst.

»Doch. Wir haben Ratko Klikovac ausfindig gemacht. Er hatte heute frei und war zu Hause. Wir haben einen Lieferwagen neben seinem Haus entdeckt, der auf ihn zugelassen ist. Es sieht so aus, als wäre dies das Kurierfahrzeug.«

Ungeduldig greife ich nach dem Handy, das Leander an sich genommen hat.

»Habt ihr mit ihm über Hart gesprochen? Was hat er gesagt?«

Mitch macht eine Pause. Ich frage mich erst jetzt, wo eigentlich Vic steckt, doch ich komme nicht dazu, dies anzusprechen.

»Klikovac mauert. Er spricht kaum Englisch und will nichts sagen, aber ich bin überzeugt davon, dass er der Kurier ist, wie Jackson sagte. Er wurde ziemlich panisch, als wir aufgetaucht sind, und hat sofort gecheckt, dass wir von der Polizei sind.« Er holt kurz Luft und flüstert dann: »Moment, ich muss kurz auf den Balkon. Vic ist gerade reingekommen, er geht jetzt duschen. Er hat sich beruhigt, aber wir sollten vielleicht etwas abwarten, bis wir wieder zusammen telefonieren.«

Leander und ich wechseln einen Blick. Im Hintergrund hören wir, wie Mitch und Vic sich unterhalten. Ich gieße mir ein weiteres Glas Wein ein, und Leander nimmt es mir sofort aus der Hand und trinkt es aus. Ich boxe ihn in die Seite, doch da spricht Mitch wieder.

»Die Luft ist rein. Ich muss schnell machen. Passt auf, wir brauchen einen Plan B. Dieser Klikovac hat was zu verbergen. Wenn man den richtig in die Mangel nimmt, wird er reden. Aber das können wir nicht, weil wir die Sprache nicht sprechen.«

»Und jetzt? Was schlägst du vor, Mitch?«

Unwillkürlich habe ich auch angefangen zu flüstern und kehre dann aber in eine normale Stimmlage zurück.

Mit gedämpfter Stimme murmelt Mitch in den Hörer, zum

Glück können wir ihn einigermaßen verstehen, ich stelle das Handy so laut, wie es geht.

»Juli, du musst herkommen. Mit Jackson. Wir brauchen ihn hier. Er ist der Einzige, der an diese Typen herankommt und mit ihnen reden kann. Er spricht Kroatisch, das hat er euch sicher erzählt, sein Vater kam 1994 nach Deutschland. Jackson ist zweisprachig aufgewachsen. Viele Leute hier sprechen Kroatisch, damit kommt man gut weiter und …«

»Das geht nicht, Mitch. Jackson kann das Land nicht verlassen, er wird polizeilich gesucht.«

Ich knalle das Phone auf den Tisch, richte mich auf und schaue Leander an, doch er sagt nichts, sondern starrt an die Wand und scheint nachzudenken. Aus dem Hörer tönt Mitchs Stimme, jetzt etwas lauter.

»Es ist die einzige Möglichkeit. Sonst müssen wir aufgeben. Snider ist derzeit nicht hier, niemand weiß, wann er zurückkehrt, wir haben nur diesen einen Mann. Wenn wir hier nicht weitermachen, müssen wir zurückfliegen. Du weißt, was das bedeutet. Bitte, Juli, kommt beide her. Wie ich Jackson kenne, wird er vorgesorgt haben.«

Ich stoße die Luft aus und überlege. Mitchs Vorschlag ist ungewöhnlich, um nicht zu sagen: verrückt. Aber er könnte recht haben.

»Vorgesorgt im Sinne von Alias-Identität? Einen anderen Namen?«

»Ja. Du musst mit ihm reden, und dann setzt euch in den Flieger.«

Leander nickt langsam. »Du hast recht, Mitch. Aber was ist mit Vic? Er wird Jackson den Kopf abreißen, wenn er in Montenegro auftaucht.«

»Das lass mal meine Sorge sein. Ich werde ihn in Schach halten.«

Mitchs Stimme klingt fest entschlossen. Überzeugend. Ich

bin beeindruckt, wie er die Situation in die Hand genommen hat.

»Morgen früh um 6.15 Uhr geht ein Flug vom BER nach Podgorica, den müsst ihr nehmen, es gibt noch Tickets. Ich muss Schluss machen.«

Mein Smartphone tutet, die Verbindung ist unterbrochen. Ich lasse mich wieder auf den Stuhl fallen. Wortlos schenkt mir Leander Weißwein nach und holt sich ein eigenes Glas. Wir trinken, dann bricht er das Schweigen.

»Lass uns gleich mit der Planung beginnen. Wenn ihr beide fliegt, halte ich hier die Stellung und fange alles ab. Falls von Stuck oder Elisabeth sich melden und ihr gerade nicht reden könnt, verweist ihr ihn an mich. Wir sollten gleich mit Jackson sprechen, wer weiß, ob er überhaupt geeignete Papiere hat. Ich …«

»Moment mal, Leander. Du meinst, wir sollten fliegen, ohne dass ich Elisabeth informiere? Unmöglich. Ich habe sie eingeweiht, ich muss ihr zumindest sagen, dass ich nach Montenegro fliege.«

Er denkt nach und malt mit seinem Finger Kreise auf den massiven Holztisch. Ich kann nicht begreifen, wie er so ruhig bleiben kann.

»Es ist Wahnsinn, Leander. Wir können nicht mit einem international gesuchten Gangster in eine Kartell-Hochburg fliegen und dort mit ihm zusammen ermitteln.«

Leander zuckt nur die Achseln. »Ist das hier nicht ohnehin alles Wahnsinn? Wir hatten auch mit diesem Gangster Sex, schon vergessen?« Er grinst verwegen, und ich rolle die Augen. Dies ist wirklich nicht der Moment für Sprüche. Doch Leander lässt nicht locker.

»Jackson muss mit. Sag Elisabeth, dass du fliegst, aber nicht, dass er mitkommt. Dann sind wir auf der sicheren Seite. Soweit man davon sprechen kann.«

Ich nicke. Er hat recht. Ich trinke mein zweites Glas Weißwein aus und gehe leicht benebelt in Richtung Wohnzimmer.

»He, warte, Juli, der Fisch ist gleich fertig. Du musst wirklich
noch etwas essen.«

»Ich muss erst mit Jackson reden. Du kannst ja schon anfangen, oder warte, ich hole ihn rein. Dann reden wir zu dritt. Und
danach rufe ich Elisabeth an. Sie soll dann von Stuck Bescheid
geben, dass ich nach Montenegro fliege.«

»Okay. Ich rede mit Vic und bereite ihn darauf vor, dass Jackson auftauchen wird.« Dankbar nicke ich Leander zu. Während
ich zur Veranda gehe, tippe ich auf meinem Handy herum und
rufe die Webseite der Airline auf. Wir haben keine Zeit zu verlieren.

Kapitel 18

Ein fieser Schmerz pocht an meinem Finger, als ich den Tropfen Blut von der Haut neben meinem Fingernagel ablecke.

»Jetzt entspann dich, Juli. Du beißt dir noch deine ganzen Nägel blutig.« Jackson sieht mich stirnrunzelnd an. »In Berlin ist auch alles gut gegangen. Hier in Montenegro musst du dir gar keine Sorgen machen.«

Ich schiele an Jackson vorbei zu dem Grenzbeamten an der Ausweiskontrolle am Flughafen in Podgorica. Nur noch drei andere vor uns. Ich knabbere an dem kleinen Hautfetzen, der am rechten Ringfinger absteht. Ich kann nicht anders, wenn ich nervös oder aufgeregt bin, beruhigt mich das. Auch wenn Jackson recht hat und demnächst alle meine Finger blutig sind. Wir gehen einen Schritt vor. Jackson schiebt seine halb leere, lederne Reisetasche lässig mit dem Fuß einen Meter weiter. Er hat sich am Flughafen in Berlin noch eine Grundausstattung an Shirts und schwarze Jeans gekauft, da er natürlich nicht mit Gepäck ins »Quartier« gekommen war.

Nur noch zwei Menschen vor uns. Wir haben uns bewusst dafür entschieden, undercover einzureisen, als Touristen quasi. Zwar ist Jacksons Fake-Ausweis mit bloßem Auge nicht erkennbar gefälscht – ich würde ihn zumindest nicht als falsch erkennen, wie ich zugeben muss –, aber ich bin trotzdem ein nervliches

Wrack, seit wir heute früh am Flughafen angekommen sind. Im Gegensatz zu Jackson, der statt seiner üblichen Lederjacke einen grauen, unauffälligen Blazer zu einer Chino trägt, das sonst strubbelige Haar streng nach hinten gegelt. Ein feiner Dreitagebart bedeckt seine Wangen, ursprünglich der Tatsache geschuldet, dass er natürlich keinen Rasierer im »Quartier« hatte, aber dann haben wir beschlossen, dass ein Bart seine markigen Narben an den Wangen verdeckt und deshalb die beste Tarnung ist. Der Effekt ist beeindruckend: Jackson sieht in der Aufmachung komplett anders aus, irgendwie weicher. Ich weiß nicht, ob mir das gefällt.

Jackson sieht sich rasch nach allen Seiten um, ob wir auch nicht belauscht werden können, dann raunt er mir ins Ohr: »Wir müssen irgendwie an Waffen kommen, ich zumindest. Du hast deine ja im Koffer.«

Ich sehe ihn erschrocken an. »Auf keinen Fall! Es ist viel zu riskant, wenn du dich bewaffnest. Meine HK ist nur eine Vorsichtsmaßnahme. Außerdem bin ich Polizistin.«

Er will etwas erwidern, wird aber abgelenkt, als die Schlange einen weiteren Meter aufrückt. Die Frau vor uns tritt auf den Beamten zu, redet kurz mit ihm. Mein Puls rast. Als ob die Situation nicht schlimm genug wäre, will Jackson sich nun auch noch eine Waffe besorgen?

Mich nervt selbst, wie mahnend ich klinge. »Darüber sprechen wir noch. Jetzt müssen wir erst mal durch die Einreise kommen. Ich gehe zuerst hin, dann du. Das wirkt vielleicht unauffälliger, als wenn …«

Jackson ignoriert mich und geht grinsend auf den Mann an der Einreise zu und hält ihm seinen Ausweis hin. Ich beobachte das Geschehen mit angehaltenem Atem. Fünfzehn Sekunden vergehen, dann zwanzig, dreißig. Ich trete nervös von einem Bein aufs andere und kaue auf meinem Finger herum. Dann hebt Jackson die Hand zum Gruß und geht weiter.

Ich stoße die Luft aus und schließe die Augen, als Erleichterung mich durchströmt.

»Woll'n Se nich gehn?«, fährt mich ein älterer Typ hinter mir an, der mir bereits beim Boarding in Berlin aufgefallen war. Ich schrecke zusammen und eile auf den Beamten zu.

Jackson wartet bereits am Mietwagenschalter auf mich. Während wir endlose Bögen ausfüllen, schicke ich Mitch eine Nachricht, dass wir in Podgorica angekommen sind und gleich nach Kotor fahren werden. Meine kurze Erleichterung weicht einer anderen Sorge. Mitch scheint die Tatsache, dass Jackson nun so eng mit uns zusammenarbeitet, gut angenommen zu haben. Aber ich kann nur ahnen, wie Vic reagieren wird, wenn er ihn sieht.

»Entspann dich, Juli.«

Jackson sieht mich über den Rand seiner Ray-Ban-Sonnenbrille an und lenkt das Auto auf einen kleinen Parkplatz neben der Küstenstraße von Kotor, einer malerischen Hafenstadt in Montenegro. Im Landesinneren ragen die Berge vor uns auf, grüne Hügel, auf denen sich Wald und Wiesen abwechseln, immer wieder blitzt der blanke Fels hindurch. Auf der anderen Straßenseite, direkt am Meer, befinden sich zahlreiche Restaurants und kleinere Anbieter von Bootstouren für Touristen. Barkassen liegen am Ufer oder sind zur Reparatur an Land gezogen. Riesige Oleanderbüsche in pinkfarbener Blüte säumen die Wege.

Während der anderthalbstündigen Autofahrt hatte ich mit der Navigation alle Hände voll zu tun und konnte mich deshalb gut ablenken. Aber jetzt, wo wir hier sind, bricht meine Nervosität wieder hervor. Wir steigen aus und gehen auf das kleine Restaurant neben dem Parkplatz zu, das Mitch mir als Treffpunkt genannt hat. Es ist eher ein Imbiss, der vor allem aus einem kleinen Verkaufsraum mit Pizzaofen besteht, davor stehen einige Sonnenschirme und die typischen weißen Plastikmöbel, auf denen ich schon von Weitem Mitch und Vic sitzen sehe. Mitch sieht auf und winkt, als er uns entdeckt, und ich sehe, wie seine Lippen sich bewegen. Vics Blick bleibt fest auf sein Smartphone gerichtet, das er in seinen Händen umklammert hält. Ich wappne mich innerlich für die Auseinandersetzung, die uns sicher bevorsteht.

Mitch steht auf und kommt uns entgegen, seine Körperhaltung strahlt Freude aus, mich zu sehen, aber auch Aufregung. Mir wird mit dem Anflug eines schlechten Gewissens bewusst, dass es das erste Mal seit Jahren ist, dass er seinen alten Freund Jackson wiedersieht. Die beiden standen sich seit jener Unglücksnacht nicht mehr gegenüber, als Jackson ein gestohlenes Auto geschrottet und dabei einen Mann verletzt hat. Mitch, der mit im Auto saß, kam ungeschoren davon, weil sein Polizistenvater seine Beziehungen spielen lassen hat. Jackson hingegen nahm die ganze Schuld auf sich und wurde verhaftet. Über den ganzen Ärger mit Vic habe ich überhaupt nicht daran gedacht, was das Wiedersehen der beiden in ihnen auslösen könnte. Ich beobachte Jackson aus den Augenwinkeln. Er wirkt im Gegensatz zu Mitch jedoch völlig ruhig.

Mitch bleibt vor mir stehen. Er knetet seine Hände und sieht unsicher von Jackson zu mir. Kurz entschlossen ziehe ich ihn in eine feste Umarmung, die er nach einem Moment erwidert. Als wir uns voneinander lösen, wirkt er etwas gefasster, spielt aber noch immer mit seinem Finger. Er wendet sich an Jackson, der unbewegt neben mir steht.

»Hi Jackson. Lange nicht gesehen.«

Jackson nicht knapp, aber nicht unfreundlich.

»Ja, wer hätte damit gerechnet.«

Ich gebe den beiden einen Moment und überbrücke die letzten Meter zu Vic.

»Hi Vic.« Meine Stimme bricht leicht. Ich weiß nicht, wie ich ihm begegnen soll. Mitch hatte uns zwar geschrieben, dass Vic eingewilligt hat, dass es besser ist, wenn wir ebenfalls nach Montenegro kommen, aber ich habe noch nicht mit ihm gesprochen.

Ganz langsam, wie in Zeitlupe, sieht er auf. Eine ganze Bandbreite der Gefühle rauscht über sein Gesicht, als er mir in die Augen sieht: Erleichterung, Freude, aber auch Wut, Verrat.

»Schön, dich zu sehen, Juli.« Dann ist es, als würde eine Luke vorgeschoben, und sein Blick verhärtet sich. »Ich habe dir versprochen, dass wir suchen, Juli. Wir haben bisher nichts gefunden – trotz eurer Hinweise. Ich weiß wirklich nicht, was es jetzt bringen soll, dass du hier bist. Und er …« Er deutet mit dem Kinn auf Jackson, der mit Mitch zusammen näher gekommen ist und die Unterhaltung fast unbeteiligt verfolgt.

Ich sehe ihn bittend an. »Noch vier Tage, Vic. Wir suchen zusammen. Wenn wir nichts finden, kannst du Jackson festnehmen, okay?«

Vic sieht mich überrascht an. »Du bist dir so sicher, dass er die Wahrheit sagt?«

Ich nicke, und Vic dreht sich zu Jackson um, sieht ihn zum ersten Mal richtig an. Er bemüht sich nicht, die Verachtung, die er für den Gangster empfindet, zu verbergen.

»Du hast vielleicht Juli und Leander um den Finger gewickelt, aber ich werde keine Gnade zeigen. Ich werde dich einbuchten«, zischt er.

Jackson weicht nicht aus, sondern bleibt ruhig. »Dazu wird es nicht kommen. Aber solltest du nach wie vor von meiner Schuld überzeugt sein, kannst du mich festnehmen. Keine Tricks.«

Vic nickt, dann fügt er mit sarkastischem Unterton hinzu. »Okay, dann lasst uns diesen Ratko Klikovac aufsuchen. Vielleicht öffnet er seinem alten Boss ja die Tür.«

Ich sehe mich um. Wir sind an einem ruhigen Hafenabschnitt außerhalb. Am Ufer liegen kleine Boote, einige Hundert Meter entfernt ist ein Kiesstrand, wo Menschen baden. Auf der anderen Straßenseite stehen einige weiß getünchte Häuser, die aber eher nach Pensionen und Hotels aussehen. Das hier ist definitiv kein Wohngebiet.

»Ich dachte, wir hätten seine Wohnungsadresse. Hier sieht es nicht gerade nach einer Wohnsiedlung aus.«

Mitch schaltet sich ein. »Klikovac hat uns gestern vor seiner Wohnung gesehen und uns die Tür vor der Nase zugeknallt und nicht mehr geöffnet. Obwohl wir die halbe Nacht observiert haben, kam er nicht mehr raus. Am nächsten Tag war die Wohnung dann verlassen. Vermutlich hat er einen Hinterausgang benutzt. Ein Nachbar hat uns den Tipp gegeben, es hier zu versuchen. Angeblich fährt er tagsüber mit einem der Boote Touristen durch die Gegend.«

»Ab und zu verschifft er damit die Drogen«, ergänzt Jackson, der noch immer Mitchs Blick ausweicht.

Ich deute wieder zum Hafen, wo eine Reihe Barkassen und kleine Ausflugsschiffe, die schon bessere Zeiten gesehen haben, vertäut liegen. An der Promenade stehen Aufsteller, die Hafenrundfahrten und Schnorchelausflüge bewerben. In weiter Ferne ist die Bucht mit dem Jachthafen und der großen Promenade zu erkennen.

»Welches Boot ist es denn? Wie wollen wir vorgehen? Sollen wir uns als Freundesgruppe ausgeben und auf das Boot schmuggeln?«

Mitch wiegt den Kopf. »Wir müssen hoffen, dass er uns nicht erkennt und sofort wieder verschwindet.«

Vic legt nach. »Außer natürlich, er erkennt Jackson.«

Der lässt sich noch immer nicht provozieren, aber ich merke ihm an, dass er langsam die Geduld verliert. Seine Stimme ist schneidend. »Was willst du damit sagen? Ich habe den Kerl nie persönlich getroffen. Ich habe schon erklärt, dass ich mit dem Vorort-Geschäft hier in Montenegro nicht viel zu tun hatte.«

Vic lässt sich nicht einschüchtern. »Warum bist du überhaupt hier, wenn du genauso wenig weißt wie wir?«

Jackson zuckt kühl mit den Schultern und deutet zu Mitch. »Es war nicht meine Idee herzukommen.«

Oh, oh. Ich möchte nicht dabei sein, wenn Vic und er aneinandergeraten.

Mitch geht dazwischen. »Hört auf, das bringt uns nicht weiter. Ich sage, wir gehen zum Boot und versuchen, ihn zur Rede zu stellen.« Dann richtet er zum ersten Mal das Wort an Jackson. »Montenegrinisch ist mit Kroatisch verwandt, oder? Du kannst dich mit ihm verständigen?«

Jackson nickt. »Ich spreche nur ein paar Brocken, bin ziemlich aus der Übung, aber es wird gehen.«

Wir machen uns auf den Weg zum Wasser. Kaum dass wir den Schutz des kleinen Parks verlassen, der die Straße vom Ufer trennt, knallt die Sonne heiß vom Himmel, der aufgeheizte Asphalt glüht. Mitch wird plötzlich langsamer und schielt Richtung Parkplatz.

»Was ist los?«

Er drängt sich näher an mich und spricht so leise, dass ich Mühe habe, ihn zu verstehen. Er deutet unauffällig auf einen bärtigen Mann mit schwarzem Käppi und Sonnenbrille, der an einer Mauer lehnt und auf sein Telefon starrt.

»Ich glaube, wir werden beobachtet. Den Typen da drüben habe ich gestern vor Klikovac' Wohnung schon mal gesehen. Was meinst du, Vic? Schau unauffällig zum Parkplatz.«

Es ist, als würde Vic aus seiner Starre aufwachen. Er bleibt stehen und tut so, als würde er sich einen Schuh binden. Dabei checkt er den Parkplatz ab. Als er sich wieder erhebt, zuckt er mit den Schultern.

»Könnte jeder zweite Typ hier sein, Mitch. Ich glaube, du hast zu viele schlechte Romane gelesen.«

Ich muss grinsen, als ich Mitchs bedröppelten Gesichtsausdruck sehe, und ich ertappe auch Vic dabei, wie sein Mundwinkel verdächtig zuckt.

Jackson beobachtet den Austausch interessiert, sagt aber nichts. Es ist merkwürdig, Vic, Mitch und Jackson hier zusammen zu haben. Ich habe mich überraschend schnell an Jackson und Leander gewöhnt, aber das hier ist etwas ganz anderes. Eine seltsame Energie lässt die Luft schwirren. Ob das nur mir so geht?

Dem Boot, vor dem Mitch stehen bleibt, sieht man an, dass es schon bessere Tage gesehen hat. An vielen Stellen blättert die weiße Farbe ab, das Holz sieht beinahe morsch aus. Ich lasse den Blick über das glitzernde Meer vor mir schweifen, das sich in der Ferne hinter der Bucht von Kotor und dem idyllischen Hafen erstreckt. Ich muss unwillkürlich an Jacksons Jacht denken. Wie schön wäre es, mit ihm zusammen auf der »Escape« hier die wunderschöne Küste entlangzufahren, am – deutlich schickeren – Hafen in Zentrumsnähe haltzumachen, leckeren Fisch zu essen. Leider ist das hier kein Urlaubsaufenthalt, sondern mein Job.

Jacksons Ruf reißt mich aus meinen Gedanken. »*Halo, ima li koga ovdje?*«, sagt er auf Kroatisch.

Keine Antwort.

»Was hast du gesagt?«, will Vic wissen.

Jackson verdreht die Augen. »Ob jemand da ist. Und nein, ich werde nicht jedes Wort übersetzen. Du musst mir so weit vertrauen.« Er funkelt Vic an.

Der schüttelt den Kopf, sagt aber nichts.

Auf einmal ertönt eine Stimme hinter uns. Ein Mann mittleren Alters, kaum größer als ich, etwas untersetzt, taucht aus dem Schatten unter einem Baum auf.

»*Tražimo* Ratka. *Znaš li gdje je?*«

Der Typ zuckt gelangweilt mit den Achseln. »*Spava dolje u kabini.*« Dann schlürft er zurück auf seinen Schattenplatz.

»Was sagt er?«

»Klikovac ist wohl auf dem Boot, er schläft.« Jackson reckt die

Schultern und beäugt die wackelige Brücke, die aufs Boot führt. »Ich gehe rauf.«

Ich halte ihn fest. »Spinnst du? Das ist viel zu gefährlich, da einfach so reinzugehen. Was, wenn er bewaffnet ist?«

Jackson grinst diabolisch, und plötzlich sieht er wieder aus wie der Gangster, der mich entführt hat. »Wer sagt, dass ich nicht bewaffnet bin?«

Er klopft auf den Bund seiner Hose hinten unter dem Blazer. Ist das sein Ernst? Woher hat er eine Waffe? Mir fällt eine Situation am Mietwagenschalter wieder ein, als Jackson plötzlich nicht mehr Englisch, sondern Kroatisch mit dem jungen Verkäufer gesprochen und ihm dann noch Geld über den Tresen geschoben hat. Ich dachte, er hätte sich einfach gefreut, seine Muttersprache sprechen zu können, und ein Upgrade ausgehandelt, aber jetzt zweifle ich, dass die Situation so harmlos war. Verdammter, ausgebuffter Kerl.

Jackson wartet nicht länger, sondern springt mit einem großen Satz aufs Boot, das laut widerhallt, als er auf dem Deck landet. Das war es wohl mit dem Schlaf für Klikovac. Ich unterdrücke ein Grinsen.

Jackson bemüht sich nicht, leise zu sein, als er laut Klikovac' Namen rufend über das Boot läuft und eine steile Treppe runter verschwindet. Dann ist es still, zu still.

Vic, Mitch und ich stehen am Ufer und sehen uns hilflos an.

»Mir gefällt das nicht«, murmelt Mitch nach einigen Minuten, in denen wir keinen Ton vom Boot hören.

»Wer sagt, dass die nicht gerade die nächste Lieferung planen und er uns alle an der Nase herumführt?«, grummelt Vic.

Ich sehe ihn fest an. »Ich sage das. Ich vertraue Jackson. Und ich weiß, dass du noch nicht so weit bist, Vic. Aber ich hatte gedacht, dass du mir vertraust. Also bitte, reiß dich endlich zusammen, und sei nicht so feindselig. Wir sitzen alle im selben Boot.«

Mitch grinst. »Na ja, im Moment sitzt nur Jackson im Boot.«

Ich bin froh, dass er zu Scherzen aufgelegt ist, und nutze den Moment, um mich nach ihm zu erkundigen. »Wie geht es dir damit, dass Jackson hier ist?«

Mitch zuckt die Achseln. »Ich weiß es nicht. Keine Ahnung, wie ich mit ihm umgehen soll. Es ist so vieles passiert, aber das ist so lang her. Ich glaube, wir brauchen noch ein bisschen Zeit. Aber du siehst sehr entspannt aus in Jacksons Gesellschaft.« Er lässt die Frage in der Luft hängen, spricht sie nicht aus.

Vic wird hellhörig. »Sag uns jetzt bitte nicht, dass du ihn in deinen Harem aufnehmen willst, Juli.«

Ich spüre, wie eine Röte auf meine Wangen tritt. Ob er es will oder nicht, Vic hat gerade das ausgesprochen, was ich nicht mal zu hoffen wage. Es ist einfach zu absurd. Wie soll das gehen: ein Gangster und vier Polizisten? Es steht einfach zu viel zwischen uns allen.

Ich will gerade protestieren, ausweichen, als plötzlich ein Schuss ertönt.

»Jackson!«

Ohne zu zögern, sprinte ich über die wackelige Brücke auf das Boot und folge dem Weg, den Jackson genommen hat. Vic flucht hinter mir, dann höre ich seine Schritte, die mir folgen. Aber ich habe keine Zeit, auf ihn zu achten. Mein Herz zieht mich ins Innere des Bootes, mein Kopf malt die schlimmsten Bilder aus. Hoffentlich ist Jackson nichts passiert.

Ich fliege die schmale Treppe hinunter, die in den Bauch des Bootes führt, und reiße die Tür auf. Wie angewurzelt bleibe ich stehen. Jackson steht mitten in dem kleinen Raum, der wohl als Lagerraum für Getränke und Tauchzubehör dient, eine Pistole auf einen hageren jungen Kerl gerichtet, der wiederum mit seiner eigenen Waffe auf Jackson zielt. Zu meinem Entsetzen entdecke ich hinter Jackson ein zersplittertes Holpaneel in der Wand des Schiffes. Der Typ – vermutlich Klikovac – scheint tatsächlich zu allem bereit zu sein. Als er mich sieht, schwenkt Klikovac den

Lauf seiner Pistole auf mich, ein fieses Grinsen breitet sich auf seinem Gesicht aus. Er sagt etwas, das ich nicht verstehen kann, aber sein Tonfall spricht Bände, und ich weiß, dass er mich gerade beleidigt hat.

Jacksons Kiefer mahlen, sein ganzer Körper ist angespannt. Er antwortet dem Arschloch, und ich höre so etwas wie ein Zittern in seiner Stimme. Oder bilde ich mir das nur ein?

Dumm. Dumm. Wie kann man so dumm sein wie ich. Für einen einzigen Moment habe ich alles vergessen, was ich in der Ausbildung gelernt habe, und bin blind losgerannt, nur von meinen Emotionen getrieben. Jetzt habe ich die Situation noch schlimmer gemacht. Jackson wird nicht riskieren, seine Waffe abzufeuern, Klikovac hat mich genau im Visier. Hilfe suchend sehe ich mich um, erhasche Jacksons Blick.

»Wenn ich ›Jetzt‹ sage, lässt du dich fallen.« Seine Worte sind unmissverständlich, aber seine Stimme klingt weich, liebevoll. Klikovac soll denken, dass Jackson sich verabschiedet.

Er wendet sich wieder an den jungen Montenegriner, sagt etwas auf Kroatisch. Klikovac sieht von Jackson zu mir, die Waffe weiter auf mich gerichtet, ein überraschter Ausdruck rast über sein Gesicht. Dann passiert alles gleichzeitig. Eines der Oberlichter zerschellt, während Jackson »Jetzt!« brüllt. Ich lasse mich auf den Boden fallen, drehe meinen Körper so, dass ich hinter einem Stapel Kisten zum Liegen komme. Eine Sekunde später ertönt ein lauter Knall, und die Tür, vor der ich eben noch gestanden habe, zerbirst in Holzsplitter. Ein dumpfer Schlag ertönt, dann ein leises Stöhnen. Stille.

»Juli, alles okay?« Mitch kommt die Treppe hinunter in den Raum und stürmt auf mich zu, eine Sekunde später ist auch Vic bei mir. Seine Hände streichen über meinen Körper, kontrollieren, ob ich unversehrt bin.

Ich rapple mich auf. »Es geht mir gut, wo ist Jackson? Was ist mit Klikovac?«

Als eine tiefe Stimme ertönt, seufze ich erleichtert auf. »Ich bin hier. Könnt ihr mir mal mit dem Kerl helfen?«

Ich schiebe die Kisten beiseite und erblicke Jackson, der auf einem sich windenden Klikovac sitzt und diesen am Boden fixiert. Erleichtert lache ich auf, dann eile ich zu Jackson und drücke ihm einen Kuss auf den Mund. Ich drehe mich um und wiederhole dasselbe mit Mitch und Vic. Zum Teufel mit dem, was andere denken könnten.

Mitch reicht Jackson ein Seil, mit dem er Klikovac fesselt. Dann blickt er auf, sieht mich an, wie ich zwischen Mitch und Vic stehe, einen Arm um jeden gelegt.

»Ich will die traute Dreisamkeit ja nicht unterbrechen, aber wir sollten hier verschwinden. Der Typ am Ufer hat sicherlich längst die Bullen verständigt. Also die einheimischen Bullen. Oder wollt ihr das hier ausbaden?«

Mitch schüttelt den Kopf, und wir alle sehen Vic an. Der zögert nur einen Moment. »Lasst uns abhauen.«

Wir eilen aufs Deck und überqueren nach einem Kontrollblick, dass die Luft noch rein ist, den kleinen Platz am Ufer. Von dem Mann unter dem Baum ist keine Spur zu sehen. Mitch und Vic haben direkt neben uns geparkt. Jackson geht wie selbstverständlich zur Fahrertür. Er dreht sich zu uns um und grinst.

»Folgt mir. Ich weiß, wo die Labore in den Bergen sind.«

Kapitel 19

Die kurvige Straße windet sich immer höher in die Berge, und ich kann spüren, wie die Anspannung in unserem Wagen mit jedem Höhenmeter steigt. Wir haben uns entschieden, nur ein Auto zu nehmen. Jackson sitzt schweigend am Steuer, seine Kiefermuskeln arbeiten unaufhörlich, während seine Augen konzentriert auf die Straße gerichtet bleiben. Kein Wunder, dass er nervös ist. In wenigen Minuten steht er womöglich seinem Ex-Kumpan gegenüber. Dem Mann, der ihn verraten und der sein Geschäft an sich gerissen hat. Vic neben ihm auf dem Beifahrersitz hält sein Smartphone fest in der Hand, immer wieder auf das Display blickend, um sicherzustellen, dass wir auf dem richtigen Weg sind. Mitch sitzt neben mir auf der Rückbank. Das enge Beieinander macht es schwierig, nicht die Spannung zwischen uns zu spüren. Ich würde mich am liebsten an Mitch anlehnen und etwas Stärke tanken. Ich habe ihn wirklich vermisst. Aber ich weiß auch, dass jetzt nicht der richtige Zeitpunkt für Sentimentalität ist. Ich muss mich voll und ganz auf den Fall konzentrieren.

Die Landschaft draußen verändert sich mit jeder Minute. Dichte Wälder, steile Abhänge und vereinzelte Felsen säumen unseren Weg. Der Himmel ist grau und drohend, als wäre er ein Vorbote dessen, was uns erwartet. Ich fühle mich unwohl, fast schon nervös, aber ich schiebe die Gefühle beiseite.

»Wie weit noch?«, frage ich in die Stille hinein.

»Nicht mehr lang«, murmelt Jackson, ohne den Blick von der Straße zu nehmen.

Vic nickt zustimmend. »Wir sind fast da. Den Informationen dieses Ratko Jackson zufolge sollte das Labor gleich hinter dem nächsten Pass liegen.«

Ich unterdrücke ein Schmunzeln. Die beiden scheinen ausnahmsweise an einem Strang zu ziehen und widersprechen sich nicht aus Prinzip. Von der Feindseligkeit zwischen den beiden ist kaum mehr etwas zu spüren. Noch vor wenigen Stunden waren Vic und Jackson sich spinnefeind, jetzt wirkt es so, als ob der Kampf auf dem Boot die beiden zusammengeschweißt hat. Vic hat offenbar eingesehen, dass Jackson auf unserer Seite ist und alles dafür tun würde, dass mir nichts zustößt.

Während wir höher in die Berge fahren, öffnet sich die Aussicht und bietet uns weite Blicke über das Land. Sanfte Hügel gehen in dramatische Klippen über, und in der Ferne glitzert das tiefblaue Wasser der Adria im Sonnenlicht. Die Schönheit dieser rauen, unberührten Natur ist atemberaubend und kontrastiert scharf mit der Gefahr, die uns verfolgt.

Mein Herz schlägt schneller, als wir die letzte Kurve nehmen und ein unscheinbares, leicht heruntergekommenes Gebäude am Rande einer kleinen Siedlung vor uns auftaucht. Die Fassade ist intakt, aber die Fenster sind von innen blind, und das Anwesen sieht verlassen aus. Die Auffahrt und der Vorgarten wurden längst von Unkraut und Gestrüpp erobert.

Jackson fährt an dem Haus vorbei, hält dann einige Hundert Meter weiter vor einem geschlossenen Supermarkt an, und wir steigen aus. Es ist niemand auf der Straße zu sehen, und ich hoffe, dass wir auch in dem Gebäude niemandem aufgefallen sind. Wir sprechen nicht, verständigen uns durch Zeichen. Vorsichtig schleichen wir den Weg zurück. Ich greife zu meinem Waffengurt unter der Jacke und löse den Knopf am Halfter. Ein ungutes, nervöses Gefühl macht sich in mir breit. Sehr wahrscheinlich stoßen wir gleich auf ein aktives Labor, in dem Drogen gemischt und zu Pillen gepresst werden. Im besten Fall treffen wir sogar auf Hart. Eine unheimliche Stille liegt in der Luft, lediglich unterbrochen vom entfernten Rauschen eines Baches. Die Stimmung könnte friedlich sein, doch sie ist unnatürlich. Ich höre keine Stimmen, keine Geräusche von Geräten, kein Radio. Nichts. Als wäre hier seit Tagen niemand gewesen. Meine Nackenhaare stellen sich auf. Etwas stimmt hier nicht.

»Da wären wir also«, sagt Jackson leise und zeigt auf das Gebäude. Seine Stirn liegt in Falten, als könne er es selbst nicht glauben.

Wir nähern uns vorsichtig, unsere Waffen bereit. Jeder Schritt auf dem knirschenden Kiesboden klingt in meinen Ohren viel zu laut. Plötzlich ertönt ein lautes Knacken aus dem Wald hinter dem Haus, und ich sehe mich nach allen Seiten um, habe sofort das Gefühl, beobachtet zu werden. Meine Augen wandern hektisch über die Umgebung, aber ich kann niemanden sehen.

»Irgendwas ist hier faul«, murmelt Mitch neben mir, als ob er meine Gedanken lesen könnte.

Mein Kopf schnellt zu ihm herum. »Hast du jemanden gesehen?«

Er schüttelt den Kopf, die Lippen zusammengepresst, sein Blick schweift über die Bäume neben dem verfallenen Gebäude.

Wir betreten das Gebäude, Jackson voran. Im Inneren ist es dunkel und muffig. Alte, verrostete Geräte stehen herum, aus denen Schläuche heraushängen oder in leere Plastikkanister führen. In der Mitte des Raums wurden zwei klapprige Tische unter einer funzeligen Lampe zusammengeschoben, drum herum stehen einige Plastikstühle, die auch schon bessere Tage gesehen haben. Ein Klicken ertönt hinter mir, und ich drehe mich um, aber es ist nur Jackson, der den Lichtschalter neben dem Eingang betätigt hat.

»Kein Strom«, stellt er fest.

Ich gehe zum Tisch und versuche, mir aus dem Chaos einen Reim zu machen. Stahltöpfe, Schneebesen, leere Flaschen stehen herum, Plastikcontainer sind ineinandergestapelt, in manchen kleben Reste einer rosafarbenen Substanz.

»Könnte ›Pink Panther‹ sein«, sagt Vic, der neben mich getreten ist.

Ich seufze und drehe mich um meine eigene Achse. Hier wurden ohne Zweifel Drogen hergestellt, aber keine Spur von einem aktiven Labor. Es sieht aus, als wäre es schon seit Tagen nicht mehr benutzt worden.

»Hier ist nichts«, spricht Vic frustriert aus, was ich denke, und tritt gegen einen umgestürzten Tisch. »Jemand muss sie gewarnt haben. Bestimmt dieser Klikovac.«

Mitch nickt langsam. »Sollen wir ihn noch mal in die Mangel nehmen? Er müsste inzwischen in Kotor bei den Kollegen auf dem Revier sitzen.«

Jackson schnaubt. »Wenn er die nicht geschmiert hat. Aber ich bezweifle ohnehin, dass er noch mehr sagen würde.« Er seufzt. »Aber das heißt dann wohl, dass Hart Bescheid weiß, dass wir hinter ihm her sind. Sonst hätte er das Labor nicht geräumt.«

Ich schlucke meine Enttäuschung hinunter und lasse meinen Blick noch einmal durch den dunklen Raum schweifen. Die Schatten in den Ecken scheinen sich zu bewegen, obwohl ich weiß, dass es nur meine Einbildung ist. Trotzdem lässt mich das Gefühl nicht los, dass wir beobachtet werden.

»Wir müssen hier weg«, sage ich mit fester Stimme. »Das gefällt mir nicht. Wenn Hart Bescheid weiß, dass wir hinter ihm her sind … verdammt. Wir müssen uns beeilen. Ich werde gleich Leander Bescheid sagen, dass er die Grenzposten informiert. Nicht, dass Hart uns durch die Lappen geht.«

Jackson nickt, sein Gesichtsausdruck angespannt. »Los, zurück zum Wagen. Es gibt nur diese eine Straße in die Berge, etwas weiter oben sollen noch mehr Labore sein. Wir sind vorhin durch ein Dorf gefahren, Nalježići. Dort gibt es ein Polizeirevier. Vielleicht können euch die Kollegen mehr sagen.«

Vic sieht aus, als ob er Jackson widersprechen möchte, doch dann nickt er knapp. »Bisher hat uns die Polizei hier in Montenegro kein Stück weitergeholfen. Mitch und ich haben alles versucht. Aber du hast recht. Wenn es nur diesen einen Weg in die Berge gibt, müssen die Kollegen zumindest mitbekommen haben, dass die Leute abgereist sind. Vielleicht wissen sie, wohin. Einen letzten Versuch ist es wert.«

Als wir das Gebäude verlassen, höre ich ein Geräusch hinter mir, so leise, dass ich mir nicht sicher bin, ob ich es mir eingebildet habe. Ich drehe mich um, aber da ist nichts. Trotzdem bleibt das Gefühl, dass Augen auf uns gerichtet sind, als wir den Weg zurück zum Wagen antreten.

Wir fahren zurück ins Tal und erreichen bald das kleine Dorf Nalježići. Jackson bleibt im Auto, während Mitch, Vic und ich uns auf den Weg zu dem winzigen Polizeiposten machen. Der Dorfpolizist, ein nervöser Mann mittleren Alters, steht uns mit zitternden Händen gegenüber.

»*Good day*, Mr Grbić«, beginnt Vic höflich, aber bestimmt, nachdem er einen Blick auf das Namensschild an der Uniform geworfen hat. »*We have some questions for you.*«

Grbić nickt hastig, seine Augen flackern zwischen uns hin und her. »*Yes, yes, how can I help?*«

Erleichtert, dass er zumindest etwas Englisch versteht, atme ich aus.

»Wir sind auf der Suche nach Informationen über ein Drogenlabor in der Nähe«, sagt Mitch auf Englisch. »Es soll hier irgendwo in den Bergen sein. Wissen Sie etwas darüber?«

Grbićs Gesichtsausdruck verändert sich schlagartig. Er wirkt noch nervöser und schüttelt den Kopf. »Nein, nein, kein Labor hier. Ich weiß von nichts«, antwortet er in gebrochenem Englisch.

Ich trete einen Schritt näher und sehe ihm fest in die Augen. »Sind Sie sicher? Es wäre besser für Sie, wenn Sie uns helfen. Wir wissen, dass Asram Vujic vom ›Mesar‹-Kartell hier Labore für sein Drogengeschäft betreibt. Wenn Sie etwas verschweigen, machen Sie sich mitschuldig. Wo sind die Arbeiter? Sind sie hier durchgekommen?«

Er weicht meinem Blick aus und ringt die Hände. »Ich weiß wirklich nichts, bitte. Sie müssen mir glauben.«

»Vielleicht sollten wir Jackson holen«, schlage ich an die Männer gewandt leise vor. »Immerhin spricht er Kroatisch. Vielleicht kann er ihn zum Reden bringen.«

Vic schüttelt den Kopf. »Nein, wir schaffen das auch ohne ihn. Wir halten Jackson aus der offiziellen Ermittlungsarbeit raus.«

Mitch stimmt ihm zu. »Wir brauchen ihn hierfür nicht.«

Ich gebe nach und sehe, wie Vic und Mitch sich wieder Grbić zuwenden.

Vic verschränkt die Arme und stellt sich vor den Polizisten, sodass er keinen Fluchtweg hat. »Herr Grbić, wir haben keine Zeit für Spielchen. Wir wissen, dass ›Mesar‹ hier aktiv ist. Vujic ist gefährlich, und wenn Sie uns helfen, ihn zu finden, und wir ihn verhaften, wird es auch hier wieder sicherer.«

Grbićs Augen weiten sich vor Angst, und er macht einen Schritt zurück, bis er mit dem Rücken an die Wand stößt. »Ich kann nichts sagen. Sie verstehen nicht …«

Mitch packt ihn am Arm und zieht ihn dichter zu uns. »Wir verstehen mehr, als Sie denken. Aber wenn Sie uns jetzt nicht helfen, wird es noch schlimmer. Reden Sie!«

Der Polizist zittert am ganzen Körper, und ich kann sehen, wie der Schweiß ihm die Stirn herunterläuft. Er öffnet den Mund, aber keine Worte kommen heraus. Es ist klar, dass er vor Angst wie gelähmt ist.

Ich lege eine Hand auf Mitchs Arm, um ihn etwas zu beruhigen, und wende mich dem Beamten zu. »Hören Sie, Herr Grbić. Wir sind nicht Ihre Feinde. Wenn Sie uns helfen, können wir Hart und ›Mesar‹ zur Strecke bringen. Wie gesagt: Das wird das Leben für Sie und Ihr Dorf sicherer machen.«

Für einen Moment sehe ich in seinen Augen, dass er bereit ist zu sprechen. Doch dann schüttelt er wieder den Kopf und schließt die Augen, als wollte er sich von uns abschirmen.

»Ich kann nicht«, flüstert er. »Bitte, gehen Sie.«

Die Frustration in unserem Team ist greifbar. Wir haben keine Zeit mehr zu verlieren, jede Sekunde zählt. Ich werfe einen Blick zu Vic und Mitch. Beide wirken angespannt und wütend, aber ich weiß, dass wir hier nicht weiterkommen.

Ich wende mich gerade zum Gehen, als mir eine Sache einfällt. »Kennen Sie einen Mann aus England, der für ›Mesar‹ arbeitet? Bruce Snider?«

Bei der Erwähnung des Namens werden Grbić' Augen größer, dann spricht Angst aus ihnen. Als ich mich enttäuscht umdrehe und die Polizeistation verlassen will, höre ich ein geflüstertes Wort. »Petrovac.«

Ich drehe mich noch einmal zu ihm um, aber Grbić hat sich abgewendet. Rasch folge ich Vic und Mitch zum Wagen, wo Jackson bereits auf uns wartet.

»Und?«, fragt er, als wir einsteigen.

»Er weiß etwas, aber er hat zu viel Angst, um zu reden.« Mitch schüttelt frustriert den Kopf. »Es ist unfassbar. Die Hälfte der Polizisten hier stehen auf der Gehaltsliste der Kartelle, die haben überall ihre Finger drin.«

In knappen Worten berichtet Vic, was passiert ist. »Die Polizei wird uns nicht weiterhelfen. Wir sind auf uns allein gestellt.«

»Verdammt. Und jetzt?« Jackson haut mit der flachen Hand aufs Lenkrad.

»Jetzt fahren wir ans Meer zurück – nach Petrovac.«

Als die drei mich überrascht anstarren, erkläre ich, was ich vorhabe.

»Ich habe Grbić nach diesem Snider gefragt. Er sagt, Snider wohnt in Petrovac. Hoffentlich kann der uns sagen, wo wir Hart finden.«

Die Straße windet sich durch die Berge, und ich kann die Anspannung in der Luft fast greifen. Wir müssen Hart aufspüren und die Drogenlieferungen stoppen, bevor es zu spät ist. Die Zeit drängt, wir haben nur noch wenige Tage Zeit, bevor Elisabeth uns zurück in Berlin erwartet – mit Ergebnissen. Aber bis jetzt haben wir zu wenig.

Die Straße ist eng und kurvenreich, oft gesäumt von steilen Abgründen auf der einen Seite und hohen Felswänden auf der anderen. Jeder Meter, den wir zurücklegen, erinnert uns daran, wie abgelegen und isoliert dieser Teil der Welt ist. Hier draußen gibt es kaum Anzeichen von Zivilisation, und das Gefühl der Einsamkeit verstärkt unsere Anspannung.

Plötzlich höre ich ein lautes Knirschen und dann ein Poltern. Ein großer Stein fällt auf die Straße, nur ein paar Meter vor uns. Jackson reißt das Steuer herum, aber der Wagen gerät ins Schleudern und landet im Graben.

»Alles in Ordnung?«, rufe ich, während ich mich aus meinem Sicherheitsgurt befreie und nach den anderen sehe.

»Ja, ich denke schon«, murmelt Mitch, während er sich die Stirn reibt. »Was war das?«

»Ein verdammter Felsen«, knurrt Jackson und versucht, das Auto wieder zu starten. »Verflucht noch mal, das war knapp.«

Vic steigt aus und untersucht die Umgebung. »Das war kein Zufall«, sagt er und deutet auf den Abhang über uns. »Jemand wollte uns aufhalten.«

Ich spüre, wie mir ein kalter Schauer über den Rücken läuft. »Hart muss wissen, dass wir kommen. Wir sollten uns beeilen.«

Jackson nickt und versucht erneut, den Motor zu starten.

Nach ein paar Versuchen springt der Wagen endlich an, und wir schaffen es, uns aus dem Graben zu befreien.

»Petrovac ist nicht mehr weit«, sagt Vic, während wir zurück auf die Straße fahren. »Wir müssen auf der Hut sein.«

Mit einem mulmigen Gefühl im Magen und während wir die Umgebung ständig mit Blicken nach potenziellen Gefahren absuchen, setzen wir unsere Fahrt fort. Die Bedrohung ist real, und sie rückt immer näher. Wir müssen Bruce Snider finden und ihn dazu bringen, uns zu Hart zu führen.

Als endlich erste Häuser der Stadt auftauchen und damit auch mein Handyempfang zurückkehrt, rufe ich Leander an.

»Juli, endlich! Ich war kurz davor, die Chefs zu benachrichtigen, weil ich so lange nichts von euch gehört habe.«

»Wir waren in den Bergen ohne Empfang. Aber leider war es eine Sackgasse. Das Labor ist vor wenigen Tagen geräumt worden. Es sah so aus, als seien die Arbeiter überstürzt aufgebrochen.«

Ich höre Leanders leises Fluchen. »Und jetzt?«

Ich seufze. »Für jeden Schritt voran machen wir zwei zurück. Unsere einzige Spur ist jetzt dieser Chemiker, Bruce Snider. Er soll in einem Städtchen namens Petrovac am Meer wohnen. Kannst du die Airlines und Passagierlisten checken und herausfinden, wann er zurück nach Montenegro kommt? Wir sind auf dem Weg nach Petrovac.«

»Alles klar, werde ich tun. Wenn ich mich recht erinnere, sollte er morgen wiederkommen, er war in London.«

Mir fällt noch etwas ein. »Ach, Leander, kannst du noch mehr über diesen Kartellstreit in Montenegro herausfinden? Wir haben mit einem Polizisten gesprochen, der völlig verängstigt war. Und kurz darauf sind wir nur um ein Haar einem Steinschlag entkommen.«

Leander saugt die Luft ein. »Verdammt, Juli! Das ist echt kein Spaß. Moment, ich habe heute früh noch etwas zu den Kartellen gelesen.« Ich höre, wie es im Hintergrund raschelt, als würde er etwas nachschlagen. »Hier ist es. In den vergangenen Wochen hat die Aktivität des ›Babic‹-Kartells zugenommen. Ich recherchiere das mal genauer.«

»Danke, Leander.«

Seine Stimme klingt besorgt. »Passt auf euch auf, Juli.«

Als ich auflege, fange ich gerade noch einen skeptischen Blick zwischen Vic und Jackson auf.

Seine Stimme wird bedrohlich. »Ich habe gesagt, dass ich nichts mit irgendwelchen Kartellen zu tun hatte – weder mit ›Mesar‹ noch mit diesem ›Babic‹. Also spar es dir, Vic.«

Kapitel 20

Was für ein herrlicher Ort! Selbst wenn Snider nicht in Petrovac sein sollte, hat sich der Ausflug gelohnt.«

Ich grinse und versuche dabei, ironisch auszusehen, aber insgeheim genieße ich den bevorstehenden freien Abend in dem malerischen kleinen Hotel »Castello« direkt auf einer Klippe der Küstenstadt. Ich lehne mich in den bequemen Stuhl des Restaurants zurück und lasse meinen Blick über die Adria schweifen, die uns unendlich weit, mal dunkelblau, mal helltürkis glitzernd, in der Abendsonne zu Füßen liegt. Zur linken Seite erstreckt sich das sandsteinfarbene Schloss von Petrovac, das etwas niedriger als unser Hotel liegt und auf einem Felsen ins Wasser hineinragt.

Die Kulisse ist atemberaubend, das Meer so klar, dass ich mir einbilde, sogar von hier oben Fische zu sehen, doch das sind vermutlich nur die tanzenden Sonnenstrahlen. Dieses Meer wirkt völlig anders als die Ostsee, weiter und vielfältiger in seinen Farben. Mich durchzuckt kurz die Erinnerung an den Sonnenuntergang hinter dem Panoramafenster, den ich von Jacksons Kabine aus beobachtete. Es kommt mir unwirklich vor, als hätte ich mir all das nur eingebildet oder als wären Jahre seit meiner Zeit auf der »Escape« vergangen – und nicht Tage. Ich schaue zu Jackson, der mir gegenübersitzt, doch er ist vollauf damit beschäftigt, die duftenden Köstlichkeiten auf der Tafel zu inspizieren. Wir haben die überdachte Terrasse, die von Oleander-bäumchen in Terrakotta-Töpfen gesäumt ist, fast für uns allein, da die meisten anderen Gäste bereits gegessen haben, wie uns der freundliche Kellner erklärte.

Ich lasse meinen Blick über die opulente, etwa drei Meter lange Tafel schweifen und frage mich, wie wir diese ganzen Leckereien zu viert vertilgen sollen. Damit könnte man eine Großfamilie satt kriegen. Cevapcici, verschiedene Käsesorten und winzige frittierte Bällchen liegen neben geschmorten Tomaten und Paprika, in der Mitte befinden sich köstlich aussehende, saftig gebratene Fleischstücke.

»Das ist Lamm«, erklärt Jackson, der mit amüsiertem Grinsen meinem Blick folgt. »Dazu trinkt man am besten Rotwein. Vranac. Er wird lokal angebaut. Hier.«

Er greift nach der Karaffe und schenkt uns ungefragt die Gläser voll, schwenkt seins und riecht daran, bevor er vorsichtig einen Schluck nimmt.

»Ja. Das ist Vranac. Probier mal, Juli, er wird dir schmecken. Er ist kräftig und sanft im Abgang.«

Dabei zwinkert er mir zweideutig zu und hebt das Glas, um mir zuzuprosten, nach einem kurzen Zögern hält er es auch Vic und Mitch hin. Ich erröte leicht.

Vic starrt in sein Glas und murmelt »Prost«, während Mitch mit uns anstößt. Mir fällt auf, dass seine Augen exakt die Farbe des Meeres widerspiegeln.

Jackson scheint in Plauderlaune, er blüht regelrecht auf. »Man isst hier gerne reichhaltig. Die montenegrinische Küche ist geprägt von osmanischen und mediterranen Einflüssen und Gerichten aus dem Balkan«, doziert er etwas affektiert. Wie so oft weiß ich nicht, ob er es ernst meint oder ob er eine Rolle spielt und sich einen Spaß daraus macht, uns zu verwirren.

Seine Ausdrucksweise passt zu seinem Outfit. Er trägt ein dunkles, teuer aussehendes Hemd und hat sich das sonst so strubbelige Haar wieder mit Gel nach hinten gekämmt. Sein inzwischen dichter Bart bedeckt Wangen und Oberlippe vollständig. Ich muss mich zusammenreißen, ihn nicht anzustarren, weil er so verändert aussieht. Geheimnisvoll und anziehend.

Vic schaut ihn stirnrunzelnd an, wirkt aber zum Glück eher amüsiert als feindselig. Die Stimmung zwischen den beiden hat sich seit dem Kampf mit Klikovac auf dem Boot nachhaltig entspannt. Die beiden scheinen so etwas wie eine gemeinsame Basis gefunden zu haben, was zu meiner guten Laune einen erheblichen Teil beiträgt. Wenn wir morgen Snider finden und zum Reden bringen, werden wir auch Hart auf die Spur kommen.

Optimistisch leere ich mein Rotweinglas und greife nach dem großen, flachen Brot mit Hackfleisch darauf, schneide mir mehrere dicke Scheiben von zwei Laib Käse ab und beiße sofort hinein. Die eine Sorte schmeckt mild und zart, die andere aromatisch. Mich durchströmt plötzlich ein übermütiges Glücksgefühl, was bestimmt nicht nur am Wein liegt, sondern auch an der warmen Meeresluft, die Urlaubsfeeling in mir auslöst – und den drei wunderbaren Männern, mit denen ich an dieser Tafel sitze.

»Schade, dass wir zum Arbeiten hier sind«, seufze ich. »Vielleicht können wir noch mal herkommen, wenn das alles vorbei ist. Dann nehmen wir aber auch Leander mit. Der Arme, ganz allein in Brandenburg …«

Mitch neben mir nickt zustimmend zwischen zwei Gabeln Gemüse und Fleischbällchen.

»Ich habe eben mit Leander telefoniert, er ist ganz neidisch. Bis zum Strand von Petrovac sind es auch nur zehn Minuten. Man kann eine Abkürzung durch einen kleinen Wald nehmen.«

»O ja, lass uns später noch zum Strand und schwimmen gehen!«

Vor Begeisterung stoße ich fast mein Glas um, das Mitch dezent auffängt und wieder an seinen Platz stellt.

»Ich denke, das wird zu spät, es ist schon nach 21 Uhr.« Vic schaut mahnend auf seine silberne Rolex. »Wir sollten morgen fit sein und spätestens um acht nach dem Frühstück zu Snider aufbrechen.«

Ich verdrehe die Augen. »Ein bisschen baden wird uns morgen wohl kaum das Verhör versauen«, gebe ich zurück.

Vic zieht die Brauen zusammen, zuckt dann aber gleichgültig die Achseln und lädt sich seinen Teller erneut voll. »Von mir aus, ich muss ja nicht mitgehen.«

Er trägt ein dunkelblaues Polohemd zu hellen Jeans, was seinen muskulösen Oberkörper und die dunkle Haut zur Geltung bringt und ihm hervorragend steht. Plötzlich tut mir meine schroffe Reaktion leid. Vielleicht erwarte ich zu viel von ihm. Er versucht zu akzeptieren, Teil eines Quartetts zu sein, teilt mich mit Mitch und Leander. Dass nun auch noch Jackson buchstäblich mit am Tisch sitzt und mit mir flirtet, muss für einen so eifersüchtigen Mann wie ihn schwer erträglich sein. Es ist nicht fair von mir, ihn vor den anderen so anzugehen.

»Du hast ja recht, Vic, wir sollten uns auf unseren Job konzentrieren.«

Ich nicke ihm besänftigend zu, während Jackson uns Rotwein nachschenkt. Auch Mitch nickt bekräftigend und pflichtet uns bei.

»Wie wollen wir vorgehen? Hier können wir reden, uns hört niemand, oder?«

Er blickt sich nach allen Seiten um. Nur noch ein Paar sitzt mit uns auf der Terrasse, aber die beiden sind so weit weg, dass sie uns nicht hören können. Vic nickt.

»Ja. Aber viel gibt es nicht zu besprechen. Leander hat die Airlines überprüft und bestätigt, dass Snider schon morgen früh um kurz vor acht Uhr in Podgorica landet. Er sollte also gegen neun in seiner Wohnung hier in Petrovac ankommen, spätestens halb zehn. Wir passen ihn am besten direkt ab, bevor er wieder untertaucht.«

Vic leert sein Weinglas in einem Zug. Jackson schenkt sofort nach, obwohl Vic abwehrend die Hände hebt.

»Wir warten am besten ab halb neun vor seinem Haus. Juli und ich geben uns zu erkennen und versuchen, ihn einzuschüchtern. Sollte das nicht funktionieren, gehst du rein, Jackson. Lass dir was einfallen, wie du ihn zum Reden bringst, sollte er mauern.«

Jackson nickt lässig, warnt dann aber: »Wir müssen auf jeden Fall vorsichtig vorgehen. Bruce und Hart sind seit vielen Jahren befreundet. Er wird nicht einfach so auspacken, wo Hart sich versteckt hat.«

»Gut. Mehr gibt es nicht zu besprechen. Wenn Snider uns zu Hart bringt, dürften wir morgen durch sein. Dann haben wir ihn vor Ablauf der Woche.«

Ich hebe mein Glas, und diesmal proste ich den Männern zu. Einem nach dem anderen schaue ich in die Augen.

»Auf euch!«

Wir trinken und schweigen einen Moment lang. Mitch räuspert sich, als wolle er etwas sagen. Er wirkt schon den ganzen Abend irgendwie nachdenklich, versucht aber, es durch zur Schau gestellte gute Laune zu verdecken. Doch dann greift er nach ein paar Röllchen, die aussehen wie Börek, und beißt hinein.

»Köstlich. Was ist das?« Er schaut Jackson fragend an, und ich habe den Eindruck, als versuche er, eine Bindung zu Jackson aufzubauen.

»Ich nehme an, das sind Gibanice.«

»Warum kennst du dich eigentlich so gut hier aus, Jackson? Hast du hier mal gelebt?«

Jackson zuckt mit den Achseln. »Ich war ein oder zwei Mal aus Businesszwecken hier, falls ihr versteht.« Er zögert kurz, dann scheint er sich einen Ruck zu geben. »Na ja, um ehrlich zu sein, ich habe sogar mal ein paar Monate bei Hart in Kotor gelebt. Als vor zwei Jahren die ›Wölfe‹ hochgenommen wurden, habe ich mich nach Montenegro zurückgezogen. Ich musste ja untertauchen.« Er unterbricht sich und sucht nach den richtigen Worten. »Über Hart habe ich Snider kennengelernt, der mir von dieser Droge vorgeschwärmt hat, die er entwickelt hat. So kam die Idee zu ›Pink Panther‹ auf. Wir haben den Plan hier geschmiedet.«

Mitch findet als Erster seine Sprache wieder. »Du hast hier gelebt? Warum sagst du das erst jetzt?«

Jackson zuckt mit den Schultern. »Ich musste erst mal abwarten, ob ich euch vertrauen kann.«

Vic mischt sich ein, seine Worte sind skeptisch. »Du hast bei Hart gewohnt? Warum weißt du dann nicht, wo er ist?«

Jackson schüttelt den Kopf. »Ich weiß, dass Hart umgezogen ist. Seine alte Adresse hatte ich Juli genannt. Sie meinte, ihr habt ihn da nicht angetroffen.« Er sieht Vic an. »Ich weiß nicht, wo er ist, glaub mir. Sonst hätte ich ihn längst zur Rede gestellt.«

Ich wechsle schnell das Thema, bevor Vic und Jackson doch wieder anfangen zu streiten.

»Also, ich kann verstehen, dass du hier untergetaucht bist. Es ist ein tolles Land.«

Mitch greift auf. »Und das Essen, unglaublich! Probier mal, Juli.«

Er beugt sich zu mir und hält mir eines der duftenden Röllchen vor den Mund. Dabei schaut er mir vielsagend in die Augen.

»Komm schon«, flüstert er. Ich öffne bereitwillig den Mund und lasse mich füttern. Der zarte Blätterteig mit Käsefüllung zergeht auf meiner Zunge.

»Mehr!«, verlange ich.

Mitch angelt nach einem weiteren Teil und reicht es mir. Jacksons Gesicht mir gegenüber verzieht sich zu einem verwegenen Grinsen. »Du solltest Gibanice zusammen mit Weintrauben probieren. Das ist die beste Mischung, die man sich vorstellen kann.«

Er greift nach einem Bund dunkler Trauben, rückt seinen Stuhl um den Tisch herum, sodass ich zwischen Mitch und ihm sitze. Selbstbewusst legt Jackson den Arm um meine Schultern.

»Mund auf!«

Das ist ein Befehl und kein Vorschlag. Gehorsam wende ich mich ihm zu, und er lässt mich vorsichtig ein paar Trauben probieren. Seine Finger berühren dabei meine Lippen, und ich widerstehe der Versuchung, sie mit dem Mund zu umschließen, genieße aber die kurze Berührung. Ich schaue von Mitch zu Jackson. Hier sitze ich zwischen den beiden alten Schulfreunden, deren Wege so unterschiedlich verlaufen sind, wie man sich nur denken kann. Und doch fühlt es sich an, als wären sie zwei Seiten eines Magnets, die sich gegenseitig anziehen. Ich spüre ihre Verbindung zueinander, sehe sie in ihren Blicken und Gesten. Aber ich merke auch, dass Mitch etwas verkrampft im Umgang mit seinem alten Kumpel ist. Es steht etwas zwischen den beiden, und ich frage mich unwillkürlich, ob ich es bin – oder die Vergangenheit.

Mein Blick wandert zu Vic, der düster auf seinen Teller starrt. Seine Miene ist versteinert. Mit Jackson zu Abend zu essen ist das eine. Aber zuzusehen, wie er mit mir flirtet, muss schwer für Vic sein. Ich bin fast ein wenig beeindruckt, dass er sich jeden Kommentar verkneift. Ich versuche, seinen Blick aufzufangen, doch er starrt nur nach unten.

Ich rutsche mit dem Stuhl nach hinten und inszeniere ein Gähnen.

»Bitte entschuldigt. Ich bin plötzlich furchtbar müde, wahrscheinlich von dem leckeren Essen. Ich glaube, ich muss mich hinlegen.«

Mitch schaut mich enttäuscht an. »Also willst du doch nicht schwimmen gehen?«

Doch, das würde ich nur zu gerne. Aber ich habe Angst, Vic zu verlieren, wenn ich jetzt zu sehr vorpresche. Erst muss sich die Situation mit Jackson klären, vermutlich sogar erst mal der gesamte Fall.

Ich stehe auf und schüttle entschlossen den Kopf. »Nein, eher nicht mehr. Ich will auch noch Elisabeth anrufen.«

Ich werfe einen letzten sehnsüchtigen Blick auf das glitzernde Meer im Abendlicht. Morgen werde ich früh aufstehen und eine Runde am Strand laufen gehen.

»Gute Nacht, ihr drei, ich bin ab sieben Uhr beim Frühstück.«

Mit schnellen Schritten eile ich über den kurzen Steinweg, der von Olivenbäumen gesäumt ist, zu dem hellen Sandsteingebäude und trete durch die Tür ins Innere des Hotels, wo ich direkt in dem kleinen, gemütlichen Speiseraum lande. Der freundliche Kellner, ein mondgesichtiger, etwas kräftiger Mann, den ich für den Sohn des Besitzers halte, deckt gerade die Tische für das Frühstück ein. Ich durchquere den Raum und bleibe in der angrenzenden verlassenen Lobby stehen. Am Empfangsportal sehe ich mich nach einem Hinweis auf den WLAN-Code um, den ich auf dem Zimmer beim schnellen Einchecken nicht entdeckt hatte. Zwischen Flyern mit Abfahrtszeiten von Ausflugsbooten, einem Busfahrplan und mehreren Restaurant-Hinweisen entdecke ich den Zettelstapel mit den Codes.

»Na, willst du noch eine kleine Abendrundfahrt machen?«

Erschrocken fahre ich herum. Hinter mir steht Vic und lächelt mich unsicher an.

»Mensch, hast du mich erschreckt. Nein, ich habe nur den WLAN-Code gesucht.«

Verlegen drehe ich den Zettel in der Hand hin und her, als hätte er mich bei etwas Verbotenem erwischt. Warum bin ich so unsicher? Das hier ist Vic, mein Freund. Ja, wir haben uns eine Weile nicht gesehen, und es ist viel passiert, aber es fühlt sich an, als wäre ein Abgrund zwischen uns. Ein Abgrund, den ich unbedingt überbrücken will.

Ich lehne mich näher zu ihm, spüre Vics Wärme, nehme seinen leichten Duft nach Rasierwasser wahr. Es ist angenehm, mit ihm allein zu sein, und ich hoffe, er geht nicht. Doch mir fällt beim besten Willen nicht ein, worüber ich mit ihm reden könnte. Über den Fall mag ich nicht sprechen. Eigentlich ist es doch albern. Wir sind schließlich so etwas wie ein Paar, da muss man auch über unangenehme Dinge reden. Los.

»Hattest du keine Lust mehr auf die Gesellschaft von Mitch und Jackson?«

Vic schaut mich durchdringend an und überlegt. Im Hintergrund höre ich das Klappern von Geschirr aus dem Frühstücksraum und Männerstimmen.

»Nein, hatte ich nicht.«

Er macht eine kurze Pause und sieht sich um, senkt die Stimme. »Ich traue Jackson immer noch nicht, Juli. Das weißt du.«

Ich rolle innerlich mit den Augen. Wir drehen uns im Kreis, und es wird Zeit, dass wir einen Schritt weiterkommen.

»Traust du ihm nicht oder stört es dich, dass ich Gefühle für ihn habe und er für mich?«

Es kostet mich große Kraft, diese Worte auszusprechen, aber meine Stimme zittert nicht.

Vic schüttelt den Kopf, lacht verlegen und fährt sich dann durchs Haar. Ich habe ins Schwarze getroffen.

»Das weiß ich nicht. Oder doch. Ja, verdammt, es stört mich, Juli.«

Seine Stimme wird lauter, und er schaut wieder in Richtung Speiseraum. Dann entfernt er sich von dem Durchgang in den vorderen Eingangsbereich der Lobby. Ich folge ihm. Kaum wahrnehmbar dudelt ein Radio aus der Ecke mit der Sitzgruppe. Vic fährt sich durchs Haar und sucht nach den richtigen Worten.

»Mir wird das einfach zu viel, verstehst du? Leander und Mitch sind okay. Ich kann mir sogar vorstellen, dass wir … also, dass wir alle zusammen …«

Er bricht ab, wirft mir einen schnellen Seitenblick zu und holt dann Luft. Es ist deutlich spürbar, wie schwer es ihm fällt, mit mir über seine Gefühle zu sprechen. Ich nicke ihm aufmunternd zu und fühle mich dabei merkwürdig gönnerhaft.

Er fährt fort: »Wir vier zusammen, das ist in Ordnung für mich, Juli. Ich versuche, mich an den Gedanken zu gewöhnen. Aber dass dieser Jackson auch noch mit hineinmischt, das ist mir zu viel, verstehst du?«

Er starrt mich an, und schon bei der Erwähnung von Jackson verändert sich sein Blick, wird hart und wütend. Ich nicke verständnisvoll, zugleich bin ich ratlos, wie ich darauf reagieren soll. Es wäre gelogen, Vic zu sagen, dass er sich keine Sorgen machen soll, dass Jackson nicht mehr für mich und uns ist als ein wichtiger Kronzeuge. Ich würde ihm gerne erzählen, dass ich für Jackson genauso empfinde wie für die anderen Männer.

Aber ich weiß nicht, ob ich ihm das zumuten sollte, zumuten kann. Ich sehe ihn prüfend an. Er wirkt ruhig, verständnisvoll, und ich besinne mich darauf, dass er mir gerade deutlich gesagt hat, wie er empfindet. Es wäre nur fair, wenn ich das ebenfalls mache.

»Vic, ich muss dir etwas sagen. Ich kenne Jackson nicht erst seit der Entführung«, beginne ich. Er schweigt, sieht mich einfach an. »Ich habe dir doch neulich von diesem Mann erzählt, den ich seit ein paar Monaten date. Ich dachte, Konstantin sei ein Start-up-Investor und Hundenarr. Wir haben uns im Tierheim meiner Freundin Betty kennengelernt. Aber Konstantin ist kein Investor, er ist …« Ich schlucke. »Konstantin ist Jackson.«

Vic reagiert keineswegs überrascht oder wütend. Er nickt nur. »Das habe mir schon gedacht.«

Ermutigt von seiner Reaktion, fahre ich fort: »Das ist noch nicht alles. Auf der Jacht …«

Doch Vic unterbricht mich. Er legt mir eine Hand auf den Arm. »Ich will das nicht hören, Juli. Nicht jetzt.«

Ich nicke. »Ja, ich verstehe dich, Vic. Aber du solltest deine persönliche Abneigung gegen Jackson nicht mit seiner Rolle vermischen. Du hast gesagt, dass du ihm eine Chance gibst. Gilt das nach wie vor?«

Vic sieht mich lange an. Ich sehe, wie die Gefühle in ihm miteinander kämpfen. Dann gibt er sich einen Ruck. »Ja, Juli, das gilt nach wie vor. Aber bitte gib mir Zeit. Das ist alles ganz schön wild.«

Ich schenke ihm ein kleines Lächeln. »Danke, Vic.« Ich gähne. »Ich bin echt erledigt. Lass uns morgen Snider schnappen, und dann greifen wir uns Hart.«

Vic ergreift zu meiner Überraschung meine Hände und haucht mir einen Kuss auf die Handrücken.

»Schlaf gut, Juli.«

»Gute Nacht, Vic«, flüstere ich und küsse ihn sanft auf die Wange. Er umarmt mich fest, einen Moment lang bleiben wir so stehen, dann macht er sich vorsichtig los.

Kapitel 21

MITCH

Die Sonne neigt sich dem Horizont zu, und das sanfte Rauschen der Wellen begleitet uns. Fast erwarte ich, ein Zischen zu hören, als sie im Meer versinkt. Ich beobachte noch ein paar Minuten, wie die Welt dunkler wird, genieße diesen kurzen Moment der Entspannung. Als ich wieder aufsehe, sind die Terrasse und das Restaurant fast leer, nur Jackson und ich bleiben zurück. Mit einem Mal fühle ich mich befangen. Seit wir in Montenegro sind, haben wir kaum ein Wort miteinander gewechselt, schon gar nicht alleine. Jetzt sitzen wir hier, nur wir zwei, und ich merke, wie sich eine unsichtbare Mauer zwischen uns aufgebaut hat. Ich kann nicht anders, als an Juli zu denken und daran, dass Jackson offenbar in sie verliebt ist. Die Vorstellung, ihm nach allem, was zwischen uns passiert ist, nun auch noch die Frau zu nehmen, hinterlässt ein unangenehmes Gefühl in meinem Magen. Er hat damals den Kopf für mich hingehalten, ist im Knast gelandet, während ich Karriere machen konnte. Und jetzt nehme ich ihm die Frau.

Jackson stochert in den Resten seines Essens herum und sieht mich schließlich an. Seine Augen sind hart, aber ich erkenne auch etwas anderes darin – eine Spur von Unsicherheit. Ob er ahnt, dass wir alle zusammen sind, dass Juli sich auf mich, Vic und Leander eingelassen hat? Vielleicht wünscht er sich insgeheim eine Beziehung mit ihr, nur mit ihr.

Ich schiebe meinen Teller beiseite und räuspere mich. »Hey, wie wäre es, wenn wir eine Runde am Strand spazieren gehen?«, schlage ich vor. »Ich denke, wir könnten beide ein bisschen frische Luft und Bewegung gebrauchen.«

Jackson sieht mich einen Moment lang prüfend an, dann nickt er. »Klar, warum nicht?«

Wir stehen auf und verlassen das Restaurant, die kühle Nachtluft trifft uns, als wir nach draußen treten. Ich atme tief ein, der salzige Duft des Meeres erfüllt meine Lunge. Der Weg zum Strand ist ruhig, und wir gehen nebeneinander her, ohne ein Wort zu wechseln. Die Wellen rauschen leise, und der Sand knirscht unter unseren Füßen.

»Es ist lange her, dass wir das letzte Mal zusammen unterwegs waren«, beginne ich schließlich, um die Stille zu durchbrechen.

Jackson brummt zustimmend. »Ja, viel zu lange.«

Überrascht sehe ich ihn an, aber da ist keine Feindseligkeit in seinem Blick, im Gegenteil, er sieht mich an, als würde er es ehrlich genießen, Zeit mit mir zu verbringen. Und ich muss mir eingestehen, dass sich in den vergangenen Tagen trotz allem eine Art alte Vertrautheit zwischen uns entwickelt hat. Eine Vertrautheit, die mir gefehlt hat. Ich habe Angst, sie wieder zu verlieren, wenn ich ihm von Juli und uns erzähle.

Wir gehen schweigend weiter, aber ich spüre, wie die Spannung zwischen uns sich langsam löst. Schließlich bleibe ich stehen und sehe ihn an. »Jackson, ich muss dir etwas sagen. Es geht um Juli.«

Er hebt eine Augenbraue und sieht mich misstrauisch an. »Was ist mit ihr?«

Ich hole tief Luft. »Ich weiß, dass du Gefühle für sie hast. Und ich vermute, dass ihr auch etwas miteinander hattet.«

Jacksons Blick wird schärfer, und ich sehe, wie sich seine Kiefer anspannen. »Was willst du mir sagen, Mitch?«

»O Mann, Jackson, das ist wirklich nicht leicht für mich«, sage ich schnell. »Ich habe ein schlechtes Gewissen. Juli ist etwas ganz Besonderes. Und ich und sie, also wir ...«

Ich breche ab, sehe ihn ratlos an. Aber wie soll er mir helfen, wenn ich gerade versuche, ihm zu erklären, worum es eigentlich geht.

Ich hole tief Luft. »Es ist nicht so, wie du denkst. Juli ist nicht nur mit mir zusammen. Wir sind ... wir sind alle zusammen. Vic, Leander, Juli und ich. Wir haben eine Art ... Harem.«

Jackson starrt mich an, als hätte ich den Verstand verloren. »Ein *Harem*? Ihr teilt sie alle miteinander?« Seine Stimme klingt belustigt, aber auf eine neugierige Art und Weise. »Wie läuft das? Erzähl doch mal.«

Jetzt starre ich ihn entgeistert an. Will er ernsthaft, dass ich ihm von unserem Sexleben erzähle? Oder von Gefühlen? Ich weiß selbst die meiste Zeit noch nicht, wie ich damit umgehen soll. Nur, dass es sich irgendwie richtig anfühlt, Juli so glücklich und erfüllt im Kreis ihrer Männer zu sehen.

Ich druckse herum, versuche, die richtigen Worte zu finden. »Ja, Harem könnte man es nennen. Also, es ist ... wir ...«

Jackson sieht mich ernst an. »Du musst mir nichts erklären, Mitch. Über dich und Juli weiß ich längst Bescheid und auch über Leander und Vic. Ich bin dankbar und froh, dass du den Mut hast, mit mir darüber zu reden. Heute Abend habe ich gesehen, dass zwischen euch wirklich Gefühle im Spiel sind.« Er holt tief Luft. »Du hast recht mit dem, was du eben gesagt hast: Ich habe auch Gefühle für Juli – und nicht erst seit Kurzem. Ich kenne sie schon seit einigen Monaten, allerdings dachte sie, dass ich ein anderer bin. Konstantin. Ich wollte über Juli an Informationen zu euren Ermittlungen kommen und habe sie getäuscht. Nur, dass ich mich dabei in sie verliebt habe.«

Ich starre ihn an. »War die Entführung etwa auch geplant?«

Er schüttelt vehement den Kopf. »Nein, das war eine Kurzschlussreaktion. Ich wollte ihr wirklich nur Informationen gegen Hart liefern, aber als ich bemerkt habe, dass Juli nicht wie verabredet alleine gekommen ist, musste ich umdisponieren. Es war meine einzige Chance, in Ruhe mit ihr zu reden, ihr zu gestehen, dass ich sie mit der Identität als Konstantin getäuscht habe, und sie auf meine Seite zu bekommen. Aber die Zeit auf der Jacht hat mir auch gezeigt, dass sie mich auch als Jackson will.«

»Also lief schon die ganze Zeit etwas zwischen euch?«

Jackson senkt zustimmend den Kopf. »Ja, und ich hoffe, du kommst damit klar.«

Ich nicke langsam, um das alles zu verarbeiten. Wenn Juli ihm den Betrug verziehen hat, muss ich es ihm nicht nachtragen. Komischerweise stört mich die Vorstellung überhaupt nicht, dass Jackson und Juli Sex hatten.

Er hält mir die Hand ihn, und ich schlage ein. Jackson zieht mich in eine halbe Umarmung, eine Geste, die mir von früher vertraut ist.

Ich sehe ihn an, wie er das Meer beobachtet. Das hier ist nicht mehr der rebellische Halbstarke, der permanent den Kick gesucht hat, um ja nicht an die beschissenen Zustände zu Hause denken zu müssen, der mit allen Mitteln versucht hat, gesehen zu werden. Neben mir steht ein Mann, der mir viel reifer vorkommt als seine achtundzwanzig Jahre, der viel gesehen, vieles erlebt hat – vermutlich nicht immer schön.

Der Kloß in meinem Hals ist zurück, und mir wird klar, dass ich nicht nur über Juli mit ihm sprechen muss.

»Jackson. Ich wollte dir noch etwas sagen.« Er dreht sich zu mir um, und meine Stimme zittert leicht. »Ich weiß, es ist spät, aber danke.«

Jackson runzle die Stirn. »Wofür?«

Ich hole tief Luft. »Für damals. Als wir in den Unfall verwickelt waren. Du hast nie etwas verraten. Du hast mich gedeckt, hast die ganze Schuld auf dich genommen, obwohl du es nicht hättest tun müssen. Es tut mir leid, dass ich nicht dasselbe für dich getan habe.«

Jackson starrt mich einige Sekunden lang an, als habe er mit allem gerechnet, aber nicht mit einer Entschuldigung. Nach einer gefühlten Ewigkeit zuckt er mit den Schultern, aber seine Augen sind weich.

»Wir waren Freunde, Mitch. Es war die richtige Entscheidung.«

»Aber es war nicht fair«, fahre ich fort. »Ich bin komplett unbeschadet aus der Nummer herausgekommen, habe sogar Karriere bei der Polizei gemacht. Du hast dich für einen anderen Weg entschieden. Das hätte nicht passieren sollen. Mein Vater hat meine Akte verschwinden lassen, und du hast als Sündenbock herhalten müssen.«

Er seufzt und schüttelt den Kopf. »Ich habe meine Entscheidungen getroffen, Mitch. Ich habe das Auto gestohlen, ich habe es gefahren. Niemand hat mich dazu gezwungen.«

Sein Blick ist starr aufs Meer gerichtet, aber ich habe das Gefühl, dass er nichts sieht, sondern gerade einen inneren Kampf mit sich austrägt. Seine Einstellung imponiert mir. Ich weiß nicht, ob ich mir selbst so einfach verziehen hätte. Himmel, ich weiß, dass ich stinkwütend auf mich wäre, es war. Jackson war ein wahrer Freund, aber ich? Ich habe den Weg des geringsten Widerstands gewählt. Ich war schwach und feige.

Ich sehe Jackson an, er ist es wert, die Wahrheit zu hören. Er soll wissen, dass ich mein Verhalten bereue. »Ich hätte dir helfen sollen. Ich hätte unbedingt mehr tun sollen.«

Jackson legt mir eine Hand auf die Schulter. »Wir können die Vergangenheit nicht ändern. Aber wir können jetzt hier gemeinsam nach vorne schauen.«

Für einen Moment stehen wir einfach da, die Geräusche des Strandes umgeben uns wie eine beruhigende Decke. Mein Herz fühlt sich schwer und leicht zugleich an, ich weiß, dass ich an einer Weggabelung stehe und sich hier alles verändern könnte. Es ist seltsam, aber auch befreiend, mit Jackson hier zu sein. Es fühlt sich an, als würde ein Teil meines alten Selbst wieder lebendig werden. Ich entscheide mich für die Leichtigkeit, für die Zukunft.

»Danke, Jackson«, flüstere ich.

Er zieht mich in eine feste Umarmung. »Alles gut, Mitch. Alles gut.«

Als wir uns wieder voneinander lösen, werfe ich einen Blick über meine Schulter. Ein Schatten bewegt sich am Rande meines Sichtfelds. »Hast du das gesehen?«

Jackson folgt meinem Blick, sieht aber nichts außer den Schatten der Bäume, die sich in der leichten Brise wiegen. »Wahrscheinlich nur ein Hundebesitzer, der eine letzte Runde vor der Nacht dreht«, sagt er beruhigend.

Ich nicke, aber meine Augen bleiben einen Moment länger wachsam. Es fällt mir schwer, den Polizisten in mir abzulegen, selbst in solch einem friedlichen Moment. Aber ich schüttle meine Paranoia ab, genieße noch eine Weile die Atmosphäre hier am Strand, die kühle Nachtluft und das sanfte Rauschen der Wellen.

In mir breitet sich eine tiefe innere Ruhe aus, als wäre eine große Last von mir abgefallen. Wir setzen uns auf eine Mauer am Pier und lassen die Füße baumeln, unter uns plätschert das Meer. Ich muss daran denken, wie wir früher oft nachts auf der Finsterwalder Brücke in Reinickendorf saßen, heimlich Bier tranken und Steinchen in den See geworfen haben. Wir waren beide alleine auf der Welt, aber wir hatten uns. Und plötzlich weiß ich, dass ich mich ihm anvertrauen kann.

»Ich liebe Juli, wie ich noch nie jemanden geliebt habe. Aber manchmal ist es schwierig in unserer Konstellation.«

Jackson nickt verständnisvoll. »Teilst du sie gern mit den anderen?«

Ich schlucke. »Teilen, ja. Es macht mir nichts aus, wenn sie mit ihnen zusammen ist, und es ist, ehrlich gesagt, auch ganz schön heiß.« Ich grinse und merke, wie sich eine leichte Röte auf meinen Wangen ausbreitet. Hoffentlich kann man das im Dunkeln nicht sehen. Aber dann werde ich wieder ernst. »Manchmal habe ich Angst, dass sie auf mich am ehesten verzichten könnte.«

Ich befürchte kurz, dass er mich auslacht, aber Jackson legt eine Hand auf meine Schulter. »Da musst du dir keine Sorgen machen. Juli verlässt sich voll auf dich, Mitch. Sie hat oft von euch gesprochen, wie wichtig ihr für sie seid. Sie hat mir erzählt, dass du der Fels in der Brandung bist, derjenige, der sie immer unterstützt.«

Bei seinen Worten schießen mir Tränen in die Augen. Sie bedeuten mir viel. »Danke, Jackson. Es ist manchmal schwer, das zu glauben.«

Er lächelt leicht und drückt meine Schulter. »Du bist wichtig, Mitch. Nicht nur für Juli, sondern auch für mich. Wir haben eine Vergangenheit, die uns verbindet. Und jetzt sind wir hier, zusammen, um das Richtige zu tun.«

Ich nicke langsam, kann kaum glauben, dass wir an diesen Punkt gekommen sind. Ich empfinde so viel Dankbarkeit für Jackson.

Wir stehen noch eine Weile schweigend nebeneinander, die Wellen und das Mondlicht umgeben uns wie ein Schutzwall. Die alten Wunden beginnen zu heilen, und die Last auf meinen Schultern fühlt sich ein wenig leichter an. Gemeinsam sind wir stärker, und die Herausforderungen, die vor uns liegen, scheinen plötzlich weniger überwältigend.

»Komm, gehen wir zurück«, sage ich schließlich. »Es ist spät geworden.«

Kapitel 22

Ich fahre aus dem Schlaf hoch, als ich ein Klopfen höre. Einen Moment brauche ich, um mich zu orientieren und zu begreifen, dass ich nicht im Bett des »Quartier 4« liege, sondern im Doppelbett des Hotels »Castello«. Ich taste nach meinem Handy. Kurz nach Mitternacht. Es klopft wieder, zweimal. Schnell greife ich nach meiner Waffe und steige lautlos aus dem Bett, ohne das Licht anzumachen, und schleiche über den Holzboden zur Tür. Mit angehaltenem Atem lege ich mein Ohr ans Holz. Es klopft erneut.

»Juli, bist du wach?«

Ich erkenne Mitchs Stimme sofort, obwohl er flüstert. Jetzt ist es mein Herz, das zu pochen beginnt. Ich bin zugleich erleichtert, dass er es ist, aber auch unsicher, ob ich öffnen sollte. Ich kann mir gut vorstellen, worauf es hinauslaufen wird, wenn ich Mitch um diese Uhrzeit in mein Zimmer bitte, in dem es außer dem Bett keine Sitzgelegenheit gibt. Doch meine Zweifel dauern nicht lang an. Allerdings fällt mir ein, dass ich vergessen habe, mir die Zähne zu putzen.

»Ja, ich bin wach. Moment, ich komme gleich.«

In Windeseile sprinte ich ins Bad, putze mir kurz die Zähne und binde mein wirres Haar zum Dutt. Zum Glück habe ich noch geduscht, bevor ich todmüde ins Bett und sofort in einen tiefen Schlaf fiel. Im Dunkeln tappe ich zur Tür zurück und öffne sie. Mitch steht im Schein des grellen Flurlichts und grinst mich an. Er trägt Boxershorts und T-Shirt, in der Hand hat er eine Flasche Rotwein und zwei Gläser, in der anderen eine Kerze.

»Wo hast du die denn her?«

»Willst du mich nicht begrüßen?« Er haucht mir einen Kuss auf die Wange. »Ich konnte nicht schlafen. Da dachte ich, vielleicht bist du auch wach. Die Kerze habe ich aus der Lobby, sie stand auf dem Fensterbrett.«

Überrascht schaue ich ihn an. Mitch hatte noch nie Einschlafprobleme, soweit ich weiß. Ich habe eher den Verdacht, dass ihn irgendetwas umtreibt. Das macht mich neugierig.

»Komm rein«, flüstere ich und ziehe ihn zu mir ins dunkle Zimmer. Er entzündet ein Streichholz und lässt die Kerze aufflammen, die ein warmes, geheimnisvolles Licht verbreitet. Ich setze mich aufs Bett und winkle die Beine an und beobachte, wie er mit geschickten Handgriffen den Rotwein öffnet. Er hält mir ein Glas hin, stellt seines auf den Nachttisch und lässt sich aufs Bett neben mich fallen. Ich nehme einen Schluck Rotwein und verziehe das Gesicht, weil Zahnpasta und Rotwein keine gute Mischung sind. Rasch stelle ich mein Glas weg und lege mich auf die Seite, so nah, dass ich seinen Duft wahrnehme. Sein blondes Haar ist länger geworden, es ist nicht mehr raspelkurz, sondern mehrere Zentimeter lang, was ihn älter aussehen lässt, reifer irgendwie. Sanft fahre ich mit meinem Finger über seinen Nacken, kraule und streichle ihn. Mitch seufzt wohlig auf.

»Das habe ich vermisst. Ich vermisse dich sowieso die ganze Zeit, Juli.«

»Darum kommst du mitten in der Nacht her?«

»Ja. Genau deshalb. Ich wollte einfach in deiner Nähe sein. Und sonst ist ja ständig jemand dabei, der die Stimmung verdirbt.«

Ich beuge mich näher zu ihm und küsse sanft sein Ohr. Jetzt kommen wir der Sache langsam näher.

»Meinst du etwa Vic?«

Mitch zuckt die Achseln. »Ja, schon. Dabei haben wir uns gut verstanden. Aber die Situation ist natürlich seltsam.«

Er hält inne und wirft mir einen intensiven Blick zu, spricht aber nicht weiter.

»Was meinst du damit?« Ich beiße mir auf die Lippen. Natürlich weiß ich genau, was er meint.

»Dass wir zu viert hier sind.«

Mit gespielter Unschuld sehe ich ihn an. »Was ist daran seltsam? Wir machen doch nur unseren Job.«

Ich weiß, dass ich ihn provoziere, und es macht mir Spaß, ihn zu necken.

»Na warte.«

Er packt mich unvermittelt und zieht mich auf sich. Ich kichere, als er mir die Hände im Polizeigriff auf den Rücken dreht, sanft genug, um mir nicht wehzutun. Dann lässt er meine Hände los, dreht mich um und liegt jetzt über mir, stützt sich auf seine Hände und sieht mich nachdenklich an.

»Schade, dass du nicht schwimmen gehen wolltest. Das wäre sicher schön geworden.«

»Warst du noch am Strand?«

»Ja. Mit Jackson.«

Ich schiebe mir ein Kissen unter den Kopf. Daher weht also der Wind. Mein Körper schwankt zwischen Lust, die Mitchs Nähe auslöst, und Neugier, was er mit mir über Jackson reden will. Mitch lässt sich von mir und schräg hinter mich gleiten, umarmt mich fest, und ich kuschle mich mit dem Rücken an ihn.

»Und ihr wart schwimmen?«

»Nein. Wir haben uns ausgesprochen. Darüber wollte ich auch mit dir reden.« Seine Lippen an meinem Ohr kitzeln angenehm und lustvoll.

»Ach. Und ich dachte, du kannst einfach nur nicht schlafen. Worüber habt ihr geredet?«

Mitch zieht mich näher an sich, was sich äußerst angenehm anfühlt, streicht mein Haar hinter das Ohr und murmelt dabei leise, während er sanft meine Oberarme und meine Hüfte streichelt. »Über die alten Zeiten.«

»Nur darüber?«

»Nein, nicht nur.«

Ich drehe mich wieder zu ihm um und schaue ihm schräg von unten in die Augen.

»Habt ihr auch über mich gesprochen?«

»Ja. Genau das ist der Punkt. Über ihn und dich, über dich und mich. Und über uns alle.«

Mein Herz macht einen Satz. Die Vorstellung, dass Jackson Mitch von unserer Liebesbeziehung erzählt hat, löst eine merkwürdige Erregung in mir aus. Mitch scheinen die Gefühle zwischen Jackson und mir nicht abzustoßen. Sonst wäre er nicht hier.

»Was meinst du damit, über uns alle? Komm schon, sag es mir.« Ich drehe meinen Kopf zu ihm nach hinten und sehe seine Augen, die mich anblitzen.

Er küsst mich sanft auf den Mund, löst sich dann aber wieder von meinen Lippen. »Du wirst keine Ruhe geben, bevor ich dir nicht jedes Wort erzählt habe, richtig?«

»Richtig. Aber du bist auch hergekommen, um mit mir zu reden.«

Mitch lässt seine Hände sanft über meine Hüfte gleiten und streichelt mich zärtlich, seine Lippen suchen meinen Nacken, den er vorsichtig zu küssen beginnt. Ich erschauere unter seinen Bewegungen und presse mich rückwärts an ihn. Als ich seinen harten Schwanz an meinem Hintern spüre, durchzuckt mich eine erste Woge der Lust. Mitch stöhnt leise auf.

»Ich verrate dir, worüber wir gesprochen haben, wenn du nett fragst«, flüstert er und lässt seine Hände unter mein Herrenunterhemd gleiten, meine bevorzugte Schlafkleidung.

»Bitte, bitte, sag mir, worüber ihr gesprochen habt«, presse ich hervor, während Mitch mit seinen Fingern meine Brustwarzen umfasst. Sein Schwanz bohrt sich durch meinen dünnen Slip und seine Boxershorts zwischen meine Pobacken. Ein heftiges Pochen breitet sich in meinem Unterleib aus, das stärker wird, als er mich sanft in den Hals beißt.

»Jackson hat mir erzählt, was er mit dir gemacht hat«, murmelt Mitch. Seine Hände wandern jetzt tiefer, direkt zu meinem feuchten Slip, den er sanft zur Seite schiebt. Ich stöhne auf.

»Du scheinst es zu mögen, wenn ich von Jackson rede. Soll ich mehr erzählen?«, flüstert Mitch herausfordernd.

Ich nicke und atme heftig. »Ja, bitte.«

Ich greife vorsichtig hinter mich und suche mit meiner linken Hand seinen Hintern, ziehe ihm langsam die Boxershorts hinunter, sodass sich sein befreiter Schwanz warm und fest an meinen Schenkeln reibt.

»Er hat mir von seiner Jacht erzählt. Gefiel dir, was Konstantin da mit dir gemacht hat?«

Seine raue, fast strenge Stimme ist fremd, aber aufregend. Diese Seite von Mitch kenne ich noch nicht.

»Ja, es gefiel mir sehr. Genauso wie das, was du hier mit mir machst«, keuche ich.

»Ich soll also nicht aufhören? Es ist kein Problem für dich, dass du erst mit meinem früheren besten Freund geschlafen hast und jetzt mit mir?«

»Nein, hör nicht auf«, flehe ich, und es ist mehr als nur ein Spiel. Mit einer schnellen Bewegung zieht sich Mitch das T-Shirt aus, um gleich darauf mit seinem Finger vorsichtig meine Klitoris zu streicheln, während er mit dem anderen in mich eindringt. Es sind nur wenige Berührungen und Worte, die meinen Körper in kürzester Zeit vom Stand-by-Schlafmodus auf Hochtouren bringen. Ich winde mich wohlig unter seinen Händen.

»Jackson hat dir also gesagt, dass wir miteinander geschlafen haben.«

»Ja. Und auch, dass es verdammt heiß mit dir war«, presst Mitch hervor, während seine Finger in ihren Bewegungen fortfahren. Ich blinzle durch meine halb geschlossenen Lider. Sein forscher Tonfall erregt mich, und ich hätte zu gern das Gespräch zwischen den beiden Männern mit angehört. Doch ich komme nicht dazu nachzudenken, denn meine Gedanken werden von der Lust umnebelt, die meinen Körper mehr und mehr ergreift. Ich streichle seinen festen Hintern, greife dann nach seinem harten Schwanz. Mitch stöhnt auf. Während er mich weiterreibt, beginne ich mit sanften Bewegungen, ihn zu massieren.

»Und du bist so gar nicht eifersüchtig geworden, als Jackson dir erzählt hat, dass er mich gefickt hat?«

»Doch, ein bisschen«, keucht Mitch. »Aber dann …«

»Aber dann?« Ich verlangsame meine Bewegungen.

»Dann habe ich ihm gesagt, was zwischen uns beiden läuft. Und den anderen.«

Ich reibe seinen Schwanz wieder schneller, und er wird noch härter in meiner Hand. Meine Fantasie galoppiert in die wildesten Richtungen.

»Warum hast du Jackson nicht mit hergebracht?«

Mitch kneift die Augen zusammen. »Ich war mir nicht sicher, ob dir das gefallen würde.«

»Oh, das würde es.«

Mitch zieht seinen Finger aus mir heraus und dreht mich mit einer raschen Bewegung auf den Bauch. Mein Gesicht liegt auf dem Kissen, und er ergreift meine Hände und hält sie fest. Ich überlege, noch etwas zu erwidern, aber das Kissen würde jedes Geräusch absorbieren. Mitch gibt mich wieder frei, lässt sich sanft auf mich fallen, und ich genieße seinen schweren Körper auf meinem Rücken, vor allem aber seinen harten Schwanz, der sich zwischen meine Pobacken bohrt. Sein Mund befindet sich direkt an meinem linken Ohr.

»Wir sollten ihn dazuholen, Juli.«

Genau das stelle ich mir gerade vor. Jackson taucht vor meinem inneren Auge auf, wie er neben uns liegt und beobachtet, wie Mitch vorsichtig meine Hüften hebt und seinen Schwanz direkt von hinten vor meine Öffnung platziert. Ich stöhne auf und komme Mitch mit meinem Hintern entgegen und stütze mich auf meine Unterarme.

»Aber hier und jetzt kann ich nicht mehr lange, Mitch, bitte …«

Er küsst sanft meinen Nacken, meinen Rücken und kniet sich hinter mich. Ich höre das Knistern einer Kondomverpackung. Mit einer vorsichtigen Bewegung dringt er Sekunden später in mich ein, dabei atmet er laut aus. Einen Moment verharrt er in mir, und ich genieße das Gefühl, von seinem großen Pfahl ausgefüllt zu sein. Dann beginnt er, langsam in mich hineinzustoßen. Er stöhnt laut, und ich spüre, wie er sich zurückhält, um nicht sofort zu kommen. Er streichelt meinen Hintern und greift dann seitlich nach vorne und massiert meine Klitoris. Ich kralle mich mit beiden Händen in das Kissen und lasse mich hineinfallen und gebe mich seinen Fingern und seinem Schwanz hin, der immer wieder tief in mich eindringt. Mitchs Atem wird schneller. Das sanfte Kribbeln weitet sich zu einem intensiven Pulsieren aus. Ich lasse zu, dass mich die Woge mitreißt, die mich langsam erfasst und davonträgt. Ein lauter Schrei entfährt mir, als Mitch mich zum Höhepunkt bringt, den ich wieder und wieder erreiche, als er nicht nachlässt, fest in mich zu stoßen. Noch einmal zuckt seine Hüfte vor, dann schreit auch er auf und sinkt keuchend auf mich herab.

Kapitel 23

Es duftet nach frischem Kaffee, als Mitch und ich gemeinsam die Treppe zum Frühstücksraum herunterlaufen. Leise Radiomusik dudelt uns entgegen. Zu meiner Überraschung entdecke ich Jackson allein an einem Fenstertisch, er sitzt schräg mit dem Rücken zu uns und ist in sein Handy vertieft.

»*Dobro Jutro, good Morning*«, begrüßt uns eine zarte, hochgewachsene Frau mit dichtem, dunklem Haar und lebhaftem Blick. Sie trägt eine karierte Bluse und Jeans und strahlt Souveränität aus. Ich tippe auf die Hotelbesitzerin des Familienbetriebs.

»Wo möchten Sie beide sitzen? Vielleicht hinten in einer ruhigen Ecke?« Ihr Englisch ist fast akzentfrei, und sie lächelt uns freundlich an, während sie auf einen abgelegenen Zweiertisch deutet.

»Danke, wir gehören zu dem Herrn dort am Fenster.« Mitch zwinkert ihr zu. Ich könnte schwören, dass er mit ihr flirtet. Dieser Schuft. Dabei hätte er mich noch vor wenigen Minuten fast im Badezimmer verführt, nur unter Aufbringen sämtlicher Vernunft konnte ich ihn davon abhalten. Wir sind ohnehin schon zu spät, es ist nach sieben Uhr. Umso überraschender, dass Vic fehlt.

Wir schlendern zu Jackson hinüber, der uns bemerkt hat und uns entgegengrinst. Er schiebt sich ein Brötchen mit Honig in den Mund, lächelt Mitch und mich an und schaut von mir zu ihm und zurück. Uns drei verbindet etwas Unsichtbares, das wir nicht zusammen erlebt haben. Doch wir scheinen es alle zu spüren. Einen kurzen Moment lang stehen Mitch und ich schweigend vor dem Tisch, ein wenig befangen knetet Mitch seine Hände. Ich hole tief Luft.

»Guten Morgen, Jackson.«

»Guten Morgen. Habt ihr gut geschlafen?«

»Ja, sehr gut sogar.« Ohne eine Miene zu verziehen, wählt sich Mitch den Platz neben Jackson.

»Wo ist denn Vic?« Ich nehme gegenüber am Fenster Platz.

»Er ist schon zu …«

In diesem Moment nähert sich die Frau im rot karierten Hemd unserem Tisch. Sie schenkt nach einem fragenden Blick und zustimmendem Nicken Mitch und mir Kaffee ein. Die Brötchen und Croissants duften köstlich, ansonsten ist der Tisch eher karg mit Marmelade, Honig und ein paar Scheiben Käse und Wurst gedeckt. Ein typisches südländisches Frühstück. Ich habe allerdings wenig Appetit, das opulente Abendessen liegt mir noch im Bauch. Kaffee kann ich allerdings umso mehr gebrauchen.

»Wohin ist Vic also gegangen?«

Jackson wartet, bis die mutmaßliche Besitzerin außer Hörweite ist. Ungeduldig starre ich ihn an, doch er bestreicht erst in Ruhe seine zweite Brötchenhälfte mit Honig, bevor er antwortet. Jackson versteht es meisterhaft, Spannung zu erzeugen, aber gerade nervt mich das Gehabe.

»Nun sag schon. Wir haben schließlich einen Plan.«

»Vic ist schon bei Snider. Er müsste jeden Moment zurückkommen, es sind nur zehn Minuten zu Fuß bis zu seiner Wohnung.«

Ich erstarre. »Moment mal. Das war so aber nicht abgesprochen. Wir wollten zusammen hin. Er hätte uns Bescheid sagen müssen.«

Mitch zieht die Brauen zusammen, und eine steile Falte bildet sich über seiner Nasenwurzel. Jackson lehnt sich zurück und grinst provokant.

»Ich habe es euch ja jetzt ausgerichtet.«

Als Mitch ihm einen finsteren Blick zuwirft und ich die Augen verdrehe, lenkt er ein.

»Das war nicht Vics Schuld. Leander hat heute Morgen geschrieben, dass Snider früher als geplant zurückgekommen ist, weil er spontan den Nachtflug genommen hat. Er hatte euch wohl eine Mail geschickt.«

Ich erröte und schaue verstohlen zu Mitch. Wir hatten heute Morgen keine Zeit mehr, unsere Mails zu checken. Doch Mitch lässt sich nichts anmerken und zuckt nur die Achseln. Schuldbewusst hole ich mein Phone hervor und prüfe die Arbeitsmails. Sofort sehe ich die Nachricht von Leander um 5.30 Uhr. Da waren Mitch und ich noch im Tiefschlaf. Als könne Jackson meine Gedanken erraten, mustert er mich amüsiert.

»Ja, du hast recht. Ich kam noch nicht dazu, sie zu lesen, mein Fehler.«

»Ich sage ja gar nichts. Wollt ihr noch Kaffee?« Jackson schaut sich suchend um.

In diesem Moment entdecke ich von meinem Fensterplatz draußen Vics große, kräftige Gestalt in schwarzen Jeans und weißem T-Shirt zum Eingang des Hotels herüberkommen. Ein schmaler, fast zierlicher Mann, der ihm allenfalls bis zu den Schultern reicht, begleitet ihn. Die beiden bleiben nur wenige Meter entfernt vom Frühstücksraum stehen, und so habe ich Gelegenheit, den Mann ausgiebig zu mustern. Er trägt ein bunt gemustertes Hawaii-Hemd, löchrige Jeans und Flipflops. Das auffällige Outfit bildet einen seltsamen Kontrast zu seinem Gesicht. Die überdimensionale runde randlose Brille war in keinem mir bekannten Jahrzehnt Trend, und das kurze, ordentlich zur Seite gescheitelte Haar erinnert mich an einen typischen Beamten. Ich hatte mir den Chemiker Bruce Snider zwar nicht im weißen Kittel, aber dennoch völlig anders vorgestellt. Würdiger und furchteinflößender, ganz gewiss nicht in auffälligem Flatterhemd und Flipflops.

Während ich ihn betrachte, wendet Snider den Kopf. Einen Moment lang sehen wir uns in die Augen. Seine wirken hinter den riesigen Brillengläsern unterproportional klein, er muss stark kurzsichtig sein. Er reagiert nicht, sondern blickt mich nur an, ohne eine Miene zu verziehen, als wisse er genau, wer ich bin. Doch das kann nicht sein. Ich nicke ihm kurz zu, aber er zeigt keine Reaktion, sodass ich mich abwende. *Wie begrüßt man eigentlich den Chef-Chemiker einer führenden internationalen Drogenbande?*

»Sie sind da. Lasst uns gehen, Jungs.«

Das »Jungs« klingt irgendwie anzüglich, was ich nicht beabsichtigt hatte, doch Jackson grinst mich vielsagend an. Dann entdeckt er draußen Vic und Snider. Sein Lächeln erstarrt beim Anblick seines früheren Drogen-Kompagnons, bevor sein Gesicht sich für einen Moment verzerrt. Doch sofort hat er sich wieder im Griff.

»Gut, lass uns gehen.«

Ich muss wieder an Jacksons Worte denken. Snider sei gefährlich und unberechenbar, sagte er. Plötzlich frage ich mich, ob Jackson uns wirklich alles gesagt hat … ob er wirklich mit offenen Karten spielt.

Ich trinke meinen Kaffee aus und stehe auf, wortlos verlassen wir den Frühstücksraum. Der junge Mann hinter der Rezeption schaut uns überrascht an.

»Sie reisen schon ab?«

Ich nicke knapp und sehe zu Mitch. Der begreift sofort.

»Ich hole eben unser Gepäck und checke aus. Geht ihr schon mal vor.«

Er dreht sich um und sprintet die Treppe hinauf, während

Jackson und ich das Hotel durch den Haupteingang verlassen. Als wir durch die massive Tür treten, schauen uns Vic und Snider von dem kleinen Vorplatz des Hotels entgegen. Sniders Gesicht verzieht sich zu einem etwas zu breiten Grinsen, als er Jackson entdeckt. Mir wirft er nur einen kurzen Blick zu.

»Mensch, T.J., wie lange ist es her? Schön, dich wiederzusehen.«

Seine Stimme ist überraschend tief und klangvoll, er spricht mit einem deutlichen Cockney-Akzent. Er breitet die Arme aus und umarmt Jackson, der die Begrüßung über sich ergehen lässt und sich daraus schnell befreit.

»Hi Bruce. Ja, mindestens ein Jahr. Wie läuft es?«

»Gut, sehr gut sogar. Ich habe einen Job in London bei einer Pharma-Firma, ich will mit dem Schlamassel nichts mehr zu tun haben. Ich mache hier nur noch Urlaub. Und bei dir? Machst wohl jetzt gemeinsame Sache mit der Polizei.«

Snider blitzt Jackson lauernd durch seine Brillengläser an. Jackson zieht die Schultern hoch und kneift die Augen zusammen. Er wirkt nervös, so habe ich ihn noch nie erlebt. Vic und ich verfolgen das bizarre Wiedersehen aus der Entfernung.

»Nur kurzfristig. Ich habe noch was mit Hart zu klären, weißt du. Anders komme ich nicht an ihn heran, er ist von der Bildfläche verschwunden.«

Snider bleckt die Zähne zu einem breiten Grinsen, doch die Augen funkeln gefährlich. »Ja, dein Freund hier, der Kommissar, sagte mir bereits, dass ich euch dabei helfen soll.« Er macht eine Pause und dreht sich plötzlich zu uns um. Wieder wird mir unbehaglich, als sich unsere Blicke treffen. Seine kleinen, punktförmigen Augen sind dunkel, und die Pupillen wirken riesig. Ob er unter Drogeneinfluss steht? Doch mir fällt ein, dass Leander sagte, Snider habe nie selbst Drogen oder Alkohol konsumiert.

»Du musst uns zu Hart bringen, Bruce.«

Jacksons Stimme klingt entschlossen, und er fixiert Snider, scheint sich wieder gefangen zu haben.

Snider sieht zu ihm auf, ein unwilliges Zucken umspielt seine Mundwinkel. »Ich habe ihn seit Monaten nicht getroffen. Ich weiß nicht, was er treibt.«

Verdammt. Snider war unsere letzte Chance. Mutlos schaue ich zu Jackson. Der verzieht keine Miene, sondern fixiert seinen alten Geschäftspartner mit kaltem Blick.

»Hör gut zu, Bruce. Es ist wirklich wichtig, dass wir Hart finden. Wenn du auch nur die leiseste Ahnung hast, wo er ist, dann solltest du jetzt kooperieren.« Obwohl seine Worte wie ein gut gemeinter Ratschlag klingen, ist die Drohung unmissverständlich.«Sonst werden sich die Kollegen von der Polizei mal deine Labore näher angucken. Ich bin sicher, da würden sie auf interessante Informationen stoßen, meinst du nicht?«

Jacksons Stimme klingt cool und zugleich schneidend. Kurz starren sich die beiden an. Dann nickt Snider langsam, legt die Hände zusammen und beginnt, jeden Finger einzeln knacken zu lassen.

»Na schön. Ich bringe euch zu seinem Haus. Aber ich will ihm nicht begegnen, verstanden? Mit Hart will ich nichts mehr zu tun haben.«

Snider beginnt, mir kolossal auf die Nerven zu gehen, ohne dass ich sagen könnte, was mich so aufbringt. Er ist zugleich zäh und nicht greifbar. Doch vermutlich ist es seine Unberechenbarkeit, die mich gereizt macht, wie ein Autofahrer, der immer wieder abbremst und dann wieder Gas gibt. Besser, wir bringen das hier schleunigst zu Ende.

»Alles klar. Lassen Sie uns also bitte so schnell wie möglich losfahren. Wo müssen wir hin?«

Überrascht schaut Snider zu mir herüber, als habe er meine Anwesenheit vergessen.

»Nach Kotor.«

Geht doch. Ich nicke knapp und wende mich an Vic.

»Mitch holt das Gepäck, er sollte jeden Moment hier sein. Wartet hier auf mich, ich hole euch ab.«

Ohne eine Antwort abzuwarten, mache ich mich auf den Weg zum Parkplatz, der einige Hundert Meter die Straße hinunter vom Hotel entfernt liegt. Mit einem sanften Schnappen springt der dunkle BMW auf, ich lasse mich auf den Ledersitz fallen und hole mein Handy raus.

*»Wir haben Snider. Er bringt uns
jetzt zu Hart nach Kotor.«*

Leander antwortet prompt.

*»Okay. Passt auf euch auf,
bevor ihr ins Haus geht.«*

Ich lasse den Motor an, fahre beim Hotel vor und stelle erleichtert fest, dass Mitch draußen steht. Nach einer kurzen Diskussion zwischen Vic, Mitch und Jackson setzt sich Vic vorne neben mich. Triumphierend grinst er mich an. Unter anderen Umständen hätte mich dieser kleine Hahnenkampf gerührt, doch jetzt bin ich ungeduldig. Wir sind unserem Ziel verdammt nah, es ist nur noch knapp vierzig Kilometer entfernt, sagt mein Routenplaner.

Die Entfernung schaffe ich in kaum mehr als dreißig Minuten. Während der ganzen Zeit wechseln wir im Auto kein einziges Wort. Snider, der hinter Vic sitzt, starrt regungslos aus dem Fenster. Erst als das Ortseingangsschild von Kotor auftaucht, meldet er sich.

»Bitte halten Sie dort drüben an der Bushaltestelle an, Miss. Ich gehe zu Fuß zum Hafen, ich muss noch nach meinem Boot sehen.«

Er betont das Wort »Miss«, und es ist offenkundig, dass er mich provozieren will. Doch ich reagiere nicht, sondern fahre stur weiter.

»Harts Villa ist in der Nähe. Sie fahren noch einen Kilometer, dann müssen Sie hinter der Kirche auf dem kleinen Pfad rechts abbiegen. Der Routenplaner wird hier nicht helfen.«

Wortlos mache ich eine Vollbremsung an der Bushaltestelle. Am liebsten würde ich diesen durchgedrehten Snider mit einem Tritt aus dem Wagen befördern.

Erleichtert atme ich auf, als die Autotür hinter ihm zuschlägt. Im Rückspiegel sehe ich, wie er mit schnellen, zackigen Schritten die Straße überquert. Die bunte, kleine Gestalt wird kleiner, als wir die Fahrt fortsetzen.

»Der Typ ist so weird! Und mit dem hast du Geschäfte gemacht?«

Ich werfe Jackson auf der Rückbank im Spiegel einen fragenden Blick zu. Er hebt eine Augenbraue.

»Man kann sich seine Partner nicht aussuchen. Er ist ein exzellenter Chemiker. Aber er hat einen Knall, das stimmt.«

»Das kann man wohl sagen. Hoffentlich stimmt die Wegbeschreibung. Ich sehe hier keine Kirche.«

Ich halte an dem kleinen, unscheinbaren Gemäuer, das man mit viel Fantasie als Gotteshaus identifizieren kann, und tatsächlich führt dort ein schmaler Feldweg vorbei.

»Wartet mal bitte. Wir müssen jetzt etwas klären.«

Vic schlägt seinen Chefton an, und ich weiß schon, dass er uns jetzt sagen wird, was wir zu tun haben. Er dreht sich zu Jackson um und zeigt mit dem Finger auf ihn.

»Wenn wir da jetzt zusammen hineingehen, darf keiner ausscheren. Wir müssen in erster Linie Informationen aus Hart rausholen. So viele, dass wir ihn festsetzen können. Jetzt ist nicht die Zeit, deine persönliche Rache zu nehmen. Lass Juli und mich reden, klar?«

Ich nicke bekräftigend. Es ist absolut richtig, dass Vic diese Ansprache hält, denn Jackson würde sonst vorpreschen. Jackson ballt die Faust, und ich hoffe, dass er sich wieder beruhigen wird, überlasse Vic aber das Wort.

»Mitch, du passt draußen auf, dass nicht wieder ein Stein von irgendwo herunterknallt.«

Vic lacht gespielt locker, aber ich merke, dass auch er aufgeregt ist.

»Wir drei gehen rein, wir geben uns erst einmal nicht zu erkennen. Wir sind Freunde von dir, du willst ihm einen neuen Deal vorschlagen, alles wie schon besprochen.«

Jackson nickt genervt. »Ja, du musst mir das nicht alles noch mal erklären. Ich habe es kapiert, ich werde ihm nicht an die Gurgel gehen.« Er macht eine kurze Pause und fügt hinzu: »Noch nicht.«

»Du wirst niemals jemandem an die Gurgel gehen.«

Ich lasse den Motor wieder an und biege vorsichtig in den Feldweg ein. Von ferne erkenne ich auf dem Hügel ein luxuriös aussehendes großes Haus, eher eine Villa, aus weißem Sandstein. Es ist von einer akkurat geschnittenen Hecke umgeben. Hier also wohnt Asram Vujic, der Chef von »Mesar«, dem derzeit größten europäischen Drogenkartell. Mein Herz beginnt aufgeregt zu pochen.

Kapitel 24

Jackson klopft entschlossen mit der Faust gegen die schwere, weiße Tür. Wir warten, die Anspannung wächst mit jeder Sekunde, die verstreicht. Ein unheimliches Schweigen liegt in der Luft, und ich trete ungeduldig von einem Bein aufs andere. Nervös sehe ich zu Jackson, doch der ist zumindest nach außen hin die Ruhe selbst. Auch Vic steht scheinbar völlig entspannt neben mir. Nur ein nervöser Griff zu seiner Waffe, die unter seinem Jackett verborgen ist, verrät, wie sehr er unter Strom steht. Endlich hören wir von drinnen zögerliche Schritte, und die Tür öffnet sich einen Spaltbreit. Mein Puls beschleunigt sich.

Doch es ist nicht Hart, der in der Tür auftaucht. Eine ausgesprochen hübsche, junge Frau, die ich auf Mitte zwanzig schätze, blickt uns aus zusammengekniffenen Augen entgegen. Sie trägt einen weißen, weit geschnittenen Jumpsuit, ihr blondiertes Haar ist zu einem Pferdeschwanz gebunden. Eine dicke Schicht Make-up bedeckt ihr Gesicht, fast wie eine Maske aus künstlichen Wimpern, Rouge und Lippenstift. Ihre Körpersprache ist vorsichtig, abweisend.

Einige Sekunden sehen wir sie überrascht an. Als sie Jackson erblickt, huscht ein ängstlicher Ausdruck über ihr Gesicht, dann knallt sie die Tür wieder zu, noch bevor wir ein Wort gesagt oder unser Anliegen vorgebracht haben.

Jackson wirft uns einen schnellen Blick zu. »Das ist Harts Frau, Gordana Vujic. Lasst mich mit ihr reden, ich kenne sie.«

»Das haben wir bemerkt«, murmelt Vic trocken, und ich knuffe ihn mahnend in die Seite.

Jackson tritt vor und hämmert erneut an die Tür, lauter und entschlossener. In diesem Moment kann ich mir vorstellen, wie er als Gangsterboss ist: ein Bestimmer, ein Macher.

»Gordana, mach auf! Ich muss mit Hart sprechen, ist er da?«

Die Tür bleibt geschlossen, aber ich meine, ein überraschtes Geräusch von drinnen zu hören, als würde sie scharf die Luft einziehen.

Jackson wendet sich wieder an uns. »Gordana ist deutlich jünger als Hart, sie müsste jetzt sechsundzwanzig sein. Sie ist seine dritte Frau, vor knapp fünf Jahren haben die beiden geheiratet, ein paar Monate später kamen ihre Zwillinge auf die Welt.« Er zögert. »Ich war ihr Trauzeuge. Ich kenne Gordana gut. Lasst euch nicht von ihr täuschen. Sie sieht aus wie eine typische Vorzeigefrau, aber sie ist verdammt clever und unterstützt Hart in allem, was er tut.«

Jackson klopft erneut, dieses Mal ist seine Stimme etwas sanfter, als hätten seine eigenen Worte ihn daran erinnert, dass er bei Gordana mit Einfühlungsvermögen vielleicht weiterkommt.

»Gordana, bitte mach auf. Wir wollen dir nichts Böses, glaub mir. Aber ich muss Hart dringend sehen.«

Und tatsächlich, nach einer gefühlten Ewigkeit, die in Wahrheit vermutlich nur dreißig Sekunden gedauert hat, öffnet sich die Tür wieder, dieses Mal nur einen Spalt. Gordana blickt uns mit versteinerter Miene entgegen. Sie hat sich eine Hand auf die Brust gelegt und strahlt Ablehnung aus.

Nur ein leichtes Zittern ihrer Stimme verrät, dass unser Besuch sie überrascht, aber ihr Blick ist fest, beinahe trotzig, als sie Jackson direkt anspricht.

»Hart ist nicht da. Und selbst wenn, er würde dich nicht sehen wollen.«

Sie will die Tür erneut schließen, aber Jackson reagiert blitzschnell und stemmt seine Hand dagegen. Er neigt den Kopf leicht zur Seite, was ihn bedrohlich wirken lässt. Gordana gibt ihren Widerstand nach einigen Sekunden auf, stellt sich in den Türspalt und sieht Jackson herausfordernd an.

Jackson tritt einen Schritt näher, er wirkt einschüchternd.

»Dann warten wir eben, bis er wiederkommt.« Er verschränkt ebenfalls die Arme vor der Brust.

Ich werfe Jackson einen überraschten Blick zu, doch er ignoriert mich. Seine gesamte Aufmerksamkeit ist auf Gordana gerichtet, die trotz ihrer zur Schau gestellten Stärke und Ablehnung verdammt jung und zierlich aussieht. Ist das Angst in ihrem Blick?

Ich mustere sie genauer. Gordana schluckt unsicher, und ihre Hände zittern leicht. Sie sieht aus, als würde sie jeden Moment weglaufen. Aber sie schiebt dennoch ihr Kinn vor und macht eine abwehrende Geste. »Da könnt ihr lange warten.«

Vic regt sich neben mir, aber Jackson bedeutet ihm, ruhig zu bleiben. Er sucht Gordanas Blick, seine Stimme wird drängender.

»Es nützt nichts, wenn du ihn verleugnest. Wir wissen, dass Hart hier ist. Er kann sich nicht länger verstecken.«

Gordana wird blass bei seinen Worten, schweigt aber weiter und starrt Jackson an, der sich in Rage redet. Ich werfe ihm einen warnenden Blick zu. Er hatte uns sein Wort gegeben, sich zurückzuhalten und keine persönliche Fehde auszutragen. Doch er ist nicht zu bremsen.

»Habt ihr wirklich geglaubt, ihr könntet mir einfach so mein Business wegnehmen und ich würde das akzeptieren? Harts Hinhaltetaktik hat vielleicht noch funktioniert, als ich in Berlin war, aber jetzt bin ich hier. Und ich werde nicht wieder gehen, bevor er mir Rede und Antwort gestanden hat.«

Gordana entfährt ein trockenes Lachen, das die Ader an Jacksons Stirn anschwellen lässt. Sie dreht sich weg und schaut unbeteiligt zu Boden. Ich werde nicht schlau aus ihrem Verhalten. Sie wirkt einerseits ängstlich, bedroht. Andererseits bietet sie Jackson die Stirn, um ihn von ihrem Mann fernzuhalten. Ob sie immer so auftritt, oder liegt das daran, dass sie und Jackson sich früher gut kannten?

Jackson verliert die Geduld. Seine Stimme ist bedrohlich dunkel. »Gordana, wir wissen, dass Hart hinter ›Purple Panther‹ steckt, dass ›Mesar‹ die Droge mit billigem Zeug streckt und in der Form auf den Markt bringt. Das kann und werde ich nicht auf mir sitzen lassen. Es ist nicht nur gegen unsere Abmachung, sondern auch gegen jede Ehre! Fentanyl ist elendes Teufelszeug. Letzte Woche sind in Berlin drei Minderjährige an ›Purple Panther‹ gestorben, verdammt. Und jetzt ist Hart zu feige, sich mir zu stellen?«

Jacksons Stimme wird wieder lauter. Gordana zuckt zusammen, ihre harte Maske verrutscht. Ihre Oberlippe zuckt, und ich sehe, dass ihre Hände deutlich zittern, als sie sich eine Haarsträhne aus dem Gesicht streicht.

»Jackson, bitte«, fleht sie, ihre Stimme bricht. Tränen beginnen, über ihre Wangen zu rollen.

Doch Jacksons Blick ist hart, ihr Bitten macht keinen Eindruck auf ihn. Im Gegenteil, er verzieht den Mund spöttisch und greift an seinen Hosenbund. Er zieht ein langes Messer hervor, das ich noch nie zuvor gesehen habe. Ich ziehe scharf die Luft ein, und mir entfährt ein »verdammt!«. Auch Vic neben mir flucht. Es war deutlich abgesprochen, dass Jackson keine Waffe mehr tragen würde. Doch dies ist nicht der Moment, um ihn zur Rede zu stellen. Bevor ich eingreifen kann, hält er es Gordana an die Kehle.

»Ich weiß, dass du in alles involviert bist, was Hart tut. Du sagst mir jetzt sofort, was los ist«, droht er.

Ich sehe Hilfe suchend zu Vic. Jackson bedroht gerade eine potenzielle Zeugin. Vic nickt mir kurz zu, gibt mir aber zu verstehen, dass wir noch einen Moment beobachten, bevor wir eingreifen. Er legt seine Hand auf den Waffengurt an seiner Seite.

Gordana sieht Jackson verzweifelt, geradezu flehend an und flüstert etwas auf Kroatisch. Plötzlich lässt er das Messer sinken, sein Auftreten verändert sich komplett. Er schleudert die Waffe von sich, sie schliddert über den Fußboden und stößt mit einem lauten Klirren gegen ein Tischchen in der Eingangshalle. Dann legt er sich die Hand auf die Brust und blickt Gordana direkt in die Augen.

»Ich habe dich nicht verraten, Gordana, das hast du falsch verstanden. Ich bin hier, um dir zu helfen. Ich habe bei meinem Leben geschworen, dass ich dich beschützen werde. Das wird immer gelten. Ich sehe doch, dass hier etwas nicht stimmt. Was ist los, Gordana?«

Die junge Frau taumelt und hält sich am Türrahmen fest. Als sie wieder aufblickt, schimmern neue Tränen in ihren Augen. Sie presst hervor: »Asram ist tot! Er wurde ermordet.«

Die Welt scheint stillzustehen, ihre Worte hängen in der Luft wie eine bedrohliche Gewitterwolke. Jackson sieht sie an, die Härte in seinen Augen weicht einem tiefen Schock. Er tritt zurück, als ob er den Boden unter seinen Füßen verloren hätte. Vic und ich sind sprachlos, die Wahrheit trifft uns wie ein Schlag ins Gesicht.

»Was?«, fragt Jackson schließlich, seine Stimme ist kaum mehr als ein Flüstern.

Gordana sieht ihm in die Augen, und ich kann jetzt deutlich die Trauer erkennen.

»Hart ist tot.«

Kapitel 25

H art ist tot?«, wiederholt Jackson tonlos. »Wer hat ihn ermordet?«

Gordana schluchzt, unfähig zu antworten. Doch wir müssen herausfinden, was geschehen ist. Dass Hart tot sein soll, verändert alles.

»Gordana«, sage ich sanft und trete näher. »Wir wollen Ihnen helfen. Sie müssen uns sagen, was passiert ist.«

Sie hebt ihren Blick und sieht mich an, und es ist, als würde sie erst in diesem Moment bemerken, dass nicht nur Jackson vor ihr steht. Sie rappelt sich auf, sieht von mir zu Vic, ein Ausdruck von Skepsis tritt in ihre Augen.

»Wer sind Sie?«

Ich strecke ihr meine Hand hin. »Mein Name ist Juli Schröder, ich bin Polizeihauptkommissarin aus Deutschland. Das ist mein Kollege Vic Simmons. Dürfen wir hereinkommen?«

Als Gordana das Wort »Polizei« hört, zuckt sie zusammen, ein panischer Ausdruck huscht über ihr Gesicht. Sie wirft Jackson einen ungläubigen Blick zu.

»Du bringst die Polizei zu mir?«

Jackson beruhigt sie. »Du kannst ihnen alles sagen, es sind Freunde von mir. Sie wollen herausfinden, was mit Hart passiert ist, genau wie ich. Wenn er wirklich …« Er schluckt. »Wenn er wirklich ermordet wurde, brauchen wir ihre Hilfe.«

Jacksons Worte verfehlen ihre Wirkung nicht. Gordana seufzt und zieht die Tür weit auf.

»Kommen Sie.«

Gordana führt uns ins Wohnzimmer der Villa, ein riesiger Raum, der schwer beeindruckt. Das nach vorne fast hermetisch abgeriegelte Haus öffnet sich hinten hinaus zu einer breiten Fensterfront, durch die man einen fantastischen Blick auf den Hafen von Kotor und die Adria hat. Der Raum selbst ist so opulent gestaltet, dass ich gar nicht weiß, wo ich zuerst hinsehen soll. Die Wände sind mit bunten Mosaiken bedeckt, die Szenen aus antiken Mythen darstellen. Große, vergoldete Spiegel reflektieren das Licht der Kronleuchter, die von der Decke hängen. Auf dem massiven Marmorboden liegen kostbare, handgeknüpfte Teppiche, und die Möbel sind in tiefen Rottönen und sattem Gold gehalten, mit geschwungenen Armlehnen und aufwendigen Schnitzereien.

»Setzt euch«, sagt Gordana und deutet auf die schweren Ledersofas. Sie blickt noch einmal zu Jackson, der ihr zunickt. Dann geht ein Ruck durch ihren schmalen Körper.

»Okay, ich werde euch alles sagen. Jackson vertraut euch, und ich vertraue ihm.« Ein kleines Schluchzen entfährt ihrer Kehle, aber sie hat sich schnell wieder unter Kontrolle. »Außerdem habe ich sonst niemanden mehr.«

Sie eilt zu der breiten Fensterfront, greift nach dem Vorhang und zieht ihn mit einem Ruck zu. Das tut sie bei allen Fenstern.

Ich nehme auf einem der Sofas Platz und beobachte sie bei ihrem Rundgang. Ihre Schritte sind leise, aber bestimmt, und ich frage mich, ob sie uns wirklich alles sagen wird – oder nur das, was in ihre Wahrheit passt. Vic sitzt angespannt neben mir, seine Augen folgen jeder ihrer Bewegungen. Jackson lehnt sich mit verschränkten Armen an die Wand. Die Spannung im Raum ist greifbar. Mir fällt die Bildergalerie an einer Wand hinter Jackson ins Auge. In großformatigen Rahmen sind Fotos zweier identisch aussehender, blonder Jungs vor einer kitschigen Kulisse zu sehen. Auf dem großen Bild in der Mitte ist die ganze Familie abgebildet. Ich erkenne Hart von den Fahndungsfotos sofort, allerdings lächelt er hier gewinnend in die Kamera und hat seinen Arm um eine strahlende Gordana gelegt, die in ihrem pinkfarbenen Kleid umwerfend aussieht. Zu ihren Füßen sitzen die beiden Jungs, damals vielleicht zwei Jahre alt. Sie sehen glücklich aus.

Mir wird der Kontrast zu der heutigen Gordana bewusst, und ich muss daran denken, wie ängstlich sie zwischenzeitlich gewirkt hat.

»Warum hat sie die Tür am Anfang so schnell wieder zugemacht? Es kann nicht nur Jackson gewesen sein«, flüstere ich Vic zu. »Irgendetwas stimmt hier nicht.«

»Vielleicht hat sie Angst«, murmelt Vic.

Gordana setzt sich uns gegenüber.

Jackson bricht das Schweigen. »Wer hat Hart ermordet, Gordana?«

Gordanas Augen flackern kurz, bevor sie antwortet. Ihr Blick zuckt zu den Fotos ihrer Kinder an der Wand, und sie presst die Lippen zusammen.

»Gordana, ich verstehe, dass Sie Angst haben. Aber wir können Ihnen helfen, Sie und Ihre Kinder beschützen. Bitte reden Sie mit uns.«

Meine Worte scheinen zu ihr durchzudringen. Sie holt tief Luft. »Es ist nicht einfach für mich. Ich wurde mehrfach gewarnt, nichts zu sagen. Meine Kinder ...« Sie schluchzt auf, schlägt sich die Hand vor den Mund, fährt aber fort:«Aber ich kann so auch nicht weitermachen. Es geht nicht. Es war ›Babic‹. Das ›Babic‹-Kartell übernimmt seit ein paar Monaten den gesamten Markt. Das hat Asram extrem zugesetzt, er war sehr gestresst während der vergangenen Monate, hat pausenlos gearbeitet und hatte Angst.«

Die Worte sprudeln beinahe aus ihr heraus. Als müsse sie sich Luft machen – oder würde etwas aufsagen, das sie sich schon Dutzende Male im Kopf zurechtgelegt hat. Sie seufzt schwer.

»Seit zwei Monaten, seit er tot ist, wurde alles noch schlimmer. Sie bedrohen mich, Babic schickt immer wieder seine Männer vorbei, um nach dem Rechten zu sehen, aber ich weiß, dass er damit sicherstellen will, dass ich kooperiere.«

Ich nicke. Das erklärt ihr Verhalten an der Tür, ihre Vorsicht, warum sie die Vorhänge zugezogen hat. Gordana fährt stockend fort: »Von ›Mesar‹ ist kaum noch etwas übrig, es gibt keinen Nachfolger.«

Dann sieht sie Jackson an. »Babic hat meinen Mann umgebracht, da bin ich mir sicher. Und sie haben auch das Drogengeschäft übernommen, ›Babic‹ dominiert den ganzen Markt. Sie haben viele neue Labore aufgebaut.«

Jackson beäugt Gordana skeptisch. Auch ich schließe nicht aus, dass sie uns nicht die ganze Wahrheit sagt. Wir haben uns in unserer Recherche das »Babic«-Kartell um den berüchtigten montenegrinischen Verbrecherkönig Goran Babic natürlich angeschaut. Allerdings haben wir keinerlei Hinweise darauf gefunden, dass »Babic« etwas mit »Purple Panther« zu tun hat. Ihr Hauptgeschäft scheint eher aus traditionellen Drogen wie Kokain und Heroin sowie Menschenhandel zu bestehen.

Die Rivalität zwischen »Babic« und »Mesar« ist bekannt, doch es schien immer, als würden sie sich in ihren jeweiligen Territorien und Geschäftsbereichen aus dem Weg gehen. Gordanas Erklärung, dass Babic plötzlich in den synthetischen Drogenmarkt eingestiegen ist und ihren Mann umgebracht haben soll, passt nicht ins Bild.

Ich will nicht pietätlos erscheinen, will aber sichergehen. Einen Moment zögere ich, dann frage ich sie. »Haben Sie ihn gesehen? Also Harts Mörder?«

Gordana richtet sich stocksteif auf, und ich deute das plötzliche Innehalten der Männer so, dass auch sie nicht mit meiner Frage gerechnet hatten. Gordana weicht meinem fragenden Blick aus. »Ich h…«, beginnt sie, und Hoffnung breitet sich in mir aus. Doch dann schüttelt sie den Kopf. »Nein, ich habe nichts gesehen.«

Ich sehe zu Jackson, der die Stirn runzelt. Er glaubt ihr nicht. Trotzdem wechselt er das Thema, als ob er weiß, dass sie nicht reden wird.

»Wie kann ›Babic‹ so schnell den kompletten Markt übernommen haben? Die Fehde zwischen den Kartellen besteht seit Jahren, jeder achtet das Territorium der anderen. Warum sollte er plötzlich in die Geschäfte von ›Mesar‹ eingreifen?«

Gordana wiegt nachdenklich den Kopf. »Er hat gesehen, dass viel Geld damit zu machen ist. ›Mesar‹ war unvorsichtig geworden, weil es so lange ruhig war. Babic hat die Chance ergriffen und zugeschlagen. Er hatte immer schon die besseren Verbindungen zu den Behörden, die Übernahme ging schnell«, sagt sie leise.

Ich denke über ihre Worte nach und versuche, die Puzzleteile zusammenzusetzen. Die Polizei hat uns hier in Montenegro tatsächlich kaum geholfen und war sehr verschlossen. Wenn »Babic« die offiziellen Stellen unterwandert und geschmiert hat, würde das erklären, warum die Behörden gemauert haben. Es könnte auch eine plötzliche Machtübernahme von »Babic« erklären – allerdings erscheint es mir merkwürdig, dass dazu nie irgendetwas zu internationalen Ermittlern durchgedrungen ist.

»Okay«, murmle ich. »Das passt dazu, dass das Labor in den Bergen verlassen war. Das Mesar-Kartell scheint wie ausgelöscht. Aber dass niemand davon gehört haben soll, kann ich kaum glauben.«

Jackson schüttelt den Kopf, sein Gesichtsausdruck bleibt skeptisch. »Du sagst, ›Mesar‹ ist jetzt Geschichte? Einfach so? Ist keiner von Harts Männern, von der Familie, mehr da?«

Gordanas Stimme wird brüchig. »Hart hat selbst erst vor Kurzem die Führung übernommen. Er wollte das Kartell retten, darum hat er ›Purple Panther‹ entwickelt. Er hatte nichts Böses damit im Sinn, wollte nicht, dass Menschen sterben. Er wollte nur seine Familie durchbringen. Er war ein guter Mann.«

Vic, der den Austausch bislang mit stoischer Miene verfolgt hat, kann sich nicht länger beherrschen. »Das ist ja eine faszinierende Geschichte, die Sie uns da auftischen. Der arme Kartell-Boss will nur seinen kleinen Familienbetrieb retten.« Seine Stimme trieft vor Hohn. »Wollen Sie uns verarschen?«

Ich beobachte Gordana genau. Sie sitzt kerzengerade auf ihrem Sessel, Vics Worte scheinen sie nicht zu treffen. Und genau wie Vic bin ich mir sicher, dass sie uns nicht die Wahrheit sagt. Ihre Augen flackern immer wieder, und ihre Stimme klingt nicht überzeugend. Sie versteckt etwas, und wir müssen herausfinden, was es ist.

»Hart wurde also vor zwei Monaten umgebracht?« Jacksons Stimme unterbricht die Stille. »Hat keiner von ›Mesar‹ etwas davon mitgekriegt? Es muss doch aufgefallen sein, dass er nicht mehr da ist. Warum hast du mich nicht angerufen oder Hilfe geholt? Warum denken alle, er lebt noch?«

Gordana bricht endgültig zusammen, ihre Schultern beben. »Ich habe seinen Tod verheimlicht, wie es von mir verlangt wird, habe in Harts Namen weitergemacht, so gut es ging. Ich … ich habe Angst, dass sie den Kindern und mir etwas antun.«

Ich glaube ihr, dass sie Angst verspürt, dass sie das lähmt, aber etwas an ihrer Geschichte bleibt unklar. Meine Gedanken rattern, und ich kalkuliere die Daten blitzschnell. Wenn Hart vor zwei Monaten ermordet wurde, war das rund um den Zeitraum, als ich den Erfolg bei der Razzia hatte. Das Drogengeschäft lief aber weiter, und »Purple Panther« tauchte erst später auf. Ich betrachte Gordana skeptisch. Ich kann mir nicht vorstellen, dass sie die Geschäfte genauso weiterführt.

Vic verschränkt die Arme noch fester vor der Brust und fixiert Gordana mit einem durchdringenden Blick.

»Wissen Sie, Frau Vujic, ich glaube Ihnen nicht. Es passt alles ein bisschen zu gut zusammen. Wer sagt uns, dass Ihr Mann nicht nebenan in seinem Büro sitzt und sich ins Fäustchen lacht? Ich will einen Beweis, dass Hart wirklich tot ist.«

Gordana schluckt und wischt sich die Tränen aus dem Gesicht. »Ich kann es beweisen«, stammelt sie schließlich. »Folgen Sie mir.«

Wir sehen uns überrascht an. Was kommt jetzt? Ob das eine Falle ist? Aber nein, unwahrscheinlich, wenn Gordana uns bedrohen wollen würde, hätte sie das längst tun können.

Sie steht auf und führt uns aus dem prunkvollen Wohnzimmer in einen langen, dunklen Flur. Wir folgen zögerlich. Die prächtigen Einrichtungsgegenstände weichen kargen Wänden, und die Temperatur sinkt merklich, als wir tiefer in die Villa vordringen. Auch wenn ich nicht an eine Falle glaube, greife ich trotzdem nach meiner Waffe.

Am Ende des Flurs öffnet Gordana eine schwere, alte Holztür. Sie schaltet das Licht ein, und eine kalte, weiße Glühbirne erhellt eine nach unten führende Treppe. Natürlich will sie uns in den verdammten Keller schicken! Ich suche die Blicke meiner Männer, doch beide folgen Gordana völlig unbekümmert durch die Tür. Die Stufen in den Keller sind steil und schmal, und ich spüre die Kälte des Steinbodens durch meine Schuhe. Gordana, die in ihrer luftigen Kleidung frieren muss, führt uns durch einen weiteren Flur, und schließlich erreichen wir eine große, eiserne Tür. Sie nimmt einen schweren Schlüsselbund von einem alten Haken an der Wand und öffnet das Schloss.

»Hier drin«, flüstert sie, bevor sie die Tür aufstößt. Ich fröstele. Der Raum ist noch kälter – hier herrschen höchstens zehn Grad – und riecht nach Feuchtigkeit und Verfall. In der Mitte steht eine große, reich verzierte Truhe, die wie ein grotesker Altar wirkt. Kerzen flackern in den Ecken, werfen gespenstische Schatten an die Wände und verstärken die unheimliche Atmosphäre.

Gordana tritt zur Truhe und öffnet langsam den Deckel. Ein schwerer, süßlicher Geruch entweicht, und ich muss mich zusammenreißen, um nicht zurückzutreten. In der Truhe liegt Hart. Obwohl ich ihn bisher nur auf Fotos gesehen habe, ist er eindeutig zu erkennen. Seine Leiche ist in makabrer Pracht aufgebahrt, er trägt einen teuer aussehenden Anzug, und sein Gesicht ist mit einer dünnen Schicht Wachs überzogen, die ihn fast lebendig wirken lässt.

»Da ist er«, sagt Gordana mit leiser Stimme. »Sie haben ihn mir genommen.«

Ich schlucke. »Wer hat ihn einbalsamiert?«

Gordana wendet den Blick nicht von dem wächsern konservierten Gesicht ihres toten Mannes ab. »Ich wollte ihn nicht ohne Zeremonie beerdigen. Es war das Letzte, was ich für ihn tun konnte.« Sie sieht auf. »Niemand darf erfahren, dass er hier ist.«

Jackson tritt näher und starrt auf die Leiche seines einstigen Freundes und späteren Rivalen. »Verdammte Scheiße«, murmelt er.

In diesem Moment vibriert mein Telefon in meiner Tasche. Es ist eine Nachricht von Mitch:

»Nichts wie raus! Gerade sind zwei
Typen ins Haus geschlichen. Die sind
hinter euch her.«

»Wir müssen sofort hier weg«, sage ich hastig und stecke das Telefon wieder ein. »Mitch hat uns gewarnt. Wir sind nicht allein.«

Jackson und Vic reagieren sofort. Vic lässt den Sargdeckel mit einem Krachen zufallen und ist in zwei Schritten aus der Gruft zurück auf den Gang getreten. Jackson hat seine Waffe wieder auf Gordana gerichtet und schiebt sie vor sich her.

Seine Stimme ist bedrohlich. »Führ uns zum Hinterausgang, es muss einen geben. Hart würde immer eine Fluchtmöglichkeit einplanen. Und keinen Mucks.«

Kapitel 26

Ich öffne die schmale Luke auf der Außenseite des Kellerfensters und blinzle ins Sonnenlicht. Jackson hatte sich geirrt. Die Fluchtmöglichkeit besteht aus dieser Luke. Meine Augen müssen sich an die Helligkeit gewöhnen, und ich versuche, mich zeitgleich zu orientieren, während ich mich mit beiden Armen hochdrücke. Ich sehe niemanden, die Luft ist rein. Erleichtert atme ich aus. Ich vermute, dass wir uns auf der Hinterseite der Villa befinden, vor mir breitet sich ein akkurat geschnittener Rasen aus.

Jackson quetscht sich durch die Luke und hilft dann Vic, der Mühe hat, seinen muskulösen Oberkörper durch die enge Öffnung zu zwängen.

»Nun macht schon!«

Jackson zieht Vic mit einem kräftigen Ruck ins Freie. Was nicht so einfach ist, er beißt sich auf die Unterlippe und hält sich die Schulter. Ich schleiche mit vorgehaltener Waffe zur Seitenwand des Hauses und drücke mich an den kühlen Mauern entlang, Jackson und Vic folgen mir. Wir ducken uns und huschen unter den geöffneten Fenstern vorbei. Ich lausche nach Geräuschen aus dem Haus. Gordana soll sich verstecken, bis die Typen weg sind. Die haben es auf uns abgesehen, aber wir können uns hier nicht auf einen Grabenkampf einlassen, zumal die Typen im Zweifelsfall eine kleine Armee herbeirufen können. Das würde zu nichts führen. Außer dass wir in Lebensgefahr geraten, und tot nützen wir niemandem.

Vorsichtig spähe ich um die Ecke zum Haupteingang. In der Einfahrt steht der schwarze BMW, Mitch sitzt hinter dem Steuer, hat uns aber noch nicht gesehen. Es sind schätzungsweise hundert Meter, die wir zurücklegen müssen.

»Wir kommen. Motor an.«

Ich habe keine Zeit, Mitchs Antwort abzuwarten. Die Verfolger könnten uns jeden Moment entdecken. Ich gebe Jackson und Vic hinter mir ein Zeichen.

»Los«, zische ich.

Auf mein Kommando rennen wir geduckt zum Auto. Erleichtert höre ich, dass der Motor aufjault. Alle Türen sind geöffnet, und wir springen in den Wagen, ich lasse mich neben Mitch fallen, der mit quietschenden Reifen wendet. Durch den aufwirbelnden Staub rasen wir in Richtung Hauptstraße.

»Wo fahren wir hin? Wir müssen herausfinden, was es mit diesem ›Babic‹ auf sich hat.«

Mitch drückt aufs Gaspedal. »Hauptsache, erst mal weg.«

»Wir müssen Gordana da rausholen.« Ich werfe Mitch einen wütenden Blick zu. Bin ich die Einzige, die sich Sorgen um die Frau macht?

»Erst mal müssen wir hier weg. Alles andere wäre unvernünftig. Denen geht es um uns. Wir sollten aber Leander schon mal informieren.« Ich schlucke. Doch Mitch hat recht.

Ich fingere nach meinem Handy und entdecke mehrere verpasste Anrufe von Leander. Ich rufe ihn zurück, und er nimmt sofort ab.

»Ihr müsst herkommen. Von Stuck will …«

Ich unterbreche ihn. »Hart ist tot. Wir sind gerade aus seiner Villa geflohen.«

»Was?« Leanders entsetzte Stimme hallt aus dem Lautsprecher meines Handys.

»Es geht uns gut. Harts Witwe sagt, dass Babic für seinen Tod verantwortlich ist. Wir müssen herausfinden, wieso.«

Jetzt ist es Leander, der mich unterbricht. »Dafür ist keine Zeit, Juli. Ihr müsst sofort zum Flughafen und die nächste Maschine nach Berlin nehmen. Von Stuck will euch sprechen. Es ist dringend.«

Verdammt! Was soll das? Elisabeth hatte uns eine Woche zugesichert, die ist noch nicht vorbei. Wir könnten seine Anweisung einfach ignorieren und hierbleiben, aber ich fürchte, dass er uns das nicht durchgehen lassen würde. Ein Seitenblick zu Vic, der kiefermahlend aus dem Fenster stiert, sagt mir, dass er genauso wenig begeistert von meinem Vorschlag wäre.

»Okay, wir kommen.« Ich seufze.

»Fahr da rechts«, brülle ich in letzter Sekunde. Mitch will an der kleinen Kirche gerade nach links abbiegen, macht eine Vollbremsung und reißt das Steuer herum. Ich schließe die Augen, denn wir verfehlen nur um wenige Zentimeter den Straßengraben, doch Mitch bekommt das Fahrzeug wieder unter Kontrolle. Ich reiße mir meine Jacke vom Leib, mein T-Shirt darunter ist von Schweiß durchtränkt.

Mitchs Hände krallen sich so fest um das Lenkrad, dass seine Knöchel weiß hervortreten. Er wirft einen Blick in den Rückspiegel. »Scheiße, die Typen verfolgen uns.«

Jackson, Vic und ich drehen uns gleichzeitig um, und ich entdecke einen roten Lieferwagen, der gerade noch so weit entfernt ist, dass man nicht sehen kann, wer am Steuer sitzt. »Ich habe das Auto vorhin in der Straße vor der Villa gesehen. Damit sind die Typen gekommen.«

Mitch beschleunigt das Tempo, der Tacho schnellt auf 160 hoch. Wir rasen die enge Landstraße entlang, Häuser und Felder fliegen an uns vorbei, auf eine Gebirgslandschaft zu, das rote

Auto folgt uns. Mehrere Kilometer bringen wir in halsbrecherischer Fahrt hinter uns. Merkwürdigerweise wird der Abstand nicht geringer, als gingen die Verfolger davon aus, dass sie uns ohnehin schnappen.

»Wir müssen sie abhängen, Mitch. Du solltest bei der nächsten Gelegenheit abbiegen.«

Jacksons Stimme ist streng, seine Worte wie ein Befehl.

»Einfach so, in die Landschaft hinein, über einen Feldweg? Niemals. Wir müssen zum Flughafen. In zwei Stunden geht eine Maschine nach Berlin.« Vic klingt gereizt, was mich nicht wundert.

»Wenn sie uns erwischen, werden wir keinen Fuß in einen Flieger setzen, glaub mir«, prophezeit Jackson wütend. Ich drehe mich nach hinten zu den beiden um, entschließe mich aber, mich nicht einzumischen, damit die Situation nicht eskaliert. Mitch beschleunigt den Wagen, das rote Auto wird ebenfalls schneller.

Vic sitzt kerzengerade auf dem Rücksitz. Doch die Adern an seinen Schläfen pochen gefährlich. Ich kenne ihn gut genug, um zu wissen, dass er wütend ist und jeden Moment explodieren wird. Ich ahne, was in ihm vorgeht. Dass Hart tot ist, wirft ein völlig neues Licht auf den Fall. Aber ich kann mir jetzt noch keine Gedanken darüber machen, was das alles bedeutet. Jetzt müssen wir erst mal weg. Und dann sollten wir dafür sorgen, dass Gordana in Sicherheit gebracht wird.

Vic sieht von seinem Handy auf, auf dem er unsere Fahrt auf der Landkarte verfolgt. »Wir kommen gleich durch Skljari. Da könntest du links abbiegen und einen Schleichweg …«

Vic unterbricht ihn mit schneidender Stimme. »Jackson, hör auf, dich aufspielen. Du bist keiner von uns. Hör auf, so zu tun, als stünden wir noch immer auf einer Seite. Eigentlich sollten wir anhalten und dich rauswerfen.«

Ich fahre wieder auf meinem Sitz herum. Genau das hatte

ich befürchtet: Vics Zweifel an Jackson sind zurückgekehrt. Ich hatte so sehr gehofft, dass es nicht so kommen würde.

»Vic, hör auf damit. Wir können das jetzt nicht diskutieren, wir müssen erst mal weg hier.«

»Und ob wir das können. Hart ist tot. Wie soll er für ›Purple Panther‹ verantwortlich sein? Das Zeug ist noch immer im Umlauf und tötet Menschen. Der da lebt.«

Er wirft Jackson einen vernichtenden Blick zu. Der starrt mit unbewegter Miene aus dem Fenster, als gingen ihn Vics Worte nichts an. Hilflos schaue ich zu Mitch, doch der ist vollauf damit beschäftigt, den Wagen bei hohem Tempo über die Landstraße zu manövrieren. Schlimm genug, dass Hart tot ist und wir ohne den Hauptverdächtigen zurück nach Berlin kehren müssen. Doch dass Vic denselben Schluss zieht wie vor der Reise nach Montenegro und Jackson beschuldigt, ist der Super-GAU.

»Vic, bitte. Denk doch mal nach. Jackson war derjenige, der Harts Tod aus der Witwe herausbekommen hat. Warum hätte er das sonst tun sollen?«, halte ich dagegen.

Jackson nickt bedächtig. Vics Beschuldigungen bringen ihn nicht aus der Ruhe.

Doch der bohrt nach. »Innerhalb eines Kartells bleibt einer Witwe nicht viel übrig, als zu kooperieren. Sie steckt vollständig in den Strukturen drin. Sie hat Kinder und wird den Teufel tun, sich Anweisungen zu widersetzen. Wer sagt uns, dass es nicht Jackson war, der Hart umgebracht hat?«

Ich schüttle nur den Kopf. Vic kann dermaßen verbissen sein, wenn er sich einmal etwas in den Kopf gesetzt hat. Ich versuche es mit einem Themenwechsel.

»Wer könnte sonst noch hinter ›Purple Panther‹ stecken?«, frage ich in die Runde.

Noch bevor Jackson antworten kann, fällt mir Vic ins Wort. »Juli, hör auf, dich mit ihm über Interna auszutauschen. Jackson ist nicht Teil unseres Teams, im Gegenteil.«

Ich starre ihn an und zische: »Jetzt hör endlich auf damit. Warum sollte er uns nach Montenegro bringen, zu Hart, wenn er der Drahtzieher ist?«

Vic schüttelt heftig den Kopf und verdreht die Augen, doch er antwortet nicht. Ich versuche, nachzudenken und das alles zu verarbeiten, während das rote Auto weiter hinter uns her ist. Mein Kopf dröhnt, ich würde mir am liebsten die Ohren zuhalten.

»Jackson, was glaubst du, welche Rolle Gordana Vujic spielt? Könnte sie am Ende selbst das Kartell übernommen haben und die Drogen vertreiben? Dann wäre es wohl nicht so sinnvoll, ihr Polizeischutz zu verschaffen.«

Jackson zuckt die Achseln. »Eher unwahrscheinlich, dass eine Frau diesen Part einfach so übernimmt. Sie würde nicht für voll genommen. Ich halte es aber für denkbar, dass sie als Marionette eingesetzt wurde, bis die Lage sich beruhigt hat. Aktuell könnte die Nachricht über Harts Tod den Kartellkrieg wiederaufleben lassen.«

In diesem Moment sehe ich, wie das rote Auto hinter uns aufholt. Es kommt näher, eine Person sitzt hinter dem Steuer, mehr kann ich nicht erkennen.

»Verdammt, Mitch …«

»Ich weiß«, presst Mitch hervor. »Scheiße.«

Ich sehe mich panisch um. Wir sind mitten auf dem Land, weit und breit ist niemand zu sehen.

»Die wollen uns hier erledigen. Das würde kein Mensch mitbekommen, wir sind hier in der Einöde, kurz vor den Bergen. Fahr schneller!«

Dieses Mal gibt Vic Jackson kein Contra, sondern greift nach seiner Waffe. Er entsichert seinen Revolver und lässt die Fensterscheibe herunter.

Mitch hört das klickende Geräusch und versteht sofort, was Vic vorhat.

»Halt, warte! Das ist zu riskant! Was, wenn du sie verfehlst und sie dann ebenfalls anfangen herumzuballern?«, brüllt er.

Vor uns taucht in der Ferne ein Tunnel auf, ein paar Schilder weisen darauf hin, dass dieser zweispurig und nicht beleuchtet ist. Mitch erhöht das Tempo noch einmal, der Tacho zeigt jetzt hundertachtzig an, als wir auf den Eingang zurasen. Der Schweiß rinnt ihm über das Gesicht, seine Stimme überschlägt sich fast.

»Ich habe eine Idee. Ihr dürft auf keinen Fall den Wagen verlassen. Handys aus.«

Ich nicke stumm, ohne zu verstehen, was er vorhat. Doch dann geht alles ganz schnell. Wir fahren in den Tunnel hinein, es ist stockdunkel. Warum macht Mitch die Scheinwerfer nicht an?

Mit einer ruckartigen Bewegung zieht Mitch die Handbremse und macht bei voller Fahrt eine Hundertachtzig-Grad-Wende und bleibt in einer Bucht jenseits der Gegenspur stehen.

Es ist totenstill. Ich kann nichts sehen, um mich herum ist alles schwarz. Keiner von uns sagt etwas, wir alle starren auf den Eingang des Tunnels, wo in diesem Moment das rote Auto herangerast kommt – und an uns vorbeifährt, ohne anzuhalten. Die Männer müssen uns in der uns plötzlich umgebenden Dunkelheit übersehen haben.

Ich unterdrücke einen Jubelschrei! »Mitch, das war genial!«

Mitch drückt das Gaspedal durch und schießt aus dem Tunnel. Meine Augen sind von dem abrupten Wechsel der Lichtverhältnisse ebenfalls völlig durcheinander. Ich drehe mich um, suche das rote Auto, doch die Straße bleibt leer.

Als vor uns wieder die Kreuzung auftaucht, an der wir eben vorbeigefahren sind, durchbricht Jacksons Stimme die Stille im Wagen.

»Hier rechts, das ist ein Schleichweg.«

Dieses Mal widerspricht ihm Vic nicht.

Kapitel 27

J uli, aufwachen!«
Jemand schüttelt mich, ich schrecke hoch und schaue in Vics Gesicht. Seine leuchtend grünblauen Augen starren mich an, erleichtert, aber auch besorgt.

»Du warst komplett weg, und wir haben dich schlafen lassen, aber jetzt müssen wir los.«

Binnen Sekunden gelange ich in die Realität zurück und sehe mich im Auto um. Wir sind alleine.

»Wo sind Mitch und Jackson?«

»Sie sind vorgegangen und sitzen vermutlich schon in der Maschine. Wir müssen uns beeilen, das Boarding läuft schon.«

Ich richte mich auf, greife dankbar nach der Wasserflasche, die mir Vic entgegenhält, und stürze sie in einem Zug hinunter, während ich die Autotür öffne und aussteige. Wir befinden uns im absoluten Halteverbot, direkt vor dem Eingang des Flughafens.

»Können wir den Wagen einfach so stehen lassen? Was ist mit unserem Gepäck?«

»Das haben Mitch und Jackson aufgegeben. Den Wagen lassen wir stehen, es geht nicht anders. Wir können froh sein, wenn wir heil in Berlin ankommen.«

Wie betäubt folge ich ihm in das Flughafengebäude und bekomme kaum etwas vom Boarding und der Abfertigung mit. Ich laufe auf Autopilot. Die Mitarbeiterin am Schalter gibt uns zu verstehen, dass wir uns beeilen müssen. Wir gehen im Schnellschritt zum Gate und drängen uns durch die Menschen hindurch.

»Paging all passengers for flight FR 15897 to Berlin-Brandenburg. Your flight is now boarding at gate 3.«

Der Mitarbeiter an der Kontrolle schiebt uns nach dem Check der Pässe regelrecht in den Zugang zur Maschine. In meinem Kopf hämmert nur die eine Information: *Hart ist tot. Wir kommen unverrichteter Dinge nach Berlin zurück.*

Ich lasse mich auf meinen Gangplatz in der elften Reihe neben eine korpulente Frau im roten Blumenkleid fallen und stoße prompt mit den Knien gegen den Vordersitz. Diese verdammten engen Billigflieger. Meine Laune ist auf dem Tiefpunkt. Vic geht weiter nach hinten durch zu seinem Platz, dem letzten am Fenster auf der anderen Seite. Hinter mir brüllt ein Baby und übertönt die unnachgiebig scheppernde Männerstimme der unerträglich langen Durchsage.

Die kleine Maschine ist bis auf den letzten Platz ausgebucht. Die Enge und das Durcheinander lassen mich unruhig werden. Ich stehe auf, schaue mich nach Mitch und Jackson um, aber ich sehe sie nirgends.

Eine dunkelhaarige Flugbegleiterin wirft mir einen strengen Blick zu. »Setzen Sie sich bitte wieder hin, und schnallen Sie sich an, wir starten in Kürze.«

Widerwillig folge ich ihrer Aufforderung. Das Flugzeug setzt sich in Bewegung. Meine Ohren werden taub, als wir abheben. Die Frau neben mir bietet mir wortlos ein Kaugummi aus einer runden Box an. Dankbar nehme ich eines.

Ein Piepen signalisiert das Ende der Gurtpflicht. Ich stehe auf und gehe den Gang entlang Richtung Toilette. Nervosität breitet sich in mir aus. Die Vorstellung, dass unsere Verfolger aus dem roten Auto und vielleicht auch die Attentäter, die den Felsen auf die Straße gestoßen haben – denn inzwischen bin ich mir sicher, dass das kein Zufall war –, hier im Flieger sitzen könnten, macht mir zu schaffen. Während ich langsam zwischen den Sitzen hindurchgehe, mustere ich unauffällig die Gesichter.

Vor allem junge Paare und ältere Frauen und Männer blicken mir entgegen oder verstecken sich hinter Zeitschriften. Wie sehen mutmaßliche Killer wohl aus?

Hinter mir rumpelt der Wagen mit den überteuerten Süßwaren- und Alkoholangeboten los. Schließlich entdecke ich Mitch und Jackson in der vorletzten und letzten Reihe. Unsere Blicke treffen sich, und ich halte bei ihnen an. Ihre Gesichter sind angespannt. Jackson sitzt am Fenster, Mitch direkt am Gang. »Alles in Ordnung bei euch?«

Ich versuche, möglichst lässig zu klingen. Die beiden nicken. Mitch öffnet den Mund, überlegt es sich dann jedoch offenbar anders. Ein Gespräch über die Situation und die Planung, wie wir weiter vorgehen wollen, ist unmöglich. Es wäre völlig undenkbar und viel zu riskant, sich in dieser beengten Situation vor zahlreichen fremden Ohren zu unterhalten. Also warte ich am Ende des Ganges, bis die schwarzhaarige Stewardess ihre Tour mit dem Wagen beendet hat. Kaum jemand möchte etwas kaufen. Ich lasse sie vorbei zum Serviceraum, kehre zu meinem Platz zurück. Die Dame im roten Kleid schläft mit leicht geöffnetem Mund.

Die nächsten zwei Stunden verbringe auch ich mit geschlossenen Augen, doch obwohl die Müdigkeit meinen Körper erfasst, gelingt es mir nicht, noch einmal in den Schlaf zu finden. Während die Maschine durch die Wolken donnert und das Dröhnen der Triebwerke mein Denken übertönt, lasse ich meine Gedanken ziehen.

Pausenlos rattern die Ereignisse des Tages durch meinen Kopf. Ich versuche, die Puzzleteile von Gordana Vujic, den Kartellen, Bruce Snider, unseren Verfolgern und dem Tod von Hart zusammenzusetzen. Dass das gegnerische Kartell ihn umgebracht hat, erscheint mir nach wie vor wenig plausibel. Von dieser Eskalation des Bandenkriegs hätten wir gehört. Es muss etwas anderes dahinterstecken. Könnte dieser Snider gemeinsame Sache mit Harts Witwe machen? Doch die Vorstellung, dass diese verängstigte Frau einen internationalen Drogenring anführt oder ein neuartiges Rauschmittel vertreibt, scheint mir abwegig.

An Jacksons Unschuld bezüglich »Purple Panther« zweifle ich keine Sekunde. Ich hoffe, dass Vic sich inzwischen beruhigt und aus seiner Rage herausgefunden hat. Vic sieht zwar manchmal rot, aber er ist in der Lage, Fehler einzugestehen und sich zu korrigieren. Allerdings brauchen wir dringend einen Plan, wie wir Elisabeth und von Stuck erklären, dass wir keine Verantwortlichen von »Purple Panther« ausliefern können, aber auch nicht vorhaben, Jackson zum Bauernopfer zu machen. Hoffentlich hat Leander inzwischen mehr über Snider und das »Babic«-Kartell herausgefunden, vielleicht auch über unsere Verfolger.

Als wir zwei Stunden später endlich am BER landen, verlassen Vic und ich zuerst die Maschine und warten am Fuß der Treppe auf Mitch und Jackson. Die Temperaturen in Berlin sind kaum kühler als in Montenegro, aber die Luft ist stickig und unangenehm. Alles in mir sträubt sich dagegen, das Flughafengebäude zu betreten und ins »Quartier 4«, in meinen Alltag, zurückzukehren und damit zuzugeben, dass wir in Montenegro gescheitert sind. Vic wendet sich ab und fummelt an seinem Handy herum, murmelt, dass er Leander anrufen werde.

Endlich kommt Jackson die Treppe hinunter. Er hat tiefe Augenringe und wirkt noch abgekämpfter als im Flugzeug. Er umarmt mich, und ich lehne mich kurz an ihn, atme seinen vertrauten Duft ein.

»Wir sind ihnen wirklich in letzter Minute entkommen«, flüstert er.

Ich spreche meine irrationale Angst aus, lass für einen Moment die Schwäche zu. »Meinst du, dass sie mit im Flieger saßen?«

Er schüttelt den Kopf. »Das glaube ich kaum. Leander hat die letzten Tickets organisiert, die Maschine hatte nur noch einen freien Platz. Dann hätten die Verfolger ja vor uns wissen müssen, dass wir diesen Flieger nehmen.«

Ich nicke beruhigt. Das klingt tatsächlich plausibel. Endlich kommt Mitch als Letzter die Treppe hinunter. Ein Ordner in gelber Weste winkt uns energisch in Richtung Flughafengebäude. Mit langsamen Schritten gehen wir vier in einer Reihe auf die gläsernen Schiebetüren zu.

»Erst mal holen wir unser Gepäck. Das habe ich schließlich nicht umsonst herumgeschleppt.«

Ich muss trotz der gedrückten Stimmung lächeln. Die bodenständige Ansage kann nur von Mitch kommen. Vorsichtig mustere ich Vic, doch sein Gesicht ist verschlossener denn je. Er zeigt keine Reaktion und vermeidet jeden Blickkontakt. Sollte er noch immer wütend auf Jackson sein, so verbirgt er es erfolgreich. Ich würde ihn am liebsten schütteln und bitten, mit mir zu reden. Sind wir nicht längst darüber hinweg, uns etwas zu verheimlichen? Hoffentlich kann Leander ihn aus der Reserve locken, vielleicht hilft er uns dabei, die vertrackte Dynamik zwischen uns in eine andere Richtung zu lenken.

Als sich die Glastür öffnet und wir das Gebäude betreten, zucke ich zusammen. Ein Trupp schwer bewaffneter Polizisten stürmt auf uns zu. *Verdammt, wir sind in einen Einsatz geraten.* Ich sehe mich um, auf wen sie es abgesehen haben. Doch dann begreife ich, dass wir das Ziel sind. Noch bevor ich darüber nachdenken kann, was all das bedeutet, ergreifen zwei der Männer in Schutzanzügen Jackson neben mir und reißen ihn weg.

»Halt, was machen Sie da?« Ich zücke meinen Ausweis. »Juli Schröder, Kriminalhauptkommissarin.«

Doch die Kollegen reagieren nicht, sondern ziehen Jackson weg. Er reißt die Augen auf und sieht mich entsetzt und verraten an, dann schaut er zu Mitch und Vic. *Nein, das kann nicht sein!* Ich verliere den Blickkontakt, die beiden uniformierten Polizisten halten Jackson fest und verdecken ihn mit ihren massigen Körpern.

»Stopp. Das ist ein Missverständnis«, brülle ich und will ihnen zum Rand der Halle folgen, doch da drängt sich ein drahtiger Mann in dunkelblauem Anzug zu uns durch. Es ist Rolf von Stuck. Er wirft uns einen knappen Blick zu, dann geht er zu Jackson hinüber, der wenige Meter entfernt festgehalten wird.

»Jackson Jagoda, Sie sind festgenommen wegen des Verdachts auf Drogenschmuggel und der Herstellung synthetischer Rauschmittel in großer Menge. Wir bringen Sie jetzt in Untersuchungshaft. Dort können Sie die Unterstützung eines Anwalts beantragen. Abführen.«

Ich starre erst von Stuck entgeistert an, dann sehe ich hilflos zu Jackson, der von den beiden Polizisten Handschellen angelegt bekommt. Er versucht erfolglos, sich loszumachen, und dreht sich zu uns um, Enttäuschung und Wut ins Gesicht geschrieben.

»Was soll der Mist? Vic, verdammt, warst du das?«

Seine dunklen Augen funkeln, er erinnert an ein wildes Raubtier, das gebändigt wird. Plötzlich blitzen grelle Lichter auf, und Unruhe breitet sich in der Halle aus, eine Horde von Fotografen und Kameraleuten drängt sich in unsere Richtung. Die gesamte Hauptstadt- und Boulevardpresse scheint am Flughafen versammelt zu sein und auf uns zu warten. Das bedeutet aber auch, dass sie informiert wurden. Die Polizeibeamten ziehen Jackson zum Ausgang.

Plötzlich ändert sich von Stucks Gesichtsausdruck. Er lächelt breit und nickt in Richtung der Journalisten, dann wendet er sich mir zu.

»Frau Schröder, Herr Simmons. Ich gratuliere zu diesem Erfolg. Sie haben Jackson Jagoda aus Montenegro überführt.«

Von Stuck ergreift meine Hand und schüttelt sie überschwänglich, damit will er offenbar gute Bilder für die Fotografen liefern, bevor er Vic fest auf die Schulter klopft. Dann reicht er auch Mitch die Hand, der ihn verwirrt ansieht und einschlägt.

»Auch Ihnen gratuliere ich, Herr Berninger.«

Von Stucks Gesicht ist noch stärker gerötet als sonst. An der großen Scheibe, die den Ankunftsbereich von der Haupthalle trennt, hat sich eine Menschenmenge gebildet, die zu uns herüberstarrt. Die Pressemeute hat anscheinend Jackson entdeckt und ist Richtung Ausgang verschwunden.

Von Stuck wendet sich uns wieder zu. »Hervorragende Arbeit. Kommen Sie. Am besten fahren Sie gleich ins ›Quartier‹ und packen Ihre Sachen, dann kommen Sie nach Berlin zurück und erstatten Bericht. Die Presseabteilung wird sich bei Ihnen melden, wir müssen abstimmen, was und wie viel wir herausgeben können.«

Von Stuck fasst sich an die Schläfen, seine Augen blicken starr geradeaus. Er denkt offenbar angestrengt nach, wie er diesen Erfolg maximal verkaufen kann.

»Ich werde für übermorgen eine offizielle Pressekonferenz ansetzen, wir haben also gut einen Tag Zeit, alles vorzubereiten.«

Ich kann kaum glauben, was ich da höre! Ist das sein Ernst? Er nimmt Jackson direkt fest, ohne auch nur zu fragen, was wir herausgefunden haben, und präsentiert ihn der Welt als Schuldigen. Ich bin derart wütend, dass ich gar nicht weiß, wo ich anfangen soll. Auffordernd sehe ich zu Vic, doch er steht nur unbeteiligt neben von Stuck und sagt nichts.

Wütend ergreife ich das Wort. »Hier muss ein Irrtum vorliegen, Herr von Stuck. Jackson T.J. ist nicht verantwortlich für ›Purple Panther‹ und die Drogentoten. Er hat uns geholfen.«

»Wie bitte? Frau Schröder, denken Sie doch mal nach, was Sie da reden. Wollen Sie mir wirklich erzählen, dass Sie seit Wochen nach dem falschen Mann gefahndet und obendrein gemeinsame Sache mit ihm gemacht haben?«

Ich schlucke. Sein angedeuteter Vorwurf ist unmissverständlich. Er denkt, dass er unsere Ermittlung rettet, indem er Jackson festnimmt. Und dass diese Alternative Konsequenzen für uns hätte. Ich frage mich, woher er so genau Bescheid weiß. Ob Vic ihn längst informiert hat, was in Montenegro passiert ist? Ich suche Vics Blick, doch der starrt an mir vorbei aus dem Fenster. *Verdammt. Er lässt mich einfach hängen. Und Jackson auch.*

Trotzdem kann ich nicht einfach aufgeben und wende mich an von Stuck, der bereits im Begriff ist, den Kollegen zu folgen. »Sie müssen mir zuhören, Herr von Stuck. Asram Vujic ist verantwortlich für die neue Droge. Hart, der Mann, der mit Jackson zusammengearbeitet hat. Wir müssen …«

»Gar nichts müssen wir. Der Fall ist gelöst, und wir haben den flüchtigen Hauptverdächtigen. Der Innenminister ist bereits informiert«, zischt mir von Stuck zu. Ich habe den Eindruck, dass er mir gar nicht zugehört hat.

Ich sehe ihn kopfschüttelnd an, ungläubig, dass er die Ohren vor der Wahrheit verschließt, aber mir wird in diesem Moment einiges klar.

Ich öffne den Mund, um es weiter zu versuchen, aber von Stuck unterbricht mich. »Schluss jetzt. Wir können morgen in meinem Büro darüber reden.« Als er meinen entgeisterten Gesichtsausdruck sieht, schlägt von Stuck einen freundlichen, jovialen Ton an, klopft mir auf die Schulter und zwinkert mir gönnerhaft zu. »Gute Arbeit. Wir sehen uns.« Dann wendet er sich ab und verschwindet in der Gruppe Polizisten, die sich zum Ausgang bewegt.

Ich sehe ihm verzweifelt nach, drehe mich zu den Männern um und sehe, wie Mitch bedrohlich auf Vic zugeht. Er kommt mir zuvor mit der Konfrontation.

»Was geht hier ab? Niemand außer uns wusste, dass Jackson mit uns in Montenegro war. Du hast schon im Auto gegen ihn geschossen, hast du ihn verraten?«

Mitch baut sich vor Vic auf, der den Kopf vorstreckt und den wütenden Blick erwidert. Die beiden sehen aus, als würden sie sich in der nächsten Sekunde prügeln.

Aber Vic bemüht sich um einen ruhigen Tonfall. »Nein, Mitch, das war ich nicht. Was unterstellst du mir hier?«

»Mitch, hör auf.« Beschwichtigend lege ich ihm meine Hand auf seine muskulöse Schulter, doch er bleibt angespannt. Misstrauisch fixiert er Vic, der einen Schritt zurücktritt.

Vic wirkt so abweisend, dass ich ihn kaum wiedererkenne, seine Augen sind kalt, seine Miene eingefroren. Seine Worte lassen mich innerlich zusammenzucken: »Es ist egal, wer Jackson verraten hat. Er gehört hinter Gitter. Die Situation lässt nur den Schluss zu, dass er gelogen hat und uns gezielt in die Irre führen wollte.«

»Das ist nicht dein Ernst, Vic!«

Er mustert mich kalt. »Doch. Und ich habe dir immer gesagt, wenn wir Hart nicht liefern können, geht Jackson in den Knast. Es gibt keine Beweise dafür, dass Hart der Hauptschuldige ist. Also gibt es auch keine Entlastung für Jackson. Ich fahre jetzt nach Berlin und werde dort meinen Bericht schreiben. Der Fall ist abgeschlossen.«

Mitch und ich werfen uns einen verzweifelten Blick zu. Doch Vic wendet sich ab und geht zum Ausgang.

Unsere »Soko Harem« hat sich zerschlagen, Jackson sitzt in U-Haft. Wir haben verloren.

Kapitel 28

Im Tech-Bunker ist es ruhig, nur das leise Rascheln von Papier und das dumpfe Klacken von Kartons durchbricht die drückende Stille. Ich stehe an dem Schreibtisch, den ich die letzten Wochen intensiv genutzt habe, um Spuren zu Jackson und später zu Hart zu finden, und schiebe widerwillig meine Materialien in eine große Reisetasche. Mein Blick wandert immer wieder zu Mitch und Leander, die ebenfalls wortlos ihre Unterlagen und Kabel zusammenräumen. Der einst hektische Raum, erfüllt von der Jagd nach Hinweisen und nervösen Diskussionen, kommt mir jetzt wie ein leeres, trostloses Gehäuse vor.

Leander, sonst so ruhig und analytisch, wirkt ungewohnt aufgewühlt. Er stapelt Akten sorgfältig in einen Karton, doch seine Hände zittern. Mitch sieht erschöpft und frustriert aus. Er wirft Papiere und Aktenordner achtlos in eine große Kiste und knurrt dabei leise vor sich hin.

»Es ist unerträglich, dass wir gezwungen werden, den Fall abzuschließen.«

Ich traue mich kaum zu sprechen, so viel Macht strahlt die Stille, die zwischen uns vorherrscht, inzwischen aus.

»Jackson ist unschuldig, und wir können nichts tun.«

Mitch hält kurz in seiner Bewegung inne, dann wirft er den letzten Stapel Akten in den Karton. In seinen Augen kämpfen dieselben widersprüchlichen Gefühle, die auch mich umtreiben.

Wir wissen, dass Hart hinter »Purple Panther« steckt, dass das gegnerische Kartell die Geschäfte übernommen hat. Gordana Vujic sagt zumindest in diesem Punkt die Wahrheit, da sind wir uns einig. Aber wir können es nicht beweisen. Jeder Versuch, von Stuck zu überzeugen, ist gescheitert. Die Chefs wollen den Fall abschließen und einen Fahndungserfolg präsentieren. Deshalb muss Jackson seinen Kopf hinhalten.

»Das kann doch nicht das Ende sein«, sagt Mitch und schüttelt den Kopf.

Er spricht aus, was auch ich denke. Da sind all die Zweifel, die sich wieder und wieder in meinem Hinterkopf melden.

»Jackson würde keinen heimtückischen Mord begehen. Ich kenne ihn seit unserer Jugend. Er war genauso überrascht von Harts Tod wie wir. Es ist gar nichts bewiesen, vor allem nicht, dass Jackson hinter ›Purple Panther‹ steckt. Wir müssen ihm helfen.«

Leander, der die meiste Zeit schweigend und konzentriert gearbeitet hat, nickt zustimmend. »Es gibt zu viele Ungereimtheiten. Harts Tod, ›Babic‹, die Unkenntnis der Behörden in Montenegro. Wie kann keiner gewusst haben, dass er tot ist? Es passt einfach nichts zusammen.«

Er haut mit der Faust auf den Schreibtisch, und ich zucke erschrocken zusammen. So emotional habe ich Leander beruflich selten erlebt.

Er sieht Mitch und mich abwechselnd an. »Sorry, ich bin sehr angespannt. Ich lag die halbe Nacht wach und habe gegrübelt. Mein Gefühl sagt mir, dass ich kurz davor bin, das Rätsel zu lösen. Aber ich bräuchte einfach Zeit, die Puzzleteile neu zusammenzusetzen und Beweise für Jacksons Unschuld zusammenzutragen.«

Ich seufze und sinke auf meinen Stuhl. Mir geht es ganz ähnlich wie Leander: Ich habe kaum geschlafen, meine Gedanken drehen sich, und zugleich bin ich so unendlich müde, weil mir nichts mehr einfällt.

»Aber wie sollen wir das beweisen? Der Fall ist offiziell abgeschlossen, und wir haben keine Befugnisse mehr.«

Mitch setzt sich auf den Rand seines Schreibtisches und verschränkt die Arme vor der Brust. »Wir sind die Einzigen, die wissen, dass hier etwas faul ist. Wenn wir nichts tun, wird Jackson für etwas büßen, was nicht sein Vergehen war.«

Leander lehnt sich gegen die Wand und schließt für einen Moment die Augen. »Wir müssen einen Weg finden, die Wahrheit ans Licht zu bringen. Irgendetwas müssen wir übersehen haben.«

Ich nicke langsam, während meine Gedanken rasen. Was Vic inzwischen umtreibt, kann ich nicht einschätzen, wir haben von ihm nichts mehr gehört, seit er sich am Flughafen nach Berlin abgesetzt hat. Immerhin, Leander und Mitch sind auf meiner Seite, ich bin nicht allein mit der Einschätzung, dass wir Jackson helfen müssen.

»Vielleicht gibt es doch noch etwas, was wir tun können. Lasst uns die Zeit nutzen, bis wir morgen fahren.«

Kaum habe ich den Satz beendet, öffnet sich die Tür zum Tech-Bunker. Leander schaut verwirrt, Mitch reißt die Augen auf. Vic tritt herein.

»Wo kommst du denn her, Vic? Wolltest du nicht in Berlin bleiben?«

Vic fährt sich verlegen durch sein raspelkurzes Haar. Er hat sich rasiert, schießt es mir durch den Kopf. Auch seine Bartstoppeln sind verschwunden. Ich sehe ihn an, und ein Knoten bildet sich in meinem Magen. Es will mir einfach nicht in den Kopf, dass dieser Mann, den ich seit Jahren kenne und liebe, jemanden verraten hat, der mir ebenfalls so viel bedeutet. Er war doch auch im Keller der Villa, hat Harts wächsernen Leichnam gesehen, die Worte seiner Witwe gehört, Jacksons Entsetzen gesehen, als er vom Tod Harts erfuhr. Er war dabei, als jemand versucht hat, uns von der Straße abzubringen. Würde er das alles einfach beiseiteschieben, nur um einen Erfolg zu feiern? Ich kann mir nicht vorstellen, dass ich mich so in ihm getäuscht habe.

»Für von Stuck ist der Fall erfolgreich gelöst«, beginnt Vic etwas zögerlich in der aufgeladenen Stimmung im Bunker. »Er lässt sich vom Innenminister feiern und gibt ausschweifende Interviews.«

Ich schnaube wütend auf, und Vic sieht mir zum ersten Mal, seit er den Tech-Bunker betreten hat, direkt in die Augen. Alle Überheblichkeit ist daraus verschwunden, stattdessen nehme ich Bedauern wahr – und Entschlossenheit.

Er fixiert Mitch und Leander mit festem Blick, dann holt er Luft.

»Ich war heute Morgen bei Jackson in der U-Haft.«

Seine Worte schlagen ein wie eine Bombe. Ich habe mit allem gerechnet, aber nicht damit.

»Und, wie geht es ihm?« Meine Stimme klingt flehend.

Vic zögert. »Er sieht nicht gut aus. Er hat eine Einzelzelle, weil auch einige seiner Ex-›Wölfe‹ in derselben JVA untergebracht sind. Sein Anwalt kommt heute Nachmittag.« Er schließt für einen Moment die Augen. »Als ich gestern an meinem Bericht saß, sind mir viele Dinge klar geworden. Deshalb bin ich hingefahren. Ich sehe es wie ihr: An dem Fall stimmt etwas nicht.«

Erleichterung schwappt durch mich hindurch, und ich springe impulsiv auf, um Vic zu umarmen. Er erwidert die Geste kurz, schiebt mich dann aber zurück.

»Leider hilft ihm das im Moment nicht weiter. Von Stuck und Elisabeth sind wild entschlossen, Jackson alles anzuhängen. Sie haben uns alle befördert und wollen uns auf diese Weise mit ins Boot zwingen.«

Ich balle die Hände zu Fäusten. Dass meine Chefin sich so gegen mich stellen würde, trotz allem, was ich ihr erzählt habe, macht mich wütend.

Leander geht auf seinen Kumpel zu und klopft ihm auf den Rücken. »Ich bin froh, dass du zur Einsicht gekommen bist. Aber wie sollen wir jetzt vorgehen? Wir haben keine Zeit mehr.«

Vic nickt bestätigend. »Wir müssen herausfinden, wer Jackson verraten hat, vielleicht führt uns das weiter.«

Mitch steht auf und greift den Gedanken auf. »Wer hätte ein Interesse daran, dass Jackson festgenommen wird?«

Er sieht uns fragend an.

In dem Moment klingelt mein Handy. Es ist Elisabeth. Ich spanne meine Schultern an und nehme den Anruf entgegen.

»Das ist ja noch mal gut gegangen«, sagt sie statt einer Begrüßung.

Ich schnaufe verärgert. »Was ist noch mal gut gegangen? Dass ihr einen Sündenbock gefunden habt, den von Stuck jetzt öffentlich hängen kann?«

Ich weiß, dass ich in diesem Ton nicht mit meiner Vorgesetzten sprechen sollte, aber ich kann nicht länger an mich halten. Ich habe das Gefühl, die ganze Welt hat sich gegen uns verschworen.

Elisabeth seufzt, und ich höre, wie sie sich eine Zigarette anzündet. Meinen Ausbruch ignoriert sie einfach.

»Sei froh, dass ich die Sache so gedreht habe. Ich habe dir da mit den Hintern gerettet. Dass ihr Jackson mitgenommen habt, war wirklich fahrlässig und hätte dich deinen Job kosten können, Juli. Ich habe es als Manöver getarnt, um ihn zu überführen. Jetzt ist wirklich Schluss.«

Ich schließe die Augen und versuche, meine Frustration zu unterdrücken. »Was stellst du dir vor, was wir tun?«

Elisabeths Stimme ist ruhig, aber bestimmt. »Jetzt räumt ihr auf und verlasst das ›Quartier‹. Das ist ein Befehl.«

Ich lege auf und schaue zu Vic, Mitch und Leander. Neue Entschlossenheit macht sich in mir breit. »Sie sagt dasselbe wie von Stuck. Der Fall ist abgeschlossen. Aber das hier ist noch nicht vorbei. Wir wissen, dass Jackson unschuldig ist, und wir werden einen Weg finden, das zu beweisen.«

Mitch nickt und wendet sich an Leander. »Du sagtest, du bist kurz davor, das Rätsel zu knacken. An welcher Stelle hakt es denn? Vielleicht können wir von einem anderen Blickwinkel gemeinsam draufschauen.«

Leander reibt sich nachdenklich das Kinn. Er zögert lange, bevor er spricht.

»Es muss alles zusammenhängen: Jacksons plötzliche Festnahme, der Mord an Hart. Es sind zu viele Überschneidungen, um Einzelfälle zu sein. Ich vermute, dass dieselben Leute, die Jackson an von Stuck verraten haben, hinter Harts Tod stecken. Gordana sagte, dass Babic ihren Mann ermorden ließ, um seine eigene Position zu stärken. Aber das erscheint mir etwas schwammig. Vielleicht müssen wir die Strukturen von ›Mesar‹ hinterfragen. Warum sollte jemand Hart ermorden? War er vielleicht gar nicht der wahre Chef des Kartells, sondern wurde – genau wie Jackson – ausgeschaltet, weil er im Weg war?«

Gedanken fliegen durch meinen Kopf, und ich versuche blitzschnell, sie zu sortieren, während ich im Bunker auf und ab laufe. Leander könnte recht haben. Was, wenn jemand anders die Fäden in der Hand hält?

Ich bleibe stehen. »Wenn das stimmt, ist das ›Purple Panther‹-Problem längst nicht gelöst. Dann wird es über kurz oder lang weitere Tote geben. Das müssen wir unbedingt verhindern!«

Vic richtet sich auf. »Das klingt plausibel. Aber wie gehen wir vor?«

Drei Augenpaare richten sich auf mich. Ein Plan beginnt sich in meinem Kopf zu formen. »Wir müssen herausfinden, wer genau Hart umgebracht hat. Gordana hat behauptet, dass sie die Mörder nicht gesehen hat. Aber ich bin sicher, dass sie in diesem Punkt gelogen hat. Wir rufen sie an.«

Kapitel 29

U nd ihr meint wirklich, dass das nicht zu riskant ist?« Mitch schaut skeptisch von Vic zu Leander neben sich und zurück zu mir. Ich verdrehe die Augen hinter meinem Rechner auf der anderen Seite der u-förmig aufgestellten Tische im Tech-Bunker. Dies ist wirklich nicht der Moment, um noch einmal alles zu problematisieren. Wir sind zu dem Schluss gekommen, dass Gordana Vujic unsere einzige Chance ist, um die wahren Verantwortlichen von »Purple Panther« zu stellen. Über einen von Vics Kontakten bei der montenegrinischen Polizeibehörde haben wir uns ihre Nummer besorgt und uns per Messenger zu einem Videocall verabredet. Ich hoffe nur, dass sie sich an unsere Verabredung hält und rangeht.

Das Rufsignal meines Messengers tönt durch den stillen, kargen Raum, aus dem sämtliche Spuren unseres Aufenthalts verschwunden sind. Es ist komisch, den Raum so leer zu sehen, und es fühlt sich falsch an, wo der Fall doch noch gar nicht gelöst ist – zumindest unserer Auffassung nach.

Im nächsten Moment knackt es, und ich bedeute den Männern gegenüber energisch, ruhig zu sein. Ich drücke die Sprachaufzeichnung auf meinem Phone, auch wenn die drei gegenüber alles mithören können, ohne gesehen zu werden. Sicher ist sicher.

Gordana Vujics puppenhaftes Gesicht erscheint auf dem

Bildschirm. Sie trägt ihr blondes Haar offen und ein schlichtes, weißes T-Shirt, was sie mädchenhaft und noch jünger erscheinen lässt als bei unserem Aufeinandertreffen.

»Hallo.«

Mehr sagt sie nicht, sie scheint mich zwar zu erkennen, aber ihr Blick ist abweisend und fragend. Der Hintergrund ist durch einen Filter verschwommen, sodass ich nicht erkennen kann, wo sie sich befindet.

Ich hole tief Luft. Jetzt geht es um alles.

»Hallo, Frau Vujic. Danke, dass Sie sich zu einem Gespräch bereit erklärt haben. Wir benötigen dringend Ihre Hilfe.«

Mir wird bewusst, dass sie trotz ihrer guten Deutschkenntnisse Schwierigkeiten mit komplexen Formulierungen haben könnte. Nun, wir werden sehen.

»Frau Vujic, sind Sie allein?«

Ihr Blick zuckt kurz in den angrenzenden Raum hinter ihrem Screen. »Meine Kinder spielen nebenan. Aber sie werden nicht stören. Wo ist Jackson? Ich will mit ihm reden. Er hat versprochen, sich um uns zu kümmern.«

Ich schlucke. Dass wir Gordana Vujic ohne Jackson kontaktieren, ist der Schwachpunkt unserer Idee. Sie vertraut ihm. Jetzt ist es an mir, dieses Vertrauen ebenfalls zu gewinnen. Ich beschließe, absolut ehrlich mit ihr zu sein.

»Jackson ist im Gefängnis. Die Polizei hat ihn am Flughafen in Berlin festgenommen, kaum dass wir aus Montenegro gelandet sind. Sie glauben, dass er für ›Purple Panther‹ verantwortlich ist und das Zeug auch vertreibt. Von Babic und Harts Tod wollen sie nichts hören.«

Ich mache eine kurze Pause und lasse ihr Zeit, die Information zu verarbeiten, wobei ich ihre Reaktion genau beobachte. Bis auf ein kurzes Blinzeln zeigt sie keine Regung, aber ich sehe, wie es hinter ihren Augen rattert.

»Es könnte sein, dass man Jackson auch für den Tod Ihres

Mannes verantwortlich machen wird. Sie müssen uns mehr über die Umstände erzählen.«

Ein Ausdruck von Angst tritt in ihre Augen, und sie schüttelt den Kopf. »Das geht nicht. Es darf nicht bekannt werden, dass Asram tot ist. Ich kann Ihnen nicht helfen.«

Ich schlucke. Dass Gordana Vujic mauern würde, hatte ich erwartet. Ihr Hauptanliegen ist es, ihre Familie zu beschützen. Doch plötzlich kommen mir Zweifel. Was, wenn Gordana nicht so unschuldig ist, wie sie tut? Wenn sie gemeinsame Sache mit diesem Babic macht und selbst hinter Harts Tod steckt? Ich schiebe den Gedanken beiseite. Das ist Irrsinn, ich muss mich auf das Wesentliche konzentrieren und versuchen, sie auf unsere Seite zu ziehen, von einer Mitwisserschaft, aber nicht von einer Mittäterschaft ausgehen.

Ich probiere es mit einer anderen Herangehensweise. »Frau Vujic, wollen Sie wirklich, dass die wahren Mörder Ihres Mannes ungestraft davonkommen? Sie werden womöglich auch Ihnen etwas antun, möglicherweise Ihren Kindern. Solange die Täter ungestraft davonkommen, schweben Sie und Ihre Familie in Lebensgefahr.« Ich mache eine kurze Pause, um meinen Worten Nachdruck zu verleihen, dann hake ich nach. »Wer sind die Mörder?«

Gordana Vujics Nasenflügel beben kaum merklich, aber sie schüttelt den Kopf. »Ich weiß es nicht.«

»Sie waren dabei.«

Gordana starrt in die Kamera. Ich gebe ihr einen Moment Bedenkzeit, spüre, dass sie fast so weit ist. Und tatsächlich: Nach etlichen Sekunden antwortet sie mit belegter Stimme.

»Es waren zwei Leute. Ich habe ihre Gesichter nicht gesehen.«

Sie lügt. Entweder macht sie mit Babic gemeinsame Sache und will die Drogengeschäfte ihres Mannes fortsetzen, oder sie hat Angst, die Wahrheit zu sagen.

Ich muss sie aus der Reserve locken. »Ich glaube Ihnen nicht. Mit wem kooperieren Sie, Frau Vujic? Oder haben Sie vielleicht sogar selbst Ihren Mann umgebracht?«

Gordanas Mund verzerrt sich, und ihre Stimme klingt aufgebracht. »Was unterstellen Sie mir? Asram wurde grausam ermordet. Ich habe gesehen, wie sie ihm die Kehle durchgeschnitten haben, und Sie wagen es, mich zu beschuldigen?«

Ihre Empörung erscheint mir nicht gespielt. Doch gleich darauf hat sie sich wieder im Griff und spricht leise weiter.

»Er wurde ermordet. Aber ich kann Ihnen nicht sagen, von wem.«

Ich beuge mich vor und fixiere sie durch die Kamera meines Rechners. Dabei versuche ich, mein ganzes Verständnis und Mitgefühl in meinen Blick zu legen. Wenn ich ihr jetzt gegenübersäße, wäre es deutlich leichter. Aber es muss auch so klappen. Ich zwinge mich, nicht zu Vic, Leander und Mitch hinüberzuschauen, die jedes Wort mithören, sondern bleibe ganz bei Harts Witwe, als wäre ich allein im Raum. Ich muss ihr Vertrauen gewinnen, und die Gegenwart der drei anderen würde das Gegenteil bewirken.

»Ich weiß, dass Sie die Mörder kennen. Sie werden Sie und Ihre Kinder niemals in Ruhe lassen, Frau Vujic, und das wissen Sie. Sie haben sie gesehen und werden für immer in Gefahr sein. Es sei denn, Sie helfen uns.«

Es ist nur der Bruchteil einer Sekunde, aber ich sehe Unsicherheit in ihren Augen aufflackern. Sofort lege ich nach: »Frau Vujic. Seien Sie vernünftig. Denken Sie an Ihre Familie. Bitte helfen Sie uns zu beweisen, dass Jackson nicht der Verantwortliche ist. Wir garantieren Ihnen und den Kindern Schutz. Sie können ein neues Leben anfangen, wir haben spezielle Programme für Frauen und Kinder. Ich gebe Ihnen mein Wort, dass ich Sie in Sicherheit bringe.«

Noch während ich spreche, sacken ihre Schultern nach vorne.

Ihre unerbittliche Miene wird weich, was sie noch mädchenhafter aussehen lässt. Sie nickt langsam. Mein Puls geht schneller.

»Wer ist bei Babic verantwortlich für den Tod Ihres Mannes?«

Gordana platzt heraus: »Es war nicht Babic.«

Der Satz kommt so schnell und unvermittelt, dass ich kurz unsicher bin, ob ich sie richtig verstanden habe. Aus den Augenwinkeln sehe ich, wie Vic aufspringt.

»Es war nicht Babic? Wer war es dann?«

Einen Moment lang schweigt Harts Witwe, sie zögert. Doch dann holt sie Luft und wendet sich von der Kamera ab.

»Warten Sie.«

Sie schaut nach unten, und ich erkenne, dass sie etwas in der Hand hält. Es ist ihr Handy. Das sehe ich, als sie es hochhält. Blitzschnell lege ich meinen Finger auf die Tasten am Rand meines Telefons, um einen Screenshot zu machen, damit wir ein Bild von dem oder den Tätern haben. Keine Sekunde zu früh.

»Das ist der Mann. Er hat die Killer geschickt, und er erpresst mich.«

Gordana Vujic hält ihr Handy in die Kamera. Darauf ist das Porträtfoto eines Mannes mit übergroßer Brille und Seitenscheitel. Ich erkenne ihn sofort. Bruce Snider. Jetzt wird mir auch klar, warum er auf keinen Fall mit zur Villa wollte, warum wir ihn Hunderte Meter vorher absetzen mussten. Ich muss mich zusammenreißen, um nicht aufzuspringen, und drücke den Befehl für den Screenshot, eigentlich überflüssig, denn die Sache ist klar.

»Er heißt Bruce Snider und kommt aus England. Snider war ein Kollege meines Mannes, er ist Chemiker und hat die Formel für ›Pink Panther‹ entwickelt und auch ausgerechnet, mit wie viel Fentanyl man die Droge strecken kann. Aber Asram hat sich nicht daran gehalten, er war geblendet vom Geld und wollte noch mehr. Deshalb hat Snider ihn umgebracht.«

Ihre Stimme zittert leicht, und ihre Augen verdunkeln sich.

Sie sieht mich fragend an, und ich begreife, dass ich ihr jetzt Sicherheit vermitteln muss, damit sie weiterredet.

»Danke, Gordana. Wir kennen Snider.« Ich zögere, muss aber weiter nachhaken. »Er behauptet, nichts mehr mit Drogen zu tun zu haben.«

Gordana Vujic lacht bitter auf. »Er ist ein Lügner. Ein psychisch …« Sie sucht nach den richtigen Worten. »Ein Psychopath. Ein verrückter Mann. Er hatte immer eigene Pläne mit der Droge, wollte damit die Welt retten oder so. Ihm hat nicht gepasst, dass mein Mann seine Kreation gestreckt hat. Ich habe Asram immer gesagt, er soll aufpassen, aber er hat nicht auf mich gehört.«

Sie beißt sich auf die Lippen und starrt in die Ferne, doch dann wendet sie ihren Blick wieder zu mir. Ich nicke verständnisvoll, obwohl mir die Zusammenhänge schleierhaft sind, und hake nach.

»Snider handelt also im Alleingang? Er erpresst Sie und will, dass Sie die Geschäfte führen? Oder arbeitet er mit Babic zusammen?«

Die Witwe schüttelt ungehalten den Kopf. »Nein. Bruce Snider ist der neue Chef von ›Mesar‹ hier in Montenegro. Er führt das Kartell im Verborgenen, so sagt man, oder? Es darf niemand wissen, dass mein Mann tot ist, um die Geschäfte nicht zu gefährden, verstehen Sie?«

Die Puzzleteile setzen sich in meinem Kopf zusammen. Snider hat Hart also umgebracht oder von seinen Handlangern umbringen lassen, um die Drogengeschäfte nach seinen eigenen Vorstellungen zu führen – vermutlich nicht zuletzt, um das Geld einzustecken. Er zwingt Gordana Vujic dazu, im Namen ihres Mannes nach außen hin die Geschäfte zu führen, und kassiert ab.

Ich nicke. »Ein gewagter Plan. Das wird nicht auf Dauer funktionieren. Man wird sich irgendwann fragen, wo Ihr Mann abgeblieben ist. Was will Snider erreichen?«

Sie zuckt die Achseln, ihr Gesicht verschließt sich wieder. »Ich weiß es nicht. Ich denke, er wird an seine Stelle treten und behaupten, Hart hatte einen Unfall. Hier gelten andere Regeln als in Ihrem Leben. Sie verstehen das nicht.«

»Doch. Ich verstehe, dass Bruce Snider Ihren Mann ermordet hat und dass Sie und Ihre Kinder in höchster Gefahr sind. Wir werden Ihnen helfen, Frau Vujic.«

Ich lasse ihr kurz Zeit, um meine Worte zu verinnerlichen. Sie beginnt schneller zu atmen, ihre Schultern beben, sie lässt das Gesicht in die Hände sinken und starrt nach unten. Wie kommen wir an Snider ran? Dieses Gespräch hat keinerlei Beweiskraft.

Mein Handy auf dem Tisch blinkt auf, und ich schiele blitzschnell auf den Chat. Vic hat mir eine Nachricht geschickt.

»*Wir brauchen Beweise. Sie soll Snider*
nach Berlin schicken. Vorwand neuer
Drogendeal, große Abnahme. Wir müssen
ihm eine Falle stellen.«

Die Idee ist brillant. Ich darf keine Zeit verlieren, Harts Witwe scheint kurz vor einem Zusammenbruch zu stehen und ist in einer Verfassung, in der ich sie nicht wieder erwischen werde. Ich lege alle Überzeugungskraft und Sicherheit in meine Stimme und fixiere die Kamera mit festem Blick.

»Frau Vujic. Bitte hören Sie mir zu. Wir holen Sie und die Kinder raus, sobald Sie uns Snider liefern. Es ist nur eine Kleinigkeit, die Sie tun müssen.«

Sie schaut hoch, jegliche Härte ist aus ihrem Gesicht verschwunden, ich sehe nur noch Angst in ihren Augen, und ihre Stimme zittert.

»Was wollen Sie noch? Ich habe Ihnen alles gesagt.«

»Damit wir Bruce Snider überführen können, muss er nach

Deutschland kommen. Wir werden ihm eine Falle stellen und beweisen, dass er hinter allem steckt.«

»Wie soll das gehen? Ich will Sicherheit für meine Kinder und mich.«

Ich nicke beruhigend. »Die bekommen Sie. Sobald Snider Montenegro verlassen hat und wir ihn in Berlin festnehmen, werden Sie Schutz bekommen.« *Den ihr Elisabeth gewähren muss,* füge ich in Gedanken hinzu.

Die Witwe schaut mich zweifelnd an, nickt aber kaum merklich.

»Frau Vujic, ich sage Ihnen jetzt genau, was Sie tun müssen. Hören Sie?«

Ihr Blick ist leer, und ich bin nicht sicher, ob sie mir wirklich folgen kann, doch zumindest zeigt sie keinen Widerstand. Ich wiederhole meine Worte noch einmal, langsam und deutlich. Das gibt auch mir Zeit, den irren Plan, den ich gerade entwickelt habe, zu finalisieren.

»Ich sage Ihnen jetzt, was Sie tun sollen. Bitte halten Sie sich genau an meine Ansage.«

Sie nickt widerstrebend, aber deutlich erkennbar. »Sie werden Snider informieren, dass sich ein neuer Geschäftspartner aus Amerika für eine große Ladung ›Pink Panther‹ interessiert. Er ist der Boss einer Bande und will einen neuen Markt beliefern. Das möchte er aber mit dem Chef von ›Mesar‹ persönlich besprechen. Genaueres werde ich Ihnen gleich per Chat mitteilen.«

»Gut.«

Gordana Vujics Gegenwehr scheint gebrochen. Ich triumphiere innerlich. Doch davon darf ich nichts zu erkennen geben.

»Wir beenden das Gespräch jetzt. Ich sende Ihnen gleich die zusätzlichen Informationen über den geplanten Deal. Die müssen Sie an Snider weitergeben.« Ich mache eine kurze Pause und sehe sie eindringlich über die Kamera an. »Frau Vujic, Sie müssen es so rüberbringen, dass Snider nicht bemerkt, dass es eine Falle ist. Bekommen Sie das hin?«

Gordana nickt. »Ja, ich denke schon. Ich habe schon öfter Meetings für ihn organisiert.«

»Gut. Sie tun, was ich Ihnen sage, dann holen wir Sie und die Kinder da raus.«

Kapitel 30

Ein Knacken ertönt in meinem Ohr, und ich versteife mich augenblicklich.

»Sichtkontakt. Zwei schwarze Autos nähern sich der Fabrik. Seid ihr in Position?«

Mitchs Stimme erklingt klar und deutlich über den Lautsprecher, den ich tief in meine Ohrmuschel gesteckt habe, fast so, als wären es meine eigenen Gedanken in meinem Kopf.

»Alles klar. Eingangsbereich im Blick. Wenn sie drin sind, schleiche ich mich näher ran, wie besprochen.«

Wenn ich nicht wüsste, dass Vic sich ein Stockwerk tiefer zwischen zwei verlassenen Maschinen der alten Flaschenfabrik verschanzt hat, könnte ich meinen, er stehe direkt neben mir. Keine Ahnung, wo Leander diese Funkgeräte aufgetrieben hat, aber sie sind definitiv das Beste, womit ich je gearbeitet habe.

Ich senke, so gut es in meiner geduckten Haltung geht, den Kopf zu dem winzigen Mikrofon an meinem Shirt. »Ich bin ebenfalls in Position auf der Balustrade. Habe den gesamten Innenbereich im Blick.«

»Sehr gut. Macht euch bereit, die Autos werden langsamer.«

Mitch, der in einem als Lieferwagen getarnten Überwachungswagen vor der Fabrik Stellung bezogen hat, hat die Aufgabe, uns zu warnen, falls etwas schiefgehen sollte, und im Notfall die Kollegen zu alarmieren. Allerdings hoffe ich, dass es dazu nicht kommen wird. Wenn alles nach Plan läuft, können wir Bruce Snider nach diesem Einsatz festsetzen, Jacksons Unschuld beweisen – und die Verbreitung von »Purple Panther« ein für alle Mal stoppen. Snider darf uns nur nicht bemerken.

Ich mache mich noch etwas kleiner in meinem Versteck auf der Balustrade im ersten Stockwerk der verlassenen Fabrik im Stadtteil Britz. Mitch hatte den Treffpunkt inmitten von Autowerkstätten, Gewerbehallen und verlassenen Baracken vorgeschlagen. Ein gewisser Jericho, einer seiner alten Kontakte aus Berlins Unterwelt, nutzt diese Fabrik öfter für zwielichtige Geschäfte. Jericho, ein kleiner, bulliger Endzwanziger, spielt heute für uns den Mittelsmann. Mir ist etwas mulmig zumute, da ich den Mann nicht kenne. Aber ich vertraue Mitch, und er hat uns versichert, dass wir uns auf Jericho verlassen können. Um die Wartezeit zu überbrücken und meine Nervosität auszutricksen, zähle ich die schmalen Stahlsäulen, die in der ganzen Halle aufgestellt sind und an denen früher wohl schwere Maschinen, Öfen und Fließbänder befestigt waren, die Bierflaschen für zahlreiche Berliner Brauereien produziert und verpackt haben.

Heute ist davon allerdings kaum mehr etwas übrig. Alles, was bewegt werden konnte, wurde vor Jahren aus der Halle geräumt. Nur noch ganz am Rand stehen Überreste zweier riesiger Maschinen, zwischen denen Vic sich irgendwo versteckt hat. Ich kann ihn nicht sehen, was ich als gutes Zeichen deute. Ich selbst sollte in meiner Nische oberhalb der Stahltreppe auf der Balustrade ebenfalls unsichtbar sein. Die Dunkelheit in der verlassenen Fabrik hilft mir dabei.

Ein lautes Knarren versetzt mich in Alarmbereitschaft. Die schwere Eisentür am schmalen Ende der verlassenen Backsteinhalle wird quietschend aufgeschoben, ein Lichtstrahl der untergehenden Abendsonne fällt in den weitläufigen Raum.

Der stämmige Jericho tritt durch die Tür. Er geht zu einem Verschlag und betätigt einen Hebel an einer in die Jahre gekommenen Apparatur, dann glimmt eine staubige Industrielampe über einem Tisch in der Mitte des Raumes auf. Das funzelige Licht wirft dunkle Schatten in die Ecken der Halle und sollte Vic und mich noch besser verstecken.

Zwei weitere Männer betreten die Fabrik. Ich erkenne Bruce Snider an seinem bunten Hawaii-Hemd, das völlig deplatziert in diesem alten Industriebau wirkt. Es ist dasselbe Kleidungsstück wie in Montenegro oder zumindest ein sehr ähnliches. Statt Flipflops trägt er schwarze Sneaker. An seiner Seite hat er einen muskulösen jungen Typen mit kurzem Zopf, ganz in Schwarz gekleidet, der sich gelangweilt umsieht. Offenbar ist er so etwas wie ein Bodyguard. Er hält sich dicht neben Snider, der plötzlich mitten in der Halle stehen bleibt und die Arme ausbreitet, als erwarte er Beifall einer unsichtbaren Menge. Dabei grinst er breit.

»Wann kommt denn dieser Malone?«, fragt er mit schnarrender Stimme an Jericho gewandt. Bruce Sniders Gesicht ist zu einer spöttischen Grimasse verzogen, sein Haar ist heute nicht akkurat gescheitelt, sondern nach hinten gegelt.

Jericho zieht sein Handy aus der Tasche. »Malone müsste jeden Moment hier sein. Sein Fahrer hat ihn pünktlich am Flughafen abgeholt und ist unterwegs hierher. Setzt euch doch.«

Er deutet auf die klapprigen Stühle, die um den Tisch platziert sind. Wir haben abgesprochen, dass er die Männer möglichst in der Nähe des Lichtes halten soll. Snider sieht Jericho an, als würde ihm nicht gefallen, dass dieser die Rolle eines Gastgebers übernommen hat.

»Ich entscheide selbst, ob ich mich setzen will oder nicht.« Trotz seiner harschen Worte lässt er sich auf einen der Stühle fallen, setzt sich breitbeinig hin und trommelt mit den Fingern auf der Platte.»Los, Murat.« Er winkt seinen Begleiter zu sich, der sich wie ein Bodyguard hinter ihn stellt.

Mitchs Stimme ertönte leise in meinem Ohr. »Da kommt Leander.«

Ich höre das leise Knirschen von Reifen auf dem Kies vor der Halle. Dann knallen Türen. Jericho, Snider und der Bodyguard Murat wenden ebenfalls die Köpfe zum Eingang.

Ich halte die Luft an. Leander betritt das verlassene Gebäude mit der selbstsicheren Haltung eines Mannes, der seine Rolle als amerikanischer Drug Lord Rico Malone perfekt beherrscht. Er trägt einen dunkelblauen, maßgeschneiderten Anzug, der makellos sitzt, eine schwarze Sonnenbrille verbirgt seine Augen, während er gemächlich auf die drei Männer am Tisch zugeht. Snider empfängt Leander und starrt ihn neugierig an. Seine tiefe Stimme hallt durch die leere Halle, als er Leander begrüßt.

»Mr Malone. Es ist mir ein Vergnügen, Sie kennenzulernen.«

Leander erwidert Sniders Händedruck mit einem charmanten, aber kühlen Lächeln.

»Das Vergnügen ist ganz meinerseits, Mr Snider. Ich habe viel über Ihre Aktivitäten gehört und bin beeindruckt von Ihrem Geschäftssinn.«

Leander spricht mit einem starken amerikanischen Einschlag, den er sich wohl während seiner Zeit beim FBI in den USA zugelegt hat. In meinen Ohren klingt er perfekt. Hoffentlich überzeugt er auch den Engländer.

Snider, dessen Miene sich langsam entspannt, zuckt mit den Schultern und lädt Leander ein, Platz zu nehmen. »Setzen Sie sich, Mr Malone.« Er deutet auf einen Stuhl gegenüber. Die Atmosphäre ist angespannt, jede Bewegung, jedes Wort könnte den Ausgang dieser gefährlichen Begegnung beeinflussen.

Snider haut unvermittelt auf den Tisch. »Dann lassen Sie uns direkt zur Sache kommen. Ich bin kein Freund von langem Drumherumreden. Sie haben um dieses Gespräch gebeten, Mr Malone, weil Sie uns ein Angebot machen wollen. Der Boss hat mich geschickt, meine Aufgabe ist es, das Business auszuweiten. Also schießen Sie los.«

Ich erstarre in meinem Versteck, als mir klar wird, was er da soeben gesagt hat. Snider ist gar nicht der Boss? Aber wer steckt dann dahinter? Das müssen wir unbedingt herausfinden. Ich hoffe, dass Leander es aufgreift. Sollte er überrascht von dieser kleinen Information sein, so hat er es sich zumindest nicht anmerken lassen.

Leander grinst Snider charmant an und beginnt dann geschickt, Details über ein angebliches Geschäft zu streuen, das Sniders Reichweite in die USA erweitern könnte.

»Ihr neues Produkt – ›Pink Panther‹ – hat unser Interesse geweckt. Wir haben exklusive Kontakte zu den großen Drogenmärkten in Übersee«, erklärt Leander ruhig. »Logistik, Sicherheit, das volle Paket. Und die Gewinne? Nun, die könnten beträchtlich sein, wenn Sie in das richtige Netzwerk einsteigen.«

Ich beobachte, wie Snider, der zunächst skeptisch war, zunehmend interessiert wirkt. Seine Augen funkeln, als er seine Fragen präzisiert: »Wie sieht es mit der Sicherheit der Lieferungen aus? Welche Garantien haben wir, dass Ihr Netzwerk ›das richtige‹ ist, wie Sie behaupten?«

Leander gibt sich bestimmt. »Wir arbeiten seit Jahren mit den südamerikanischen Kartellen zusammen und verschiffen die Ware erfolgreich in die USA und nach Europa. Wir würden bestehende Transportwege nutzen, eine ganze Flotte an Jachten, die ohnehin Kokain nach Spanien bringt und dann auf dem Rückweg Ihr Produkt überführen könnte. Die Kooperation der entscheidenden Stellen ist bereits gesichert, sodass die Gefahr von Kontrollen oder Razzien gering ist.«

Snider nickt. Leander lehnt sich zurück und sieht ihm direkt in die Augen, während ich das Geschehen gebannt verfolge, beeindruckt von Leanders Schauspielkünsten.

Er verschränkt die Arme vor der Brust. »Aber bevor wir weiter über diese transatlantischen Pläne sprechen, habe auch ich noch einige Fragen.« Leander macht eine längere Pause, um Sniders Neugier zu wecken.

Tatsächlich, Snider schaut ihn mit gerunzelter Stirn an. »Ja. Bitte. Wenn es nicht zu lang dauert.«

»Ich habe über unseren Freund Jericho hier ein Treffen mit dem ›Mesar‹-Boss einfädeln lassen und damit gerechnet, einen gewissen Hart zu treffen. Nun sitze ich Ihnen gegenüber, Mr Snider, und mir sind Gerüchte zu Ohren gekommen, dass Hart nicht mehr an der Spitze des Kartells steht. Es soll Unruhe herrschen. Das ist natürlich schwierig für mich.«

Sniders Miene verfinstert sich kurz, aber Leander lässt sich nicht beirren. Er beugt sich vor, seine Stimme bleibt ruhig.

»Es ist wichtig für uns zu wissen, mit wem wir es zu tun haben. Vertrauen und Sicherheit sind Bedingung für einen Deal. Warum kann ich nicht mit Hart selbst sprechen?«

Snider zögert, seine Augen blitzen misstrauisch, aber dann scheint er sich zu entscheiden, seinem potenziellen Partner gegenüber halbwegs ehrlich sein zu wollen.

»Hart hat Fehler gemacht«, sagt er schließlich ausweichend. »Er ist nicht länger die richtige Person, das Kartell zu leiten. Er hat fragwürdige Entscheidungen getroffen, die wir nicht mehr mittragen konnten und die das ganze Geschäft gefährdet haben. Sie haben sicher von ›Purple Panther‹ gehört.«

Ich spitze die Ohren, versuche, jedes Detail zu verstehen. Snider spricht zum Glück laut genug, sodass auch Mitch im Überwachungsfahrzeug alles auf Band haben sollte. Das ist der Moment. *Komm schon, Leander, bohr nach.*

Leander runzelt die Stirn, dann fährt er in diesem ruhigen Tonfall fort. »Das wäre meine nächste Frage gewesen. Es beruhigt mich, dass Ihre Organisation bereit ist, Personen, die den Anspruch nicht mehr erfüllen, auszutauschen.« Er sieht Snider über den Rand seiner Brille hinweg streng an. »Zugleich ist es immer mit einem Risiko verbunden, wenn an kritischen Positionen jemand ersetzt wird. Besteht die Gefahr, dass dieser Hart uns in Zukunft Schwierigkeiten machen wird?«

Snider lacht dreckig auf. »Machen Sie sich da mal keine Sorgen. Wie sagt man so schön: Tote sprechen nicht. Dafür habe ich selbst gesorgt.« Er macht mit seiner Hand eine Geste, als würde er sich den Hals aufschlitzen.

Ich kann kaum fassen, dass er es einfach so zugegeben hat. Snider hat Hart umgebracht, weil dieser mit der Verunreinigung der Drogen einen Alleingang gemacht hat, der die Operation gefährdet hat. Das ist der Beweis, dass Jackson nicht für »Purple Panther« verantwortlich ist. Die Frage ist nur: Steckt noch mehr dahinter? Ich schaue gespannt auf Leander, der diese Gelegenheit nicht ungenutzt lässt.

»Verstehe«, sagt er, als ob er diese Information komplett nüchtern und ungerührt aufnehmen würde. »Und wer hat jetzt das Sagen? Sie verstehen sicher, dass wir kein Risiko eingehen können angesichts Ihrer speziellen Situation. Es wäre für mich äußerst wichtig, Ihren Chef kennenzulernen, bevor wir weitermachen.«

Snider starrt ihn an, die Anspannung ist fast greifbar. »Warum sollte ich Ihnen unseren Boss vorstellen? Das wiederum ist ein großes Risiko für uns.«

Leander lächelt selbstbewusst. »Weil ich Ihnen das beste Geschäft Ihres Lebens anbiete. Und wenn Ihr Chef genauso klug ist wie Sie, wird er das sofort erkennen. Aber ich verhandle nur mit denjenigen, die die endgültigen Entscheidungen treffen können.«

Es entsteht eine lange Pause, in der Snider offensichtlich überlegt. Die Spannung in der Luft ist unerträglich, jede Sekunde scheint sich endlos zu dehnen.

Schließlich nickt Snider langsam. »In Ordnung. Ich werde ein Treffen arrangieren. Aber glauben Sie mir, wenn Sie versuchen, uns hereinzulegen, wird das Ihr letzter Fehler sein.«

Ich jubiliere innerlich. Besser hätte es nicht laufen können! Jetzt müssen wir dieses Treffen nur noch schnell zu einem guten Ende bringen. Ich zermartere mir gerade das Hirn, ob ich es wagen kann, Vic und Mitch zu signalisieren, dass wir uns zurückziehen sollten, als ich in der Halle plötzlich eine Bewegung wahrnehme.

Ein Mann tritt aus dem Schatten direkt unter mir. Er trägt trotz der sommerlichen Temperaturen einen Mantel und einen Hut. Wie zum Teufel ist er hier hereingekommen? Über den Stecker in meinem Ohr höre ich ein unterdrücktes Fluchen von Vic, als er den Mann ebenfalls bemerkt.

Der Unbekannte geht unheildrohend auf die Gruppe zu. »Das reicht jetzt, Bruce. Wir können aufhören mit dem Schmierentheater.«

Ich erstarre. Wir wurden enttarnt. Die Stimme des Mannes kommt mir bekannt vor, aber ich kann sie nicht zuordnen.

Auch Leander scheint den Mann zu kennen. Er starrt ihn an, seine Augen weiten sich in einer Mischung aus Erkennen und Schock. Der Mann hat mir den Rücken zugewandt, aber etwas an seiner Präsenz jagt mir einen Schauer über den Rücken.

Snider lacht plötzlich auf, ein nervöses, erratisches Kichern, das die Spannung in der Luft noch weiter auflädt. Er springt auf, beugt sich über den Tisch und zeigt anklagend mit dem Finger auf den noch immer entsetzt aussehenden Leander.

»So schnell fällt der Vorhang! Von wegen Drug Lord«, höhnt er und bemüht sich nicht mehr um einen freundlichen Ausdruck. »Du glaubst doch nicht, dass ich dir den Unsinn mit dem Drogengeschäft abkaufe. Malone! Was ist das überhaupt für ein Name? Jetzt ist Schluss mit dem Theater, Lohfeldt.«

Ich bin wie gelähmt, mein Kopf hat noch nicht begriffen, dass gerade alles, aber auch alles schiefläuft, und ich kann nur beobachten, was sich vor meinen Augen abspielt.

Der unbekannte Mann im Mantel tritt in den Lichtstrahl und dreht sich leicht nach links, um Leander in die Augen sehen zu können, und mein Herz setzt einen Schlag aus, als ich endlich sein Gesicht sehe. Es ist Rolf von Stuck.

Kapitel 31

Die Erkenntnis ist wie eine kalte Dusche, die mich wachrüttelt. Von Stuck ist Sniders Boss. Er steckt hinter allem. Mit einem Mal ergibt die ganze Gemengelage Sinn, und ich verstehe, warum das alles passierte: der Steinschlag in Montenegro, die beiden Verfolger in Harts Villa, Jacksons Festnahme. Überhaupt erklärt das endlich, warum von Stuck sich so auf Jackson als Strippenzieher, als Verantwortlichen hinter »Purple Panther« eingeschossen hatte – und warum Jackson jetzt dafür hinter Gittern sitzt. Verdammt! Meine Augen suchen den Schatten zwischen den Maschinen nach einem Lebenszeichen von Vic ab. Die Erkenntnis muss für ihn ein echter Schock sein, und ich hoffe, dass er jetzt keine Kurzschlussreaktion an den Tag legt. Ich würde ihm zutrauen, dass er von Stuck zur Rechenschaft ziehen will. Doch ich entdecke ihn nicht, nicht die geringste Bewegung. *Gut.*

Von Stuck ist jetzt vor Leander zum Stehen gekommen, und ich sehe, dass er einen kleinen Revolver auf ihn gerichtet hat.

»Damit hast du nicht gerechnet, was, Lohfeldt? Ihr dachtet, ihr stellt Snider hier eine Falle – und jetzt seid ihr selbst hineingetappt«, sagt er mit ungerührter Stimme.

Er nickt Murat zu, der hinter Leander tritt und seine Hände und Füße mit flinken Bewegungen mit Kabelbindern am Stuhl fixiert. Verdammt.

Leander versucht dennoch, die Fassung zu bewahren. »Von Stuck«, knurrt er mit kaum verhohlener Wut. »Damit kommen Sie nicht durch.«

Von Stuck winkt ab. »Ich gebe zu, ich hatte gehofft, dass es nicht zu einer Konfrontation kommt. Aber das ändert nichts daran, dass ich am längeren Hebel sitze. Ihr habt keine Ahnung, wie lange ich euch schon steuere.«

Snider tritt nervös von einem Fuß auf den anderen und lacht ein kaltes, irres Lachen. Seine Augen glänzen manisch, doch sein Gesicht ist vor Wut verzerrt.

»Du bist so ein Idiot, Lohfeldt. Hast du wirklich geglaubt, du könntest uns austricksen?«

Meine Gedanken rasen, und ich muss tief durchatmen, um nicht die Fassung zu verlieren. Über Funk höre ich die leise Stimme von Mitch, der draußen in Position ist. »Vic, Juli, was ist das los? Wer ist da zu euch gestoßen? Ich habe niemanden gesehen.«

Ich traue mich nicht zu antworten. Wir dürfen uns jetzt auf keinen Fall verraten. Ich will Leander nicht in Gefahr bringen.

Der sieht von Stuck mit festem Blick an. Ich kann seine Gelassenheit nur bewundern. »Wie stellen Sie sich das vor, von Stuck? Sie bringen mich um die Ecke und machen dann weiter wie bisher, ohne dass jemand Fragen stellt?«

Leander versucht es mit der altbewährten Hinhaltetaktik, und ich hoffe, dass Mitch über Funk mitbekommen hat, was hier gespielt wird, und Verstärkung holt.

Von Stuck durchschaut Leander sofort. Er tritt dicht an Leander heran und fixiert ihn mit kühlem Blick. »Hältst du mich für so dämlich? Als würde ich nicht erkennen, dass du Zeit schinden willst? Mach dir keine Hoffnung, Lohfeldt. Ich habe dafür gesorgt, dass niemand kommen wird.«

Mir rutscht das Herz in die Hose. Das ist keine leere Drohung. Wenn jemand dazu in der Position wäre, dann von Stuck.

»Aber wenn du es unbedingt wissen willst«, fährt von Stuck fort und beginnt, in aller Ruhe vor dem Tisch auf und ab zu gehen. »Ich erinnere mich noch gut an den Tag, als ich Hart kennengelernt habe. Er und ich hatten eine Geschäftsbeziehung. Er konnte mir eine ganz bestimmte Ware besorgen, um meine speziellen Bedürfnisse zu befriedigen, und ich habe ihn dafür großzügig entlohnt.«

Mir steigt die Galle hoch, als mir klar wird, dass von Stuck mit »Ware« Frauen meint, Prostituierte für irgendwelche Sexspielchen. Genau das hat er versucht Jackson in die Schuhe zu schieben. *Dieses Arschloch.*

Leander starrt ihn an, er versucht nicht, seine Abscheu zu verbergen.

Von Stuck fährt unbeeindruckt fort: »Irgendwann hat Hart versucht, mich mit seinem Wissen über meine Bedürfnisse zu erpressen. Es war eine unangenehme Situation, aber auch eine, die mir die Augen geöffnet hat. Denn Hart fing an, mich an seinem Geschäft zu beteiligen, wenn ich dafür sorge, dass meine Beamten an der entscheidenden Stelle wegsehen.«

»Und so haben Sie die Seiten gewechselt.«

Es ist keine Frage, was Leander da äußert, aber von Stuck zeigt dennoch zum ersten Mal eine Regung. Er wirbelt herum.

»Ich wollte ihn überführen, sobald ich die Strukturen einmal durchschaut habe. Parallel habe ich das Terrorabwehrzentrum im ›Quartier‹ aufgebaut. Ich habe damit gerechnet, dass man mich zum Leiter des Zentrums ernennen würde, aber man hat mich übergangen. Mal wieder.«

Er kann die Bitterkeit in seinen Worten nicht verbergen. Er scheint sich tatsächlich als eine Art Opfer zu sehen, der ehrgeizige BKA-Mann, dessen Genialität schlicht nicht gewürdigt wurde.

»Deshalb haben Sie sich mit Hart zusammengetan, weil er Ihnen Macht gegeben hat?«, fragt Leander. Seine Stimme ist leise.

Von Stuck reagiert nicht, sondern fährt mit seiner Erzählung fort. Als ob er der Gelegenheit nicht widerstehen könnte, dass ihm endlich jemand zuhört, dass er endlich gesehen wird.

»Niemand im BKA ahnte, dass ich nebenher mit einem Kartell zusammenarbeitete. Solange die Droge nur eine harmlose Partydroge war, die unter dem Radar der Polizei blieb, hätte das ewig so weitergehen können. Aber Hart konnte den Hals nicht vollkriegen. Als er anfing, ›Pink Panther‹ zu strecken, musste ich reagieren. Ich habe versucht, ihn zu stoppen, aber er ließ nicht mit sich reden.«

Snider, der die ganze Zeit neben von Stuck gestanden hat, mischt sich ungefragt ein: »Hart war ein Idiot. Er dachte, er könnte uns alle kontrollieren, hätte alles im Griff.« Er beginnt, auf und ab zu gehen und die Fäuste zu ballen.

Von Stuck wirft Snider einen tadelnden Blick zu. Er mag es offenbar nicht, unterbrochen zu werden. Er runzelt irritiert die Stirn und wendet sich dann wieder an Leander: »Also tat ich mich mit Snider zusammen. Er war selbst nicht gut auf Hart zu sprechen, seit dieser begonnen hatte, die Drogen – Sniders geliebte Erfindung – zu panschen. Ich …«

Doch Snider ergreift erneut unaufgefordert das Wort, dreht sich einmal um seine eigene Achse und brüllt: »Meine Rezeptur war perfekt. Jackson hat das verstanden. Aber auch er wusste nicht zu schätzen, welche genialen Ideen ich noch für ›Pink Panther‹ hatte. Wir könnten die Welt damit erobern, Armut heilen, den Frieden auf Erden sicherstellen.«

Von Stuck unterbricht ihn genervt. »Jaja, ist gut jetzt, Bruce. Hör auf mit deinem Gequassel! So genial bist du nicht. Du Idiot hast dich von Gordana dabei erwischen lassen, wie du Hart umgebracht hast. Ich hatte gesagt, du sollst Babics Männer damit beauftragen, aber nein, du musstest es unbedingt selbst machen. Murat scheint dabei ja auch nicht gerade hilfreich gewesen zu sein, sie hat euch gesehen. Immerhin hast du sie noch halbwegs in den Griff bekommen und sie als Marionette an der Spitze von ›Mesar‹ installiert.«

Snider funkelt von Stuck mit kaum verhohlener Wut an, sagt aber nichts. Ein richtiges Dream-Team scheinen die beiden nicht zu sein. Im Gegenteil. Vielleicht können wir uns das zunutze machen. Nachdem er seinem Ärger an Snider Luft gemacht hat, fügt von Stuck an Leander gewandt hinzu: »Alles, was ich noch zu tun hatte, war, eure Ermittlungen zu stoppen, damit alles wieder weitergehen kann wie zuvor.«

Leander schüttelt den Kopf. »Nur, dass wir uns nicht einfach so abspeisen ließen.«

»Nein. Ich hatte euch den Weg geebnet, die Lösung des Falles quasi auf dem Silbertablett serviert. Der in der Markthalle festgenommene Dealer führte euch wie geplant ins ›Andromeda‹, wo ihr nur Jackson hättet festnehmen müssen. Aber dann entkam er – trotz meiner Intervention. Und ihr fingt auch noch an, gemeinsame Sache mit Jackson zu machen!«

Snider, der inzwischen hinter Leander Position bezogen hat, lacht leise und pirscht sich näher an Leander. »Der Tanz mit dem Teufel«, säuselt er irre.

Von Stuck scheint langsam genug von Sniders Einwürfen zu haben und fährt diesen an. »Jetzt halt endlich dein Maul. Du hast wohl zu viel von deiner eigenen Ware probiert und bist irgendwo hängen geblieben. Dein impulsives, unüberlegtes Handeln hat uns schon genug gekostet.«

Mir bleibt einen Moment die Luft weg. Ich gebe von Stuck ungern recht, aber in diesem Punkt muss ich ihm zustimmen.

Snider sieht das offensichtlich ganz anders. Seine Miene verdüstert sich, und er ballt die Hände an seinen Seiten zu Fäusten.

»Mein impulsives Verhalten hat dich in der Vergangenheit nicht gestört, Boss. Als ich die vier in Montenegro beinahe mit dem Stein auf der Straße erledigt hätte, hast du mich gelobt, wenn ich mich recht erinnere.«

Von Stuck sieht ihn vorwurfsvoll an. Das hätte er wohl nicht erzählen dürfen. Dann wendet er Snider ohne ein weiteres Wort den Rücken zu – als ob er sich nicht länger mit ihm abgeben wolle.

Und sagt zu Leander: »Am Ende blieb mir nur, es selbst zu erledigen, Jackson festzunehmen und ihm alles anzuhängen. Aber jetzt ist Schluss. Ihr habt genug Unruhe gestiftet.«

Ich sehe, wie Leander die Fäuste ballt, seine Wut kaum zurückhalten kann. Meine Finger zucken zu der Waffe an meinem Hosenbund. Ich muss es wagen, kann nicht länger warten. Wir müssen schnell handeln, bevor die Situation eskaliert. Ich überlege fieberhaft, was ich tun kann. Von Mitch und Vic ist nichts zu hören, und ich frage mich, ob ich alleine eingreifen sollte. Leander ist in einer hochprekären Lage, und ich weiß, dass jede Sekunde zählt.

Gerade als ich im Begriff bin aufzustehen, spüre ich plötzlich etwas Kaltes und Metallisches in meinem Nacken. Ich erkenne es sofort. Eine Waffe. Ein Schauer läuft mir über den Rücken. Einer von von Stucks Männer muss sich von hinten unbemerkt an mein Versteck angeschlichen haben.

»Beweg dich«, zischt er und stößt mich die Treppe hinunter in die Halle. Mein Herz rast, und jeder Schritt hallt bedrohlich in der stillen Fabrik wider. Mein Blick sucht Leander, der mich mit entsetztem Ausdruck ansieht. Seine Lippen formen ein tonloses »Nein«. Von Stuck steht neben ihm und blickt mir mit einem zufriedenen Ausdruck entgegen. Wut steigt in mir auf, ich würde von Stuck am liebsten anspringen und ihm die Augen auskratzen.

»Bleib ruhig. Dann passiert deinen Freunden nichts«, zischt der Kerl hinter mir, den Lauf seiner Waffe noch immer fest gegen meinen Nacken gedrückt.

Erschrocken sehe ich mich um. Zwei weitere schwarz gekleidete Typen führen Vic und Mitch mit vorgehaltener Waffe in die Halle. Die beiden sind wie Leander mit Kabelbindern gefesselt.

Für einen Moment fürchte ich, mein Herz könnte stehen bleiben, und ein Schluchzer entkommt meiner Kehle. Wie kann das sein? Wie können drei meiner Männer gleichzeitig in Lebensgefahr sein?

Mitch sucht meinen Blick, er mustert mich unruhig, und ich verstehe die unausgesprochene Frage in seinen Augen: Haben sie dir etwas angetan? Ich schüttle den Kopf. Im Gegensatz zu den Männern bin ich nicht einmal gefesselt. Noch nicht. Ich überlege blitzschnell. Vielleicht kann ich das zu meinem Vorteil nutzen.

Einer der beiden Typen schubst Vic, der stehen geblieben ist. Sein Blick ist auf von Stuck gerichtet, er funkelt ihn an, sein Gesicht vor Wut verzerrt.

»Sie elender Verräter! Das werden Sie büßen, warten Sie nur«, braust er auf, woraufhin der Scherge, der ihn festhält, ihm einen Schlag gegen die Schläfe verpasst, der Vic taumeln lässt. Ich ziehe scharf die Luft ein. Das hier ist nicht gut, gar nicht gut. Ich muss etwas unternehmen, bevor es eskaliert.

Von Stuck bleibt gelassen. »Jetzt reagieren Sie mal nicht über, Simmons. Von einem Ermittler wie Ihnen hätte ich deutlich früher Misstrauen erwartet.« Er lässt seinen Blick über Leander, Vic, Mitch und mich gleiten. »Es ist fast schade, dass euer Freund Jackson nicht hier sein kann und mitbekommt, wie es zu Ende geht.«

Leander wirft mir einen Blick zu, seine Augen voller Sorge und Entschlossenheit. »Es ist noch nicht vorbei«, sagt er leise.

»Doch«, erwidert von Stuck. »Das ist es. Ihr habt euch zu tief in meine Angelegenheiten eingemischt. Das war euer Fehler.«

Ich versuche, Ruhe zu bewahren, während mein Kopf rattert. Wie kommen wir hier raus? Meine Augen suchen den Raum nach einer Fluchtmöglichkeit ab.

»Sie setzen alles aufs Spiel, Ihre ganze Karriere«, zischt Vic, der noch immer etwas benommen wirkt, sich aber bemüht, von Stuck etwas entgegenzusetzen.

Von Stuck mustert ihn lange. »Ach, Simmons, warum haben Sie nicht einfach den Mund gehalten, Ihre Beförderung angenommen und mitgemacht? Ihnen standen alle Wege beim BKA offen. Es tut mir wirklich leid, dass Sie jetzt hierunter leiden müssen.« Er zuckt die Achseln. »Aber es nützt ja nichts.«

»Und jetzt?«, fragt Mitch, seine Augen blitzen. »Was haben Sie vor? Uns einfach alle erschießen und hoffen, dass niemand Fragen stellt?«

Von Stuck bleibt ernst. »Ich bedaure wirklich, dass es so weit kommen muss, aber ich fürchte, Sie lassen mir keine andere Wahl. Sie wissen zu viel – das kann ich so nicht stehen lassen.« Er geht langsam auf uns zu, seine Schritte hallen in der großen Halle wider.

Leander, der von Stuck in den vergangenen Minuten eindringlich beobachtet hat, richtet das Wort an den abtrünnigen BKA-Mann: »Mich wundert es gar nicht, dass es so weit gekommen ist. Haben Sie wirklich gedacht, Sie könnten ein Drogenkartell führen, wenn Sie nicht mal gut genug sind, um eine ordentliche Karriere beim BKA hinzulegen? Sie sind nur neidisch, weil wir gute Ermittler – und Ihnen auf die Schliche gekommen sind.«

Von Stucks Mundwinkel zucken, seine Augen weiten sich. Leanders Worte haben ihn getroffen. Von Stuck geht langsam auf Leander zu und funkelt ihn wütend an, zum ersten Mal macht er den Eindruck, als ließe er die finsteren Abgründe in seinem Inneren erkennen.

»Mit dir fange ich an. Und dann werde ich reihum deine Freunde erschießen, bis ich bei eurer Hure ankomme.«

Er richtet seinen Revolver auf Leander. Snider tritt ebenfalls hinzu, die Waffe fest in der Hand.

»Genug geredet. Zeit, das hier zu beenden.«

Kapitel 32

JACKSON

Ich muss verrückt geworden sein, dass ich mich auf diesen Unsinn einlasse. Mit einem Drogenboss, der in U-Haft sitzt, zu einem unabgesprochenen Einsatz zu fahren, um Beweise für seine Unschuld zu finden.«

Elisabeth Steinhauer schiebt ihr Kinn vor und tritt das Gaspedal durch. Mit quietschenden Reifen rasen wir über die von Gelb auf Rot schaltende Ampel auf dem Tempelhofer Damm in Richtung Süden. Doch schon an der nächsten Kreuzung müssen wir halten. Die Linksabbieger-Ampel zur Stadtautobahn 100 zeigt Rot. Ich lasse die Frau reden. Schon vor Jahren habe ich gelernt, dass es manchmal die beste Taktik ist zu schweigen. Außerdem wirkt es bedrohlich.

»Wer hat sich diese neue Schaltung ausgedacht? Das kann nur ein Mann gewesen sein. Normalerweise ist hier grüne Welle Richtung Autobahn.«

Steinhauer fummelt eine Zigarette aus der Packung auf der Ablage und steckt sie kommentarlos an. Ich lasse die Scheibe hinunter und schwanke zwischen Amüsement und Missmut. Juli hat nicht übertrieben, als sie Elisabeth Steinhauer als exzentrisch bezeichnete. Die LKA-Frau wirft mir einen kritischen Blick durch ihre große, hellbraun getönte Sonnenbrille zu, durch die man ihre Augen gut erkennen kann. In der linken Hand hält sie die Kippe und das Steuer, die rechte ruht auf der

Gangschaltung. Ihre knallrot lackierten Nägel gleichen Krallen.

»Ich sage dir eines, Jackson. Wenn du mir Unsinn aufgetischt hast und wir bei diesem Treffen nichts herausfinden, buchte ich dich lebenslänglich ein.«

Missbilligend mustert sie meinen rechten Fuß, den ich lässig gegen das Handschuhfach stütze. Ich nehme ihn herunter und krame ebenfalls meine Sonnenbrille aus der Brusttasche meines Hemdes hervor. Ein Wunder, dass mir die Wachhunde in der JVA das Teil überhaupt ausgehändigt haben. Ich hätte gewettet, dass sie meine Aviator mit echtem Goldrand mitgehen lassen würden, diese dreckigen, korrupten Typen. Ich setze die Brille betont langsam auf und versuche, mich von der hysterischen Braut neben mir nicht verrückt machen zu lassen.

»Hast du mich verstanden, Jackson? Keine Spielchen. Ich gehe das Risiko nur für Juli Schröder ein. Von mir aus hättest du gleich in den Knast gehen können.«

Kaum leuchtet der grüne Pfeil auf, lässt sie den Motor aufheulen und biegt um die Ecke. Ohne noch einmal herunterzuschalten, fährt sie auf die A 100 in Richtung Neukölln auf und drängelt sich, ohne vom Gas zu gehen, zwischen zwei Autos, bevor sie nahtlos auf die Überholspur wechselt. Immerhin hat sie verstanden, dass es auf jede Minute ankommt.

»Ich würde nie mit Julis Leben spielen, Frau Steinhauer. Ich weiß nicht genau, was los, aber wir müssen uns beeilen.«

Meine Stimme ist tief und kratzig, ich habe in den vergangenen Tagen nicht viel geredet. Jetzt allerdings muss ich mit ihr kooperieren. Sie sitzt eindeutig am längeren Hebel und geht ohnehin ein hohes Risiko ein. Ich traue ihr sogar zu, dass sie es sich noch anders überlegt und mich mit ihrem Audi zurück in die JVA kutschiert, wenn ich ihr Kontra gebe. Aber mehr als den Mund halten ist bei mir an Entgegenkommen nicht drin. Nur weil sie sich bereit erklärt hat, mich aus der U-Haft zu holen, muss ich ihr nicht die Füße küssen. Erstens habe ich mir von ihr schon genügend Unsinn anhören müssen, bis ich ihr klarmachen konnte, dass sie den größten Fehler ihres Lebens begeht, wenn wir uns nicht schleunigst auf den Weg zu dem Treffen mit Bruce Snider machen. Und zweitens geht es hier nicht um mich selbst. Sondern um Juli.

Bei der Vorstellung, dass sie sich in Kürze mit dem Engländer trifft, um ihn in eine Falle zu locken, werde ich unruhig. Ich kann nur hoffen, dass sie nicht allein mit ihm ist. Wenn Juli wüsste, auf wen sie sich einlässt, wäre sie niemals auf die Idee gekommen. Wobei, wenn ich genauer darüber nachdenke, halte ich es für denkbar, dass sie auch einem unberechenbaren Psychopathen die Stirn bieten würde.

Denn genau das ist Bruce Snider. Ein Mann ohne Empathie, ein genialer Kopf, ein Chemiker, der unter der Wahnvorstellung leidet, mit seinen Drogen die Welt verbessern zu können. Es war ihm nie genug, was Hart und ich damals mit »Pink Panther« vorhatten. Er wollte immer schon mitbestimmen und mehr Stoff entwickeln, er hatte sogar wirre Visionen davon, die Droge in Entwicklungsländer zu schicken, damit die Menschen dort »produktiv werden und unabhängig von finanziellen Hilfen«. Seine Worte. Völlig durchgedreht. Und gefährlich.

Es macht mich nervöser, als ich eingestehen würde, dass ich nicht weiß, was die vier heute vorhaben. Gordanas Nachricht, die mich gestern Abend in U-Haft erreichte, ist nebulös.

»*Deine Freunde treffen sich mit dem
Engländer. Mittwoch, 18 Uhr. Flaschenfabrik
Britz. Du solltest hingehen, es wird sicher was los
sein. Wäre gern dabei, aber schaffe es nicht.*«

Ich habe natürlich sofort gecheckt, dass mich Gordana nicht zu einer Party einladen, sondern über ein Treffen von Snider und den Ermittlern informieren wollte. Mehr konnte ich aus der WhatsApp nicht herauslesen, die mir der wortkarge Wärter mit dem Schnauzer gezeigt hat. Was Gordana ihm dafür wohl bezahlt hat, dass er mir mein Handy für zehn Minuten heimlich herausgegeben hat?

Dass sie so ein großes Risiko eingegangen ist, mir eine Nachricht zukommen zu lassen, kann nur eines bedeuten: Juli und die anderen haben nicht aufgegeben und versuchen weiterhin zu beweisen, dass nicht ich hinter »Purple Panther« stecke. Ich habe keine Ahnung, wie die vier Snider nach Berlin gelockt haben, aber ich ahne, dass sie ihn stellen wollen. Was für ein Wahnsinnsplan. Sich mit Snider in einem abgelegenen Gebäude wie dieser ehemaligen Flaschenfabrik am Teltow-Kanal zu treffen, ist in etwa so ratsam, wie sich mit einem Auftragskiller allein im Wald zu verabreden. Zum Glück hat Gordana mich informiert! Auch wenn wir uns jahrelang nicht gesehen haben und der Verrat von Hart noch immer an mir kratzt, bin ich froh, dass ich in Montenegro wohl zu ihr durchgedrungen bin. Es gab eine Zeit, da war sie wie eine Schwester für mich. Sie hat trotz ihrer Trauer und Angst gesehen, wie viel Juli mir bedeutet, und mich gewarnt, und dafür werde ich ihr ewig dankbar sein. Gordana weiß, wie unberechenbar Bruce ist. Wenn Snider auch der Mann ist, der sie erpresst, dann hat sie durch die Warnung sich und ihre Kinder in Lebensgefahr gebracht.

Ich schlucke und blicke auf das goldene Handy in der Halterung, das als Navi dient. Noch acht Minuten bis zur Ankunft. Diese Steinhauer-Tante ist meine einzige Chance, Juli aus den Händen von Snider zu retten. Nicht gerade beruhigend. Sie war die einzige Person, die mir eingefallen ist, die die Möglichkeiten hat, Juli zu helfen – und der Juli wichtig genug ist, um eine solche Aktion umzusetzen.

Und sie kann Auto fahren. Mitten in der Rushhour fädelt sie sich durch Lkw, Lieferwagen und Kolonnen von heimkehrenden Angestellten. Die Geschwindigkeitsbegrenzung von achtzig Kilometer pro Stunde ignoriert sie, soweit es möglich ist. Das lässt darauf schließen, dass sie den Ernst der Lage erkannt hat und nicht einfach nur die Gelegenheit nutzt, mit einem bösen Jungen wie mir einen aufregenden Feierabend-Ausflug zu machen. Was durchaus möglich wäre bei diesem Typ Frau, da habe ich genügend Erfahrung gesammelt. Diese Steinhauer allerdings wirkt nicht, als würde sie auf mich stehen. Es ist ein Wunder, dass ich überhaupt durchsetzen konnte, mit ihr in der U-Haft zu reden. Nachdem ich die Nachricht von Gordana gelesen hatte, habe ich den schnurrbärtigen Wärter gebeten, Elisabeth zu kontaktieren und sie um ein dringendes Gespräch zu bitten. Zu meiner Überraschung stand sie heute Mittag in meiner Zelle – wenig begeistert, von mir herzitiert worden zu sein. Aber immerhin hat sie mir zugehört und den Ernst der Lage erkannt.

»Ich erwarte, dass du tust, was ich dir sage. Was ist Snider für ein Typ?«, blafft sie.

Sie wirft ihren Zigarettenstummel aus dem Fenster, fummelt sofort eine neue aus der Packung und steckt sie sich an. Zeitgleich zieht sie rechts an einem Lkw vorbei und schert so knapp vor ihm ein, dass der Fahrer dröhnend hupt. Ich kralle mich reflexartig am Türgriff fest. Steinhauer bemerkt es und grinst hämisch.

»Du hast wohl Schiss? Keine Sorge. Ich fahre seit dreißig Jahren unfallfrei. Also, was will Bruce Snider von meinen Leuten?«

Mein Gott, was für eine anstrengende Person. Juli tut mir wirklich leid. Wie hält sie es mit dieser Frau aus?

»Bruce Snider ist Chemiker und hat damals ›Pink Panther‹ entwickelt. Ich weiß nur das, was ich Ihnen schon gesagt habe: Juli und die anderen treffen sich mit ihm, vermutlich halten sie ihn für den Drahtzieher. Irgendwas müssen sie herausgefunden haben. Aber das könnte gefährlich werden. Snider ist ein kranker Kopf, ich glaube nicht, dass er einfach so mit sich reden lässt.«

Steinhauer nickt ungeduldig. »Wir werden das Treffen beobachten. Du gehst rein und deeskalierst, wenn es sein muss. Aber nur dann. Das muss glatt laufen, keine Gewalt. Verstanden?«

Ich frage mich kurz, wer hier der Gangster ist. Diese Frau hätte in jedem Fall das Zeug zu einer Clan-Chefin. Sie erhöht das Tempo auf hundertvierzig. Immerhin lassen wir auf diese Weise den Feierabendverkehr schnell hinter uns. Als Steinhauer in Britz von der Stadtautobahn abfährt, hält uns kein Verkehr mehr auf. Wir nehmen die Ausfahrt und fahren über eine breite Straße Richtung Industriegebiet. Plötzlich hat man nicht mehr das Gefühl, in der Weltmetropole Berlin zu sein, eine ganz andere Welt tut sich vor uns auf. Die Straßen sind marode und wie leer gefegt, Hunderte Autos stehen am Straßenrand. Hinter zerfallenen Backsteinmauern erkenne ich einige einsturzgefährdete Fabrikhallen. Eine davon muss die alte Flaschenfabrik sein.

»Hier ist es gleich«, informiert mich Steinhauer, dann macht sie eine Vollbremsung und biegt in eine Seitenstraße ein, die neben stillgelegten Schienen auf ein verwildertes Areal führt. Überall parken hier Fahrzeuge aller Größen, auch etliche Wohnwagen sind abgestellt. Elisabeth bringt den Audi in einer Parklücke zum Stehen.

»Die alte Flaschenfabrik ist da hinten am Ufer des Teltowkanals.«

Sie öffnet die Wagentür und greift nach ihrer Dienstwaffe am Gürtel. Als ich aussteige, zerkratze ich mir die Unterarme an den Dornen der Brombeersträucher, die das Areal überwuchern. Die Luft ist drückend, es riecht nach Staub und wilden Kräutern. Schröder öffnet den Kofferraum. Zu meiner Überraschung holt sie ein Paar grobe, schwarze Gummischuhe heraus, steigt aus ihren hochhackigen Lack-Pumps und schleudert sie in den Wagen. Mit einer schnellen Bewegung schlüpft sie in die abgenutzten Boots. Meine Achtung vor ihr wächst. Sie ist offenbar doch öfter bei einem Einsatz, als ich es ihr zugetraut hatte.

Sie lässt den Kofferraum leise zuschnappen und zieht aus ihrer Jackentasche eine zweite Waffe hervor, eine HK P30. Sie hält sie mir mit einem eindringlichen Blick hin.

»Die da ist nur für den Notfall. Und damit meine ich: Notfall.«

Ich prüfe fachmännisch, ob die Waffe gesichert ist, und stecke sie dann in den Bund meiner Jeans. Wir pirschen uns an einer Backsteinmauer entlang auf das mehrstöckige Backsteingebäude zu. Ein angerostetes, zweiflügliges Eisentor, das schon deutlich bessere Tage gesehen hat, führt auf das Gelände der ehemaligen Flaschenfabrik. Auch hier sind zahlreiche Autos geparkt, die meisten in einem heruntergekommenen Zustand. Hinter einem Container entdecke ich das Heck eines alten, weißen Lieferwagens. Julis Chefin winkt mich zu der Betonmauer, in die das Tor eingelassen ist, und geht in Deckung.

»Runter. Sie können uns vielleicht sehen«, zischt sie. Gehorsam knie ich mich neben sie. Doch schon steht sie auf und späht über die Mauer in die Richtung, in der ich den Wagen entdeckt hatte.

Sie duckt sich wieder und flüstert mir zu: »Der Wagen da sieht aus wie einer von uns. Aber da ist noch einer.«

Ihre kleinen, punktförmigen Augen wandern unruhig hin und her, sie scheint zu überlegen.

»Was ist denn damit? Ein weißer Lieferwagen, oder nicht?«

»Nicht der. Dahinter steht noch einer. Ein roter Sportwagen.«

Sie späht noch einmal über die Mauer und wirkt plötzlich sehr aufgeregt. »Das ist Rolf von Stucks Auto, das Nummernschild stimmt. Dann hat er meine Nachricht also doch noch bekommen. Merkwürdig nur, dass er mit seinem Privatwagen da ist.«

Ich glaube, ich höre nicht richtig. »Moment mal. Sie haben von Stuck über das Treffen informiert?«

Steinhauer nickt knapp und verzieht die Lippen, sodass die Raucherfältchen über ihrer Oberlippe deutlich sichtbar werden. »Ich wusste nicht, dass er direkt herkommen würde. Ich hatte ihm nur geschrieben, dass wir beide diese Operation machen. Nur wenn Gefahr im Verzug ist, sollte er einschreiten.«

»O Mann. Und wenn er da drin jetzt alles vermasselt?«

Ich muss an mich halten, um ruhig zu bleiben. Am liebsten würde ich sie packen und schütteln.

Steinhauer fixiert mich aus ihren stechenden Augen. »Nun reicht es aber, Jackson. Von Stuck ist ein erfahrener Beamter. Ich gehe davon aus, dass es einen Grund dafür gibt, dass er vor Ort ist. Sie glauben doch nicht, dass ich ohne Absicherung mit Ihnen zu irgendwelchen dubiosen Drogendealern fahre. Und jetzt lassen Sie uns die Situation prüfen, ich gehe vor.«

Sie wartet meine Reaktion nicht ab, sondern greift nach ihrer Pistole und geht geduckt mit schnellen Schritten durch das Tor auf das Backsteingebäude zu. Ich folge ihr in wenigen Metern Abstand. Wir schleichen an der Nordseite vorbei. Sie peilt die schwere Stahltür an, den Haupteingang. Typisch Bulle – immer mit der Tür ins Haus. Mein Instinkt sagt mir, dass das eine dumme Idee ist. Da mache ich nicht mit. Sie hat mich schließlich auch hintergangen, hat mir ihr Wort gegeben, niemandem etwas von diesem Termin zu sagen.

Ich drehe mich kurzerhand wieder um und pirsche mich Richtung Front des Gebäudes an, wo ich eine kleine Luke entdecke, nicht größer als ein Toilettenfenster, gerade mal zehn Zentimeter breit. Vorsichtig ziehe ich mich am Sims hoch und spähe ins Innere.

Und erstarre. Da steht dieses Arschloch Rolf von Stuck, der mit einer Waffe herumfuchtelt, neben ihm niemand anders als mein alter Feind Snider. Ich fluche leise. Dachte ich es mir doch, dass man diesem Kerl nicht trauen kann. Er hat mich festneh-men lassen und ...

In diesem Moment ertönt ein Frauenschrei. Juli! Doch ich kann sie nirgendwo entdecken, mein Sichtfeld ist begrenzt. Au-ßer dem BKA-Chef und Snider sehe ich nur ein paar dunkle Gestalten, aber weder Juli noch die anderen Ermittler. Verdammt. Wenn diese bekloppte LKA-Frau jetzt dort hineinspaziert, ist alles vorbei. Ich lasse mich auf den Boden zurückfallen und biege um die Ecke zurück zu der Wand mit der eisernen Tür. Ge-rade noch sehe ich, wie Steinhauer durch die halb geöffnete Tür verschwindet. Ich bin zu spät. Die Alte läuft direkt in die Falle. Snider und dieser von Stuck werden kurzen Prozess mit ihr ma-chen, und sie hat keine Verstärkung angefordert, diese dämliche Kuh.

Ich schlage wieder und wieder mit meiner Faust gegen die Backsteinwand, bis meine Knöchel bluten. Nun muss ich allein versuchen, Juli und die anderen zu befreien.

Kapitel 33

Wir beenden das schnell und ohne Spuren zu hinterlassen. Ich gebe meinen Leuten Bescheid, dass die vier später abgeholt werden, Boss.«

Von Stuck nickt zustimmend in Sniders Richtung. Der Lauf der Waffe bohrt sich unerbittlich in meinen Nacken. Hoffnungslosigkeit macht sich in mir breit. Es ist alles vorbei. Ich schiele zu Vic, Leander und Mitch hinüber, die einige Meter entfernt von mir knien, die Köpfe gen Boden gerichtet. Fieberhaft überlege ich, was wir tun können. Meine Hände sind nicht gefesselt, und mein Fänger hat die Waffe unter meiner Jacke noch nicht entdeckt. Ich befürchte jedoch, dass das auch nichts ändern wird. Allein kann ich nichts gegen die sechs bewaffneten Männer ausrichten. Von Stuck beobachtet zudem jede meiner Bewegungen.

Plötzlich sehe ich aus den Augenwinkeln, wie von Stuck zusammenzuckt. Er schaut wie gebannt zur Tür hinter mir, etwas scheint ihn zu beunruhigen. Ich folge unauffällig, ohne mich zu bewegen, seinem Blick. Und sehe ein zweites Mal hin. Dort steht meine Chefin Elisabeth Steinhauer. Als sie mich erblickt, sieht sie für einen Moment erleichtert aus, sie missversteht die Situation. Doch dann erblickt sie die Waffe, die von Stucks Scherge noch immer auf mich richtet. Mitch, Vic und Leander haben noch nichts bemerkt, sie knien mit dem Rücken zu der Eisentür.

Elisabeth hat den Blick wie erstarrt auf uns gerichtet, genauer gesagt, auf ihren Kollegen. Von Stucks Augen weiten sich, ihm fällt buchstäblich die Kinnlade herunter. Die beiden schauen sich bewegungslos an. Sekundenschnell fälle ich eine Entscheidung. Das ist meine Chance!

Ich besinne mich auf mein Kampftraining und versetze blitzartig meinem Geiselnehmer rücklings einen Tritt zwischen die Beine, gefolgt von einem kräftigen Schlag gegen sein Nasenbein. Die Waffe löst sich von meinem Nacken, ein Schuss geht los, dann fällt der Revolver zu Boden. Ich greife danach und richte ihn auf von Stuck, während ich dem Schergen, der jetzt fluchend auf dem Boden liegt und sich die Nase hält, vorsorglich noch einen kräftigen Tritt versetze, sodass er regungslos am Boden liegen bleibt. Aus den Augenwinkeln sehe ich, wie der Feigling Snider in Richtung einer der stillgelegten Maschinen verschwindet. War ja klar, dass er kein Rückgrat hat und beim ersten Anzeichen von Gefahr die Flucht ergreift.

»Vorsicht! Hinterher!«, brülle ich Jericho zu, der unbeteiligt neben der Gruppe steht und aussieht, als würde er ebenfalls jeden Moment abhauen wollen. Doch dann sprintet er für einen Mann seiner Statur überraschend agil los und verfolgt den Chemiker, der in Richtung der Treppe verschwindet, die zu meinem vorherigen Aussichtspunkt führt.

Von Stuck scheint endlich aus seiner Starre erwacht und brüllt Snider seine Wut hinterher. »Du elender Verräter, jetzt willst du deinen Arsch retten, nach allem, was ich für dich getan habe. Na warte!«

Ich wirble mit gezückter Waffe zu dem abtrünnigen BKA-Gruppenleiter herum. Er hat seine Waffe sinken lassen und macht keine Anstalten, sie zu benutzen. Ein Seitenblick zu Elisabeth zeigt mir, dass sie den Lauf ihrer Waffe auf ihn gerichtet hat. Gut.

Einen Meter vor ihm bleibe ich stehen.

»Keine Bewegung! Wenn sich einer von euch rührt, drücke ich ab!«, brülle ich in Richtung der beiden Männer, die Vic und Mitch in Schach halten.

Ich hoffe inständig, dass Jericho Snider erwischt hat, denn ich sehe keinen der beiden irgendwo im Raum.

Elisabeth kommt langsam auf von Stuck zu.

»Lass die Waffe fallen, Rolf.«

Er zögert nur einen Moment, dann scheppert seine Knarre auf den Boden. Ich bedeute Elisabeth, von Stuck in Schach zu halten, und wende mich Murat und seinem schwarz vermummten Kumpan zu, die hinter Vic und Mitch stehen. Ich schlage meinen überzeugendsten autoritären Tonfall an.

»Waffen weg! Hände hoch und da drüben mit dem Rücken an die Wand. Hier wird gleich alles gestürmt, und ich rate euch, lieber jetzt aufzugeben, als gleich eine Kugel in den Kopf zu bekommen.«

Ich bedeute ihnen mit meinem Revolver, sich neben die Tür zu begeben. Zum Glück gehorchen die beiden und schieben mir ihre Waffen über den Boden zu, während sie mit erhobenen Händen zur Mauer laufen.

Von Stuck brüllt den beiden Beschimpfungen zu. »Ihr kleinen Pisser lasst euch von einer Frau einfach so vorführen? Wehrt euch!«

Doch die beiden zucken nicht einmal. Besonders loyal sind sie ihrem Boss gegenüber wohl nicht.

Ich blicke mich schnell nach etwas Brauchbarem um und entdecke eine leere Konservendose neben der Treppe. Es dauert nur wenige Minuten, bis ich mit dem scharfkantigen Deckel Mitch und Vic von den Kabelbindern befreit habe.

»Juli«, flüstert mir Mitch zu. »Alles in Ordnung?«

Auch Vic mustert mich eingehend, dabei ist er deutlich mitgenommener als ich. Auf seiner Wange klafft eine blutende Wunde, die der Betonboden verursacht haben muss.

»Danke«, presst er hervor. »Das war Rettung in letzter Minute.«

»Habt ihr Verstärkung angefordert?«

Mitch nickt. »Kurz bevor von Stucks Handlanger mich überwältigt hat. Ich bin aber nicht sicher, ob der Funkspruch durchgegangen ist.«

»Verdammt. Das wird schwierig. Snider ist entkommen. Wir müssen ihn schnappen«, rufe ich ihnen zu.

Mitch und Vic nicken und greifen nach den Waffen der beiden Kerle, die ich ihnen reiche, bevor sie in unterschiedliche Richtungen davonlaufen, um Snider zu fassen. Elisabeth hält noch immer von Stuck in Schach, wie ich mit einem raschen Blick feststelle. Er redet mit hervortretenden Adern auf sie ein, aber Elisabeth steht mit zusammengekniffenen Lippen da, den Lauf ihrer HK auf ihn gerichtet.

Ich greife in die Tüte mit Kabelbindern, die in der Ecke neben der Tür liegt, und bedeute den beiden Vermummten, sich zu einem verrosteten Fließband in der hinteren Ecke zu bewegen. Mit einer schnellen Bewegung fessle ich die beiden an die Metallbeine der Anlage. Dann gehe ich hinüber zu Elisabeth.

»Sind unsere Leute unterwegs? Wir bräuchten eigentlich eine GSG 9.«

Doch meine Chefin schüttelt niedergeschlagen den Kopf. »Als ich sein Auto gesehen habe, bin ich davon ausgegangen, dass er schon einen Einsatz vorbereitet hat, und so schnell es ging zur Halle gerannt.«

Ich lege ihr eine Hand auf die Schulter. »Du konntest nicht wissen, dass er uns hintergangen hat. Wir haben auch gerade erst erfahren, dass von Stuck hinter allem steckt. Ich erkläre dir später mehr. Einer seiner Männer, Snider, ist entkommen. Wir müssen ihn schnappen und dann ...«

Ein ohrenbetäubendes Scheppern lässt mich innehalten. Ich blicke nach oben und sehe gerade noch, wie mit voller Wucht ein Flaschenzug auf uns herunterdonnert. Instinktiv packe ich meine Chefin und werfe sie in letzter Sekunde zu Boden. Der riesige, verrostete Metallhaken landet nur einen Zentimeter von uns entfernt. Elisabeth richtet sich zitternd auf und wendet sich zu von Stuck. Doch der ist verschwunden.

»Verdammt!«, brülle ich und sehe mich um. Doch der BKA-Mann ist nirgendwo in Sicht. Er muss den Flaschenzug über einen Hebel hinter sich gelöst haben und hat die Ablenkung genutzt, um zu entkommen.

In diesem Moment tönt ein Schuss durch die Halle, und ich erstarre. Mein Blick geht zur Balustrade. Dort kämpfen Snider und Mitch, neben ihm steht noch jemand, vermutlich Jericho. Beide wirken zum Glück unverletzt. Doch ich kann Vic nirgendwo entdecken. Ich hoffe, dass er von Stuck verfolgt.

Ich will ihm nachgehen, aber Elisabeth ergreift meinen Arm. »Juli, hast du Jackson gesehen? Wir sind zusammen hergekommen. Er muss irgendwo hier sein.«

Ich starre sie überrascht an. Jackson ist hier? Er sitzt doch in U-Haft. »Nein. Warum denn Jackson? Was macht er hier?«

»Lange Geschichte. Er hat mich überredet, dass wir herkommen, eine Gordana hat ihn informiert. Aber wo steckt er jetzt?«

Ihre Worte geben mir Rätsel auf, doch das werden wir später lösen müssen. Ich ignoriere die Hierarchien und übernehme das Kommando.

»Ich weiß nicht, wo er ist, und ich muss jetzt dringend von Stuck finden. Elisabeth, kümmere dich um Verstärkung.«

Meine Chefin nickt und zieht ihr Handy aus der Jackentasche.

Während von oben das Gebrüll von Snider heruntertönt, den Mitch und Jericho festhalten, pirsche ich mich durch den hinteren Teil der Halle. Aus den Augenwinkeln entdecke ich Vic, der sich von der anderen Seite in dieselbe Richtung bewegt. Er nickt mir zu.

Es ist dunkel und still in diesem Teil der Halle. Von Stuck kann sich nur dort hinten irgendwo befinden. Es scheint eine Art Lager für alte Geräte, Maschinen und allen möglichen Schrott zu sein. Je tiefer ich in die Halle vordringe, umso dunkler und stiller wird es. Die Fenster sind allesamt verbarrikadiert, und das Licht der einzelnen Lampe neben dem Eingang reicht hier längst nicht mehr hin. Was vorhin noch wie ein Vorteil für uns gewirkt hat, wird jetzt zum Problem. Mühsam taste ich mich voran und stoße mit voller Wucht gegen einen metallenen Gegenstand. Ich unterdrücke einen Schrei und halte mir das Schienbein. Ich taste mich an der Wand nach hinten durch, bis ich plötzlich wieder die Hand vor Augen sehen kann. Durch ein großes, blindes Fenster dringt etwas Tageslicht. Als ich noch einmal hinsehe, erkenne ich, dass es halb geöffnet ist. Ein leichtes Klirren durchbricht die Stille. Ich bleibe stehen und versuche, möglichst kein Geräusch von mir zu geben. Kurz überlege ich, ob ich mir den Laut nur eingebildet habe. Vorsichtig linse ich zwischen leeren Flaschen hindurch, die direkt vor mir in einem breiten Stahlregal dicht an dicht aufgereiht lagern. Ich zucke zurück.

Auf einer Holzpalette und mit dem Profil zu mir steht von Stuck. Vor ihm kniet jemand. Ich kann erst nur seine Silhouette erkennen. Doch dann gewöhnen sich meine Augen an die Lichtverhältnisse. Es ist Jackson. Mit geschlossenen Augen ruht er unbewegt vor den Füßen des BKA-Mannes. In seine rechte Schläfe bohrt sich die Waffe von Stucks, der auf ihn hinunterstarrt. Jackson muss durch das Fenster hineingekommen und von von Stuck überrascht worden sein, der auf demselben Weg fliehen wollte.

Mein Herz pocht so laut, dass ich überzeugt davon bin, mich hinter dem Regal zu verraten. Ich halte den Atem an und bemühe mich um Ruhe. Wo bleibt Vic? Vorsichtig spähe ich auf die andere Seite, doch ich entdecke ihn nicht.

Von Stuck beugt sich an Jacksons Ohr, aber ich kann ihn trotzdem verstehen.

»Du kleiner Mistkerl solltest eigentlich im Knast sein«, zischt er. »Ich habe jetzt wirklich keine Zeit, mich um dich zu kümmern, ich sollte längst über alle Berge sein. Stattdessen stehst du mir einmal mehr im Weg. Du lässt mir keine andere Wahl, als dich loszuwerden.«

Nein! Ich überlege blitzschnell und greife nach einer der Flaschen im Regal vor mir. Ich ziele, hole aus und schleudere sie durch das halb geöffnete Fenster. Das laute Scheppern aus einigen Metern Entfernung lässt von Stuck herumfahren. Er geht wachsam Richtung Fenster, die Waffe auch aus der Entfernung noch auf Jackson gerichtet. Argwöhnisch starrt er hinaus.

Das ist meine Chance. Ich richte aus meinem Versteck meinen Revolver auf von Stucks Oberschenkel und feuere ab. Einmal. Zweimal.

Von Stuck schreit auf und geht zu Boden, doch noch im Fall wirbelt er herum und schießt auf Jackson, bevor er zusammensackt. Mit einem Satz springe ich nach vorne und überwältige den BKA-Mann, der trotz einer stark blutenden Wunde am Bein um sich schlägt und flucht. Mit aller Kraft gelingt es mir, ihn zu bändigen. Ich versetze ihm einen Stoß in den Nacken und verdrehe die Hände auf seinem Rücken. Panisch sehe ich zu Jackson, der am Boden liegt. Ein roter Fleck breitet sich auf seinem weißen T-Shirt aus. Nein! Das darf nicht wahr sein. Ich war zu spät.

Ich schluchze auf. »Jackson!« Meine Stimme klingt erstickt.

Während ich von Stuck mit einem Schmerzgriff fixiere, beobachte ich Jackson, rufe immer wieder seinen Namen. »Jackson, steht auf. Bitte! Bitte, bitte, bitte!«

Plötzlich bewegt Jackson sich, ganz langsam stemmt er sich hoch, sein Körpergewicht auf den linken Arm gestützt. Er hebt den Kopf, sucht meinen Blick, seine sturmgrauen Augen wild und schmerzerfüllt, aber sie blitzen mich auf eine vertraute Art und Weise an.

Er verzieht den Mund zu einem schiefen Grinsen. »Jetzt hetz mich nicht so, Juli. Ich stehe ja schon auf«, presst er gequält hervor.

Vor Erleichterung breche ich in Tränen aus und würde am liebsten zu ihm rennen, ihn in meine Arme schließen, aber ein Ächzen des niedergestreckten BKA-Chefs erinnert mich daran, dass ich meine Position nicht verlassen kann.

Jackson schleppt sich langsam zu mir und lässt sich neben von Stuck auf den Boden sinken. Er hält sich mit der linken Hand den rechten Oberarm, wo ihn von Stucks Kugel getroffen haben muss. Ich lege ihm eine freie Hand auf die linke Schulter.

Von Stuck rührt sich nicht mehr, und ich fühle zur Sicherheit seinen Puls, doch er lebt noch. Nach einer gefühlten Ewigkeit höre ich von ferne Sirenengeheul, das schnell lauter wird.

»Juli, Jackson! Verdammt, seid ihr in Ordnung?«

Vic steht mit erhobener Waffe vor uns. Ich nicke nur und bedeute ihm, meine Position bei von Stuck einzunehmen. Als Vic seinen am Boden liegenden Chef sieht, verzerrt sich sein Gesicht vor unbändiger Wut. Er zögert nicht, sondern drückt dem blutenden von Stuck seine Waffe in den Nacken.

»Das war's, von Stuck. Zumindest für Sie. Mir stehen noch immer alle Wege offen.«

Von Stuck grunzt und stöhnt auf. Er hat offensichtlich Schmerzen. Gut.

Ich ziehe Jackson zur Seite, der bleich aussieht und schwer atmet. Sein Oberkörper ist blutüberströmt, eine tiefe Wunde klafft oberhalb der rechten Armbeuge. Ich ziehe mein Sweatshirt aus und binde die Stelle ab. Jackson zuckt zusammen.

»Du musst sofort ins Krankenhaus, die Wunde blutet stark und kann sich entzünden. Bist du sonst okay?«

Meine Stimme versagt, doch Jackson versteht mich und nickt.

Er bekommt sogar noch ein schiefes Grinsen hin. Er hat sich rasiert, fällt mir absurderweise auf, die Narben auf seiner Wange sind wieder sichtbar. Jackson presst seine Hand auf die verbundene Stelle. Dann lehnt er den Kopf an meine Schulter und vergräbt ihn an meinem Hals. Ich spüre seinen schnellen Atem.

»Jetzt ist alles okay. Juli.«

Als die Einsatzkräfte, dicht gefolgt von Rettungssanitätern, die alte Fabrik stürmen, ist er in meinem Arm ohnmächtig geworden.

Kapitel 34

Einen Moment noch, setzen Sie sich gern schon mal.«
Manfred Köhler, Direktor des Bundeskriminalamts, sieht
nur kurz von seinem Laptop auf, als ich sein Büro in Berlin-
Treptow betrete, dicht gefolgt von Jackson. Ich kann ihm deutlich ansehen, wie unwohl er sich an diesem Ort fühlt. Sein Gesicht verdüstert sich bei Köhlers Worten noch mehr.

Ich schenke Jackson ein aufmunterndes Lächeln und gehe
zu dem schwarzen Ledersofa an der Wand neben der Tür. Als
Jackson sich neben mich fallen lässt, zuckt er zusammen und
hält sich den Arm, der in einer schwarzen Schlinge an seinem
Oberkörper fixiert ist. Kein Wunder: Das Sofa ist genauso unbequem, wie es aussieht, als wolle Köhler vermeiden, dass seine
Gesprächspartner unnötig lang bleiben. In meinem Fall muss
er sich keine Gedanken machen. Ich habe nicht vor, dieses Gespräch in die Länge zu ziehen. Ich bin ohnehin nur hier, weil
Köhler darauf bestanden hat. Dass er uns nun warten lässt,
passt zu dem Bild, das ich von dem hochgewachsenen BKA-
Chef habe. Vermutlich hat er uns nur herzitiert, um noch einmal
klarzustellen, dass er das Sagen hat, trotz allem, was geschehen
ist.

Ich sehe mich in dem penibel aufgeräumten Raum um. Das
sterile, kühle Ambiente des Büros steht im Gegensatz zu den
warmen Strahlen der Nachmittagssonne, die durch die großen

Fenster hereinfallen und ein Streifenmuster auf den groben Teppichboden zeichnen. Es sind elf Streifen.

Endlich hebt sich Köhlers flachsblonder Kopf, und er sieht uns aus hellblauen Augen an. Er erhebt sich und kommt zu uns herüber, wir stehen auf.

»Guten Tag, Frau Schröder, Herr Jagoda«, begrüßt er uns freundlich und reicht uns die Hand. So umgänglich habe ich ihn bislang noch nicht erlebt.

»Bedienen Sie sich.«

Er zeigt auf ein paar Flaschen Wasser und Orangensaft, die in der Mitte des kleinen Glastischs neben dem Sofa angeordnet sind. Wir setzen uns wieder hin. Ohne abzuwarten, ob wir sein Angebot annehmen, beginnt Köhler.

»Zunächst einmal möchte ich Ihnen beiden meinen Dank aussprechen und zu Ihrem Erfolg gratulieren.« Er lehnt sich in seinem Stuhl zurück. »Der Fall ist abgeschlossen, und wir haben dank Ihrer Ermittlungen und der Tonbandaufnahmen aus der Flaschenfabrik genug Beweise, um von Stuck, Snider und die anderen Beteiligten für lange Zeit hinter Gitter zu bringen.«

Er sieht uns erwartungsvoll an, als ob er für unsere Arbeit auch noch ein Lob erwarte. Jackson fixiert den BKA-Chef. »Und was ist mit Gordana Vujic? Sind sie und ihre Kinder in Sicherheit?«

Irritation huscht über Köhlers Gesicht. Er mag es wohl nicht, unterbrochen zu werden. Ich unterdrücke ein Grinsen. Köhler seufzt. »Frau Vujic und ihre Kinder wurden an einen sicheren Ort gebracht und haben eine neue Identität bekommen. Sie wird selbst entscheiden, ob sie Sie in Zukunft kontaktiert.«

Jackson nickt erleichtert. »Danke.«

Köhler schaut auf die Akten vor sich. »Des Weiteren konnten die Kollegen in Montenegro aufgrund Ihrer Aussagen und der umfangreichen Informationen, die Sie uns zur Verfügung gestellt haben, Herr Jagoda, weitere Labore schließen. Frau Schröders Kollegen beim LKA identifizieren derzeit die ins Drogengeschäft verwickelten abtrünnigen Mitglieder der ›Wölfe‹. Wir haben bereits Haftbefehle für einige Individuen.«

Ohne Pause blättert er in seinen Notizen, als habe er eine ganze Liste an Informationen vor sich.»Ah, hier. Die Abiturientin, die nach dem Konsum von ›Purple Panther‹ im Koma lag, ist gestern aufgewacht. Sie ist noch schwach, konnte aber vernommen werden. Ihre Aussage wird die Beweise erhärten.«

Er blickt auf, und seine blauen Augen blitzen.»Frau Schröder, ich habe weiterhin gute Nachrichten für Sie persönlich …«

In dem Moment wird die Tür aufgerissen. Elisabeth Steinhauer betritt Köhlers Büro.»Oh, ich sehe, ihr seid schon da. Gut, gut. Was habe ich verpasst?«

Sie stolziert auf ihren hochhackigen Schuhen elegant und sicher ins Zimmer, umgeben von einer Nikotin-Wolke, und setzt sich schwungvoll in einen Sessel neben mir. Sie nickt mir kurz zu und schenkt Jackson ein breites Lächeln. Dann sieht sie Köhler erwartungsvoll an.

Der runzelt irritiert die Stirn.»Guten Tag, Frau Steinhauer. Schön, dass Sie es auch noch geschafft haben. Ich war gerade dabei, Frau Schröder die frohe Kunde zu übermitteln.«

Elisabeths rot geschminkte Lippen verziehen sich zu einem breiten Grinsen, völlig unbeeindruckt von Köhlers unverhohlenem Missfallen darüber, dass er unterbrochen wurde.

»Perfekt, da bin ich ja gerade rechtzeitig.«

Köhler wühlt in den Akten vor sich, dann räuspert er sich und wendet sich mir zu.»Aufgrund Ihrer herausragenden Leistungen und der erfolgreichen Aufklärung dieses Falles habe ich meine Empfehlung ausgesprochen, Sie zu befördern, Frau Schröder.«

Mein Herz schlägt schneller, aber ich halte meine Freude zurück.»Ach ja?«

»Ja«, bestätigt Köhler.»Und mit Erfolg. Sie werden die Leitung der Abteilung LKA 43 ›Droge‹ übernehmen. Sie haben sich diese Position redlich verdient.«

Ich sehe zu Elisabeth, die bestätigend nickt. Ein kleines Lächeln schleicht sich auf mein Gesicht. Das ist der Moment, auf den ich so lange hingearbeitet habe. Ich strahle Elisabeth an. »Danke!«

Anschließend ringe ich mir ein paar freundliche Worte ab. Meine Beförderung habe ich einzig und allein meiner Chefin zu verdanken. Köhler wollte mich noch nicht mal bei dem Fall dabeihaben. Er hätte am liebsten Vic zum alleinigen Verantwortlichen gemacht.

»Vielen Dank, Herr Köhler. Ich werde mein Bestes geben.«

Elisabeth wirft mir einen schnellen Blick zu und zwinkert. Ich muss grinsen.

Köhler nickt zufrieden. »Davon bin ich überzeugt.«

Er wendet sich zu Jackson. »Herr Jagoda, Sie haben aufgrund Ihrer Kooperation bei den Ermittlungen und Ihrer vollumfänglichen Aussage gegen Rolf von Stuck und die anderen Beteiligten, die an der Herstellung und Verbreitung der Droge ›Purple Panther‹ mitgewirkt haben, wesentlich zur Aufklärung dieses Falls beigetragen. Ich freue mich, Ihnen mitteilen zu können, dass wir den Vorwurf, die Droge selbst entwickelt zu haben, fallen gelassen haben.«

Jacksons Miene bleibt hart, doch ich sehe, wie sich seine Schultern leicht entspannen. »Das sind großartige Nachrichten. Ich danke Ihnen.«

»Es gibt noch mehr«, fährt Köhler fort. »Aufgrund Ihres Einsatzes bei der Festnahme von Rolf von Stuck und Bruce Snider, bei dem Sie noch dazu verletzt wurden, haben wir beschlossen, keine weiteren rechtlichen Schritte gegen Sie einzuleiten. Sie sind somit ein freier Mann.«

Ich blicke von Köhler zu Jackson, der wie versteinert neben mir sitzt. Mein Herzschlag beschleunigt sich. Seit dem Einsatz in der Flaschenfabrik und der Festnahme von Stucks ist so viel passiert, dass ich die Frage nach Jacksons Zukunft verdrängt habe. Wegen seiner Schussverletzung und des anschließenden Krankenhausaufenthalts hatte ich ganz andere Sorgen. Aber jetzt keimt Hoffnung in mir auf.

Jackson, der langsam zu realisieren scheint, was Köhler eben gesagt hat, schüttelt ungläubig den Kopf. »Geht das einfach so?«

Köhler sieht zu Elisabeth, die Jackson zuzwinkert. »Möglicherweise ist dein Name aus einigen Akten … verschwunden.« Sie lässt ihr Handgelenk kreisen, als schwinge sie einen Zauberstab. »Wie also sollte dich irgendjemand anklagen?«

Köhlers Miene wird streng. »Das bleibt in diesem Büro, verstanden?«

Meine Gedanken wandern sofort zu Vic, Mitch und Leander. Ich gehe davon aus, dass sie von der Schweigeanordnung ausgenommen sind, und nicke bedächtig.

Köhler fährt an Jackson gewandt fort: »Wir haben beschlossen, dass Sie uns auf freiem Fuß nützlicher sein könnten als im Gefängnis. Sie sind bestens vernetzt und haben bewiesen, dass Sie sich immer wieder neu erfinden können. Wir könnten uns gut vorstellen, in Zukunft auf Ihre speziellen Talente zurückzugreifen. Was sagen Sie, Herr Jagoda?«

Erst jetzt fällt mir auf, dass Köhler Jackson bereits die ganze Zeit bei seinem Nachnamen nennt, als ob er ihm bewusst seinen selbst gewählten Namen »T.J.« absprechen und damit eine neue Ära einläuten will.

Ich beobachte Jackson gebannt. Vom Gangster zum Undercover-Agenten, das wäre eine Entwicklung, die ich kaum zu träumen gewagt hätte. Jackson mustert Köhler aus zusammengekniffenen Augen, als suche er nach einem Trick. Er schweigt lange. So lange, dass ich mir die Frage stellen muss, ob eine Zusammenarbeit mit der Polizei, mit mir und den anderen, überhaupt das ist, was er will.

Irgendwann nickt er knapp. »Das wäre durchaus denkbar.«

Sein Blick huscht zu mir, und ich beiße mir auf die Unterlippe, um ein Grinsen zu unterdrücken. Elisabeths Mundwinkel zucken. Ich bin überzeugt davon, dass sie weiß, dass Jackson und mich mehr verbindet als nur die Zusammenarbeit an diesem Fall.

Plötzlich springt sie auf. »So, damit wäre alles gesagt, oder, Herr Köhler? Ich brauche dringend eine Zigarette!« An Jackson und mich gewandt, fragt sie: »Kommt ihr?«

Dankbar ergreifen Jackson und ich die Gelegenheit und verabschieden uns von Manfred Köhler, der ebenfalls erleichtert wirkt, das Kapitel beendet zu haben. Ein Stück weit verstehe ich ihn. Er hatte in den vergangenen Tagen rund um die Uhr mit der Presse zu tun und musste erklären, wie es passieren konnte, dass sein Gruppenleiter der Chef eines Drogenkartells ist. Es wird für ihn nicht leicht, seinen Posten zu halten. Die Zerschlagung des Kartells und die Unterwanderung durch die deutsche Polizei hat international für Aufsehen gesorgt. Köhler hat alle Hände voll damit zu tun klarzustellen, dass er von den Verstrickungen und jahrelangen illegalen Machenschaften von Stucks nichts wusste.

Wir haben das BKA-Gebäude kaum verlassen, als Elisabeth sich eine Kippe ansteckt, den Rauch tief inhaliert und mit einem zufriedenen Seufzen wieder ausstößt. Sie sieht von Jackson zu mir und grinst.

»Ich würde sagen, du nimmst dir jetzt erst mal ein paar Tage frei, bevor du dich in deinen neuen Posten stürzt.«

Ich bleibe vor der Einfahrt zum Parkplatz stehen. »Wieso das denn? Ich habe doch gestern nicht gearbeitet und war mit meiner Nichte und meinem Neffen auf dem Erdbeerhof. Ich dachte eigentlich …«

Elisabeth unterbricht mich. »Juli.« Sie deutet mit ihrer Zigarette auf den Parkplatz hinter mir.

Ich folge ihrem Blick und klappe staunend den Mund auf. Mitten auf dem am Spätnachmittag bereits leeren Parkplatz steht ein knallroter Lincoln Continental, das Verdeck des breiten, amerikanischen Oldtimer-Cabrios ist heruntergelassen. Leander, der hinter dem Steuer sitzt, hupt, als er mich sieht. Mitch und Vic springen über die Seiten des Autos nach draußen und kommen uns grinsend ein paar Schritte entgegen.

»Was macht ihr denn hier?«

»Na, wir holen euch ab.« Vic zieht mich in seine Arme und haucht mir einen Kuss auf den Mund.

Mitch schlägt mit Jackson ein und zieht ihn zu sich, um ihn halb zu umarmen, ohne seinen verletzten rechten Arm dabei zu berühren. Dann nimmt er meine Hand und führt mich zum Auto. Leander ist ausgestiegen und hat die Fahrertür geöffnet. Er drückt mir einen schnellen Kuss auf den Mund, bevor er eine leichte Verbeugung andeutet und mir die Tür aufhält. Ich trete näher an den Wagen, dessen Chromeinfassung in der Sonne glänzt. Ich entdecke meine Reisetasche im Fußraum der Beifahrertür und drehe mich zu meinen Männern um.

»Was soll denn das hier werden?«

Jackson, der unbemerkt näher gekommen ist, legt mir von hinten einen Arm um die Taille. »Ich entführe dich jetzt auf meine Jacht.«

»Nur dass wir dieses Mal mitkommen«, fügt Leander hinzu.

Ich sehe von Jackson und Leander zu Vic und Mitch. Mit einem Mal überwältigen mich meine Gefühle, als mir bewusst wird, dass dem hier, meinen Männern und mir, wirklich nichts mehr im Weg steht. Wir können tatsächlich einfach alle zusammen zu Jacksons Jacht fahren und aufs offene Meer starten, wenn wir das wollen.

Ich versuche, den Kloß in meinem Hals hinunterzuschlucken, doch es gelingt mir nicht.

»Seid ihr sicher, dass ihr das alle wollt?«

Ich meine nicht die Ausfahrt auf die Ostsee, und das wissen Jackson, Leander, Mitch und Vic auch. Alle vier nicken. Mein Blick bleibt an Vic hängen.

Er kommt einen Schritt auf mich zu. »Ich will dich, Juli. Und wenn du auch die anderen willst, dann will ich das auch.«

Tränen steigen mir in die Augen, und dieses Mal bemühe ich mich nicht, sie zu unterdrücken.

»Ja, das will ich.«

Mitch schwingt sich elegant über die Seite des Cabrios und trommelt mit der Hand gegen den Fahrersitz. »Worauf wartest du noch, Juli? Lass uns fahren!«

Ich schniefe lachend auf und wische mir die feuchten Augen. Dann steige ich in das Auto und starte den Motor.

Ich drehe mich noch einmal um. »Alle angeschnallt?«

Jackson rollt die Augen, wehrt sich aber nicht, als Mitch über ihn greift und seinen Gurt fixiert.

Dann setze ich den Blinker und lenke das schwere Auto vom Parkplatz in Richtung Freiheit.

Kapitel 35

Mitch rollt sich von mir herunter und seufzt tief. Er kuschelt sich neben mich und legt seine warme Hand auf meine linke Hüfte. Dort liegt bereits Vics Hand, der sich zu meiner anderen Seite in dem großzügigen Luxus-Bett in der Kabine ausgebreitet hat. Er grummelt etwas, und Mitch wandert mit seinen Fingern sanft hinauf zu meinem Oberarm und streichelt ihn. Nach einer Weile verlangsamen sich die Bewegungen, und ich spüre, wie sein Atem an meinem Nacken ruhiger wird. Auch Vic regt sich nicht mehr, abgesehen von gleichmäßigen Atemzügen.

Durch halb geschlossene Lider beobachte ich träge, wie Leander sich zwischen meinen Beinen aufrichtet, um sich dann auf die Seite zu legen und mich anzublicken. Die Abendsonne, die vom Meer schräg durch die Lamellen der Luke fällt, malt goldene Punkte auf seinen muskulösen Oberkörper und lässt seine Tattoos irgendwie fremd, verzerrt erscheinen. Er schenkt mir ein seltenes Lächeln, legt den Kopf auf meinen Bauch.

Ich fühle mich auf angenehmste Art und Weise erschöpft und erfüllt. Von mir aus könnte die Zeit einfach genau jetzt stehen bleiben. Ich würde gerne den Rest meines Lebens mit meinen Männern auf Jacksons Jacht verbringen und mich von den Wellen des Meeres und der Liebe dahinschaukeln lassen. Das LKA ist weit weg, und ich möchte gar nicht daran denken, dass ich irgendwann nach Berlin zurückmuss.

»Bordservice. Ein Drink gefällig?«

Ich öffne die Augen. Ohne eine Antwort abzuwarten, platziert Jackson mit einer Hand geschickt ein silbernes Tablett mit fünf Gin Tonic auf den Beistelltisch neben dem Bett. Außerdem hat er noch eine Karaffe Wasser, Gläser und ein Schälchen mit Nüssen mitgebracht. Jackson trägt nur seine kurzen, engen Boxershorts. Der rechte Arm steckt in der schwarzen Schlinge, die sich quer über seine braun gebrannte Brust zieht. Die Schusswunde verheilt gut, aber er soll seinen Arm so gut es geht schonen.

Jackson mustert Vic und Mitch, die sich nicht rühren, und grinst Leander und mich an.

»Völlig erledigt, die beiden. Na, dann trinken halt wir drei.«

Mit der linken Hand nimmt er ein Glas hoch und hält es mir hin.

»Danke, Jackson.«

Ich richte mich vorsichtig auf, um Mitch und Vic nicht zu stören. Leander steht vom Bett auf, und ich genieße den Anblick seines nackten, muskulösen Hintern. Er bedient sich selbst, und wir drei prosten uns zu. Schon die ersten beiden Schlucke gehen mir sofort ins Blut. Ein angenehmer, leichter Schwindel erfasst mich, und merkwürdigerweise lässt die Trägheit nach. Vorsichtig stelle ich das Glas hinter Mitchs Rücken auf dem Beistelltisch ab und rutsche zwischen den beiden Männern hinunter zum Fußende. Als ich aufstehe, spüre ich die Blicke von Jackson und Leander auf meiner Kehrseite. Grinsend drehe ich mich um.

»Beobachtet ihr mich etwa?«

Ich warte die Antwort nicht ab, sondern schlendere langsam zu den beiden herüber und angle von der anderen Seite nach meinem Glas.

»Prost.«

Wir stoßen an, und ich trinke den Gin Tonic in einem Zug

leer, während mein Blick aus dem Fenster auf das Wasser fällt. Die Spätsommersonne steht tief und legt ihre ganze Kraft in die letzten Stunden, die sie uns an diesem Tag noch wärmen wird. Die Aussicht ist ähnlich wie damals, als Jackson mich hier gefangen hielt, dieselbe Himmelsrichtung, dasselbe Meer, und doch ist alles ganz anders. Ich schaue zu Vic und Mitch, die nackt ausgebreitet auf dem großen Bett liegen und friedlich schlafen.

»Ich habe Lust, schwimmen zu gehen. Kommt ihr mit?«

Doch dann fällt mein Blick auf Jacksons Schlinge. »Entschuldige, das geht ja nicht.«

»Ach, der Physio hat gesagt, ich soll vorsichtig mobilisieren. Schwimmen klingt nach einem perfekten Plan.«

Er zieht sich das schwarze Teil über den Kopf und wirft es in eine Ecke. Zweifelnd blicken Leander und ich uns an.

»Meinst du nicht, dass du damit noch warten solltest? Du musst den Arm schonen, das hat der Arzt im Krankenhaus gesagt, ich habe es selbst gehört. Mindestens eine Woche sollst du langsam machen. Schwimmen ist definitiv nicht langsam, du musst ...«

»Ja, Frau Doktor, verstanden. Nach dem Schwimmen lege ich sie gleich wieder an. Ich habe ein wasserdichtes Pflaster.« Jackson verdreht die Augen.

Leander grinst breit und klopft Jackson auf die heile Schulter. »Ich werde sie ihm höchstpersönlich wieder umschnallen, versprochen.«

Achselzuckend mache ich mich auf den Weg an Deck, gefolgt von den beiden Männern. Es ist ein aussichtsloses Unterfangen, Jackson belehren zu wollen, und das ist auch gar nicht meine Absicht. Mit schnellen Schritten erreiche ich die Leiter, die am Heck der Jacht ins Wasser führt, überlege es mir im letzten Moment aber anders und mache einen Kopfsprung ins kühle Nass. Die Kälte macht mich sofort klar und nüchtern, ich fühle mich erfrischt. Sekunden später tauchen neben mir Leander und Jackson ein. Lachend und japsend spritzen wir uns nass, dann schwimmen wir ein Stück weg von der Jacht.

»He, wartet auf uns!«

An der Reling der »Escape« winken uns Mitch und Vic zu, beide sind nackt. Ein warmes Kribbeln breitet sich in meinem Bauch aus. Ein lautes Kläffen ertönt, und Cora bellt aufgeregt zu uns hinunter. Sie hat sich noch nicht an die vielen Menschen gewöhnt.

»Kommt runter«, brüllt Leander, und Mitch und Vic springen nacheinander ins Wasser. Es ist das erste Mal seit unserer Ankunft gestern Nachmittag, dass wir schwimmen gehen. Den ersten Abend und den ganzen Morgen haben wir nur geschlafen, gechillt und unsere Nähe genossen, uns noch einmal neu kennengelernt. Seit wir uns kennen, hatten wir keine wirklich unbeschwerte Minute. Ich seufze, als ich daran denken muss, wie ungewohnt es war, einfach nur zusammen zu sein, wie befangen ich mich fühlte, bevor einer der Männer den ersten Schritt machte.

Ich lege mich auf den Rücken und schaue in den dunkelblauen Abendhimmel, während ich mich vom Wasser tragen lasse. Am Himmel in Richtung Festland schwebt eine dünne blasse Mondsichel. Es ist friedlich und still, die einzigen Geräusche sind die entfernten Stimmen meiner Männer und vereinzelte Möwenschreie.

Eine ganze Woche voll süßen Nichtstuns haben wir. Die Zeit kommt mir ewig lang vor, doch ich weiß, dass sie schnell verstreichen wird. Was wird uns in Berlin erwarten? Es wird sicher kompliziert, wenn wir uns zu fünft treffen wollen. Ich muss mir ein größeres Bett anschaffen. Und wie in aller Welt soll ich meiner Mutter meine vier neuen Freunde vorstellen? Ich schiebe den Gedanken beiseite. Ich will lieber den Moment genießen und mir nicht den Kopf darüber zerbrechen, was in Zukunft auf mich zukommen könnte. Entspannt schließe ich die Augen und lasse mich von den leichten Wellen schaukeln, vergesse dabei die Zeit.

Eine Hand greift nach mir, dann noch eine, und ich kreische laut. Bevor ich weiß, wie mir geschieht, werde ich gepackt und mit einem kräftigen Schwung in die Luft geworfen. Mitch, Leander und Vic fangen mich auf.

»Nicht, dass du hier noch auf dumme Gedanken kommst«, flüstert mir Vic ins Ohr. Es ist natürlich scherzhaft gemeint, trifft aber genau das, was gerade in meinem Kopf vorging.

»Du frierst ja schon. Deine Lippen werden blau«, stellt Mitch besorgt fest. An seinen langen Wimpern hängen Wassertropfen. Ich umschlinge seinen Hals und küsse seine nassen Lippen. Er schmeckt salzig und warm, ich lasse mich von ihm sanft zurück zur Leiter der Jacht ziehen. Als ich oben ankomme, wartet dort Jackson in T-Shirt und Boxershorts und legt mir sanft ein Handtuch um. Ich muss grinsen.

»Das ist ja ein Service hier!«

Ich kuschle mich an ihn, und wir gehen alle zusammen zur Sitzgruppe am Sonnendeck. Ich registriere beruhigt, dass sich Jackson ein neues Pflaster aufgeklebt hat, und verzichte darauf, ihn nach der Armschlinge zu fragen. Stattdessen lasse ich mich auf das helle Sofa fallen und genieße die Strahlen der Nachmittagssonne. Jackson setzt sich über mich und bettet meinen Kopf auf seine Oberschenkel. Ein leichter Windzug erinnert mich daran, dass der Herbst bevorsteht.

»Ich habe Pizza bestellt, der Lieferbote kommt in einer halben Stunde.« Jackson streichelt mein nasses Haar. Ich schaue zu ihm hoch.

»Bringt er auch was zu essen oder nur Bargeld?«

Jackson klatscht mir mit der flachen Hand auf den Oberschenkel. Er versteht sofort die Anspielung auf die Geldübergabe im Club »Andromeda«, als wir ihn überführen wollten.

Leander, der mir gegenüber auf der anderen Seite des gigantischen Sofas liegt, lacht laut auf.

»Hoffentlich werden wir hier nicht überwacht. Ich habe eben was Verdächtiges im Wasser gesehen. Das könnte ein U-Boot gewesen sein, in dem Köhler und Steinhauer sitzen und mithören. Soll ich das mal überprüfen?«

Ich kichere. Die Vorstellung, dass Elisabeth neben dem BKA-Chef im U-Boot sitzt und angestrengt lauscht, was wir hier treiben, ist zu komisch. Jackson stimmt nicht in das Gelächter von Mitch und Vic ein, sondern grinst nur schief.

»Keine Sorge, die ›Escape‹ ist abhörsicher. Ich bin schließlich Profi.«

Ich stupse ihn von unten an und schaue zu ihm hoch.

»Und was macht der Profi in Zukunft? Wirst du dich auf das Angebot von Köhler einlassen und undercover für uns arbeiten?«

Jackson schürzt die Lippen und lässt eine Strähne meiner Haare durch seine Finger gleiten. Im Sonnenlicht schimmern seine sturmgrauen Augen leicht gelblich, fast bernsteinfarben.

»Mal sehen. Ich habe auch noch andere Optionen.«

Vic, der sich gerade die Haare abrubbelt und Jeans und T-Shirt überzieht, hält inne in seinen Bewegungen. Ich richte mich auf, und auch Mitch zieht fragend die Brauen hoch. Neugierig und etwas skeptisch mustert Vic Jackson.

»Ach. Welche denn? Davon hast du uns noch gar nichts erzählt.«

Jackson zuckt nonchalant die Achseln. »Ich steige vielleicht ins Immobiliengeschäft ein. Berlin ist immer noch sehr lukrativ für Investitionen. Und auch das Umland ist interessant.«

Ausweichend greift er in die Schale mit den Nüssen auf dem Tisch und wirft sich eine Handvoll in den Mund. Er macht nicht den Eindruck, als ob er mehr Details preisgeben will.

Leander, der bislang geschwiegen hat, wirft mir einen überraschten Blick zu und hebt dann unschlüssig die Schultern.

»Warum nicht. Wenn du Kapital hast, ist das sicher eine gute Option. Bei der Polizei wärest du aber auch gut aufgehoben mit deinen Verbindungen.«

»Allerdings muss man sich da an gewisse Regeln halten.«

Vics Einwand ist nur halb scherzhaft gemeint, und er grinst Jackson schief an, der mit einem undurchsichtigen Lächeln reagiert. Ich rechne Vic hoch an, dass er sich nicht nur auf unser Beziehungsmodell zu fünft, sondern vor allem auf eine Verbindung zu diesem Mann einlässt, der auf der anderen Seite des Gesetzes steht. *Stand*, korrigiere ich mich im Stillen.

Leander setzt sich auf den Platz zu meinen Füßen und nimmt meine Beine hoch. Er legt sie auf seinen Schoß und streichelt sanft meine Unterschenkel. Wir schweigen, nur die leise Musik aus den Lautsprechern unter dem Sonnensegel unterbricht die Stille. Ich beginne, unter den beruhigenden Berührungen von Jackson und Leander vor mich hin zu dösen. Doch plötzlich hält Jackson inne, und ich schrecke hoch, als auf dem Tisch sein Handy vibriert. Er steht auf und lässt meinen Kopf auf die Kissen sinken, schaut auf das Display. Ich erkenne ein kurzes Zucken um seine Mundwinkel, oder habe ich mir das eingebildet? Jackson nimmt ab und murmelt etwas in das Phone, dann verschwindet er im Cockpit und schließt die Tür hinter sich. Ich schaue ihm nach. Mein Blick begegnet dem von Mitch, der die Brauen zusammenzieht und mich fragend anschaut.

»Was ist denn los? Ob das der Lieferbote ist?«

Ich höre Zweifel in seiner Stimme. Doch von Zweifeln möchte ich nichts hören. Es ist alles gut so, wie es ist. Das werde ich von nichts und niemandem zerstören lassen, ich bin endlich angekommen.

»Bestimmt nichts Wichtiges«, murmle ich und schmiege mein Gesicht an den herrlichen weichen Bezug des edlen Sofas. Dann schließe ich die Augen und döse mit dem Gefühl der absoluten Geborgenheit ein.

Contentwarnung

Dieses Buch enthält Szenen und Beschreibungen, die bei manchen Menschen traumatische Erinnerungen auslösen können. Bitte entscheide selbst, ob du emotional mit folgenden Themen umgehen möchtest:

Expliziter sexueller Inhalt, explizite sexuelle Sprache, emotionale und körperliche Polyamorie, organisiertes Verbrechen, Waffengewalt, Tod, Drogen, Entführung.

Bitte lies dieses Buch nur, wenn du dich emotional dazu in der Lage fühlst. Falls es dir mit diesen (oder anderen) Themen nicht gut geht, findest du unter der Nummer der Telefonseelsorge rund um die Uhr kostenlose und anonyme Hilfe.

TelefonSeelsorge Deutschland | 0800/111 0 111 oder 0800/111 0 222 | https://www.telefonseelsorge.de/
Telefonseelsorge Österreich | Notruf 142 | https://www.telefonseelsorge.at/
Schweizer Verband Die Dargebotene Hand | Notruf 143 | https://www.143.ch/

Dein *everlove*-Team